거꾸로 가는 별에서 온 편지

SENGO TANPEN SHOUSETSU-SEN
edited by Iwanami Shoten
Copyright © 2000 by Iwanami Shoten, Publishers
Originally published in Japanese
by Iwanami Shoten, Publishers, Tokyo, in 2000.

전후일본단편소설선 ❸

거꾸로 가는 별에서 온 편지

아오노 소(青野聰) 외

小花

전후일본단편소설선 ❸
거꾸로 가는 별에서 온 편지

초판인쇄 · 2001년 11월 20일
초판발행 · 2001년 11월 30일

지은이 · 아오노 소 외
옮긴이 · 윤복희 외
발행인 · 고화숙
발　행 · 도서출판 소화
등　록 · 제13-412호
주　소 · 서울시 영등포구 영등포동 94-97
전　화 · 677-5890(대표)　팩스　2636-6393
홈페이지 · www.sowha.com

ISBN 89-8410-185-0
ISBN 89-8410-108-7 (세트)

값 7,000원

☆잘못된 책은 언제나 바꾸어 드립니다.

차례

외딴섬
야스오카 쇼타로(安岡章太郎) / 윤복희 옮김 • 7

거꾸로 가는 별에서 온 편지
아오노 소(靑野聰) / 윤복희 옮김 • 45

벽(壁)의 귀
스기우라 민페이(杉浦明平) / 이일숙 옮김 • 127

작은 깃발
미야모토 데루(宮本輝) / 이일숙 옮김 • 175

소설 다이치 기와코(小說 太地喜和子)
이노우에 미쓰하루(井上光晴) / 이일숙 옮김 • 199

밀회
미키 다쿠(三木卓) / 이일숙 옮김 • 219

푸른 거리
요시무라 아키라(吉村昭) / 송승희 옮김 • 243

광운삼춘우(狂雲森春雨)
가토 슈이치(加藤周一) / 송승희 옮김 • 279

숲과 롤스 — 또는 몰락의 영역 —
나카무라 신이치로(中村眞一郎) / 송승희 옮김 • 307

대추나무
미즈카미 쓰토무(水上勉) / 송승희 옮김 • 339

외딴섬

야스오카 쇼타로(安岡章太郎) 지음
윤복희 옮김

외면섬

몸이 젖었다는 것은 그 자체만으로도 불행하다. 옛날, 사카모토 료마(坂本龍馬)[1]는 비가 오는 날이면 일부러 강에 나가 헤엄치며, 어차피 젖는 것은 마찬가지라고 호언했다지만 목욕을 하거나 헤엄치는 것과 몸이 젖는 것은 물론 다르다. 도사(土佐)[2]의 사무라이는 번(藩)[3]의 규정에 따라 나막신을 신는 것이 금지되어 비가 오는 날도 짚신을 신을 수밖에 없었다고 하니, 젖은 짚신을 신은 채 웅덩이에 빠지기라도 한다면 차라리 강에 뛰어들어 헤엄을 치는 편이 낫겠다고 료마가 아닌 누구라도 생각했을지도 모른다. 어쨌든 몸이 젖었다는 것과 차별당하고 있다는 의식이 뒤죽박죽

되어 발끝에서 싸늘한 감촉이 올라오는 것은 감당할 수 없는 느낌이었음에 틀림없다…. 나는 무거운 레인 코트 안쪽과 흙탕물을 뒤집어쓴 구두 안으로 비가 스며드는 것을 느끼며 이런저런 일들을 끊임없이 생각했다.

몸이 젖었다고 특별히 추운 것은 아니다. 벌써 10월도 거의 다 가고 곧 늦가을로 접어들 무렵인데도 이곳 오키나와(沖繩)의 기온은 연일 30도 전후로 본토의 7, 8월과 별다를 바가 없었다. 그 때문에 레인 코트 안에는 반팔 셔츠 하나만 입었지만 방수 처리된 레인 코트는 보기에도 답답할 지경이었다. 동행한 S군은 이시가키지마(石垣島)의 선창에서 도시락을 사면서 일회용 비닐 우비를 샀는데 나도 하나 샀으면 좋았을 것을…. 그나저나 이 도시락집 주인 할머니는 무척이나 무뚝뚝해, S군이 유리 상자 안에 들어 있는 볼품없는 김밥과 계란말이를 얹은 초밥을 가리키며 "어느것이 맛있을까?" 하고 혼잣말을 하자 큰소리로,

"맛이 있는지 없는지 먹어 보면 알지."

하는 것이다. 그 서슬에 놀란 S군은 계란말이 초밥과 김밥을 하나씩 사고는 내 쪽을 바라보며 "마실 거는 어떡할까요?" 하고 물었다. "맥주를 사자니 저쪽에 도착하기 전에 미지근해 질 것이고…."

"그건 그래." 나는 말했다. "그런데 이리오모테(西表)에 맥

주가 있을까?"

그러자 할머니는 옆을 향한 채 또다시 큰소리로 말하였다.

"사람 사는 덴데 아무렴 마실 것 정도야 없을까."

이건 무뚝뚝한 정도를 지나 도전적이라고 해야 옳을지 모른다. S군은 곤혹스러운 눈초리로 힐끗 나를 쳐다보았다. S군은 오키나와 본도(本島)[4] 출신인데, 도쿄에서 태어나서 성장했기 때문에 오키나와에 돌아와도 마을 사람들에게 이방인 취급을 받는다고 한다. 그런 말을 들어도 나로서는 S군이 어떤 식으로 이방인 취급을 받는다는 건지 잘 모르겠지만, 지금의 할머니의 태도를 보면 과연 그렇겠구나 하는 생각이 든다. 결국 S군은 맥주는 사지 않고 가게를 나왔는데 나오는 길에 생각났다는 듯이 다시 할머니에게 돌아가 일회용 비닐 우비를 사 왔다.

"어때요? 이거 한 장 사시는 게?"

S군은 그 희고 흐느적거리는 우비를 펼쳐 보이며 말했지만 나는 거절했다. 빗줄기는 가늘어졌고 레인 코트는 한 벌로 충분했기 때문이다. 게다가 나는 물건을 사도 고맙다는 말 한마디 없는 할머니의 태도가 심히 불쾌했다.

가을부터 겨울에 걸쳐 동중국해는 자주 사나워진다고 한다. 그렇다 해도 그게 무슨 말인지 나는 잘 모른다. 주의 부족인 탓인지 나는 이 오키나와가 동중국해와 접해 있다는 사실은 평소에 생각해 보지도 않았기 때문이다. 그러나 지도를 보면 오키나와 열도는 일본 본토(本土)[5]보다도 중국에 가깝고, 규슈(九州) 남단에서 시작된 소군도(小群島)의 대열이 동중국해를 향해 튀어 나온 대륙의 해안선과 거의 동심원에 가까운 원을 그리며 남하해, 그 최남단인 미야코(宮古), 야에야마(八重山)의 섬들은 지금 당장에라도 코 끝을 타이완 동쪽 해안에 붙을 것 같은 형태다. 사실 지금부터 대략 3백만 년 전에 이들 섬들은 타이완 및 중국 대륙과 육지로 연결돼 있었는데 선신세(鮮新世) 후기에 해수면이 200m 정도 상승한 탓에 대륙에서 분리되어 각각 별개의 섬이 되었다. 그때 여러 가지 동식물이 새로운 섬들에 갇히게 된 것이다. 유명한 이리오모테살쾡이도 그 하나라고 한다. 어쨌든 어제까지 맑은 날씨가 계속돼 거무스레하게 보일 정도로 새파랗던 하늘이 오늘 아침에는 새벽부터 두터운 구름에 뒤덮여 쉴 새 없이 가랑비를 흩뿌리는 것이 동중국해다운 날씨라고나 할까. 나는 고도(孤島)행 항로의 선착장까지 와서 거무튀튀한 잿빛 바다가 서쪽에서부터 삼각형 파도를 모으는 것을 보며 새삼 그렇게 생각했다.

그러나 바다는 별로 사납다는 생각이 들지 않았다. 승객 중에는 본토에서 온 신혼부부처럼 보이는 커플이 몇 쌍 있었다. 내 바로 뒷좌석에서는 쉴 틈 없이 빠른 어조로 얘기하는 여자 목소리가 들렸다. "나 토할지도 몰라. 어렸을 때는 파란 바다를 보기만 해도 벌써 토할 지경이었어." 하고 말하기에 배가 방파제를 나서자마자 심하게 흔들렸을 때는 당장이라도 토하는 것이 아닌가 생각했지만, 여자는 말하는 데 정신이 팔려서인지 배의 흔들림이 멈출 때까지 결국 한 번도 토하지 않았다.

"자기, 섬에 도착하면 날 꼭 지켜줘야 해. 살쾡이한테 습격받을까 봐 무섭단 말이야."

"바보. 살쾡이가 설마 그렇게 많겠어? 게다가 당신 같은 여자를 누가 잡아간대?"

"그치만 난 고양이만 봐도 무섭단 말이야. 자기가 그렇게 살쾡이를 좋아하는지 몰랐어."

"나라고 특별히 살쾡이를 좋아할까."

"근데 왜 이리오모테 같은 델 가는 거야. 이시가키지마도 꽤 좋았는데…."

남자는 대답을 하지 않았다. 여자도 말을 그쳤다. 아마 여자는 어느 정도 연상이고, 그래서 일부러 남자를 향해 더 애교를 떨며 말을 걸고 있는지도 모른다. 이리오모테지마(西表島)는 이시가키지마보다 큰 섬으로 야에야마에서는 가장 크고 오키나와 열도 중에서는 본도에 이어 두 번째로 큰 섬인데, 그래 봤자 면적은 290km²로 야생 살쾡이가 사는 섬으로

서는 세계에서 가장 작다고 한다. 그러나 이리오모테살쾡이는 섬 전체를 통틀어 삼사십 마리밖에 없다고 하니까, 관광객이 관광을 하는 동안 이 '살아 있는 화석'이라고 불리는 고대의 진기한 짐승을 만날 가능성은 우선 없다고 봐야 한다. 물론 그 정도는 누구든지 대강은 알고 있고 승객 중에는 살쾡이 탐험가처럼 보이는 사람은 한 사람도 없었다. 단지 이시가키 항구의 매점에는 그림엽서와 함께 '살쾡이 과자'가 진열되어 있는데, 그런 것 때문에 이리오모테지마에는 살쾡이가 많아서 그것밖에는 더 이상 볼 게 없을 것 같은 느낌이 드는 것도 사실이다. 그렇다면 실제로 이리오모테지마에 가서 무엇을 할 것인가? 섬에는 S군의 먼 친척이 있어서 부탁만 하면 안내를 해 줄 것이라고는 하지만, 잘 알지도 못하는 곳에서 처음 만난 사람의 안내로 여기저기 끌려다니는 것은 생각만 해도 가슴이 답답하다. 나는 원래 인기척이 없는 해안의 야자나무 그늘에 누워 나뭇가지 사이로 빛나는 바다를 보며 하루 종일 멍하니 놀다 올 작정이었다. 그런 생각을 한 것은 일주일쯤 전, 오키나와에 놀러 온 이래 매일 좋은 날씨가 이어졌기 때문이다. 특히 오키나와 본도에서 이시가키지마로 와 보니 햇살은 한층 밝고 하늘도 바다도 청명한 것이 아무것도 없는 바다 풍경을 보는 것만으로도 즐거웠다. "이리오모테에 가면 바다도 하늘도 훨씬 깨끗할 텐데…." 하며 S군이 말했다. '그야 그럴 테지.' 하고 나도 생각했다. 그러나 S군도 나도 날씨가 궂으리라고는 오늘 아침까지도 상상조차 하지 않았었다.

그런데 배가 이리오모테 항구에 도착하자 더 더욱 의외의 사건이 발생했다. 강풍파랑주의보(強風波浪注意報)가 발령되어 섬과 섬 사이의 연락선이 결항한 데다 이 배도 더 이상 이시가키지마로 돌아가지 않는다는 것이다.

"이것 참 너무하군. 결항할 정도면 왕복표를 팔지 말든지…. 이래서 섬 사람들은 믿을 수 없다니까."

평소 얌전한 S군답지 않게 분개한 어조였다. 그러나 나는 아직도 사태 파악을 제대로 하지 못해, S군이 왜 그렇게 화를 내는지 알 수 없었다. 연락선이 드나드는 곳에는 그럴듯한 공터가 있는데 오키나와 기와를 얹은 다 허물어져가는 집에,

'멧돼지 요리 있습니다.'

하고 붉은 페인트로 쓴 간판 글씨가 비에 젖어 빛나고 있었다. S군은 선박회사 사람에게 좀 물어 보고 올 테니 기다려 달라는 말을 남기고 사람들로 붐비는 건물 안으로 들어갔다. "섬 사람들은 믿을 수가 없어…." 나는 S군이 한 말을 입 속에서 되뇌이며 S군이 근무처를 도쿄에서 오키나와로 옮겼을 때의 일을 생각했다. 원래 그 회사는 오키나와 자본으로 세워

진 회사로 도쿄에 있는 것은 지사였기 때문에 오키나와 본사로 전근한다는 것은 영예로운 일이며 더군다나 오키나와는 S군의 고향이기도 했던 것이다. 그런데도 S군은 전근 소식을 받고나서 내내 황망한 모습이었고, 송별회 석상에서조차 마음을 잡지 못하는 모습이었다. 앞서도 말했듯이 S군은 도쿄 태생으로, 학생 시절의 동급생과 결혼했기 때문에 부인도 도쿄 사람이다. 그래서인지 S군에게 오키나와는 반은 외국 같았고, 게다가 본적이 오키나와이다 보니 일단 오키나와에 가면 두 번 다시 도쿄로 돌아갈 수 없다는 비통한 마음이 들었는지도 모른다. 그런 일이 있었던 것에 비하면 이번에 몇 년 만에 오키나와에서 만난 S군은 장발에 수염까지 기른 모습에 얼굴 표정도 밝고 몸도 통통하게 살이 오른 것이 완전히 그곳 사람이 되어 있었다. 도쿄에 있을 때보다도 건강해진 것처럼 보였는데…. 나는 잠시 처마 밑에서 비를 바라보고 있었는데 그게 지루해지면서 동시에 소변을 보고 싶어 주변을 조금 돌아보았다. 공터 뒷쪽에 폐가처럼 보이는 집이 있고, 찢어진 문틈 사이로 자비센(蛇皮線)[6] 소리와 노랫소리가 낮게 신음하듯 들려왔다. 가사는 확실치 않지만 흘러내리는 빗소리와 섞여 왠지 묘하게도 음탕한 느낌을 유발했다. 집 반대편에는 파초가 덤불을 이루며 자라고 있었는데, 젖어서 축 늘어진 큰 잎사귀 밑에서 나 역시 몸을 적시며 소변을 보고 돌아왔다. 그때 거무튀튀한 얼굴의 남자가 갑자기 내 이름을 부르며 다가왔다.

"Y선생님, Y선생님 맞죠? 저는 S군 어머니의 시숙인 O라고 합니다, 실은 어제 S군 어머니 친정에서 연락이 와서 제게 안내를 부탁했거든요. 근데 웬 비가 이렇게…. 어쨌든 작긴 하지만 차를 한 대 가져왔으니 우선 타시죠. 그런데 S군은 어디로 갔죠?"

내게 물어 봐도 할 말이 없었다. 나는 선착장에 묶여 있는 흰 배를 눈으로 좇으며 애매하게 대답했다.

"글쎄, 아마 배 때문에 물어 보러 간 것 같은데요."

"배요? 정기선 말인가요? 그런 건 벌써 끊어졌어요. 그렇지만 안심하세요. 제가 어떻게든 해 보겠습니다."

나이는 60세 전후일까. 반백의 머리를 짧게 자르고 햇빛에 그을린 얼굴은 단단해 보였으며 웃으면 새하얀 이가 드러났다. 눈썹과의 간격이 좁은 눈은 결코 험상궂지는 않지만 예리하게 빛났다. 전체적인 인상은 상당히 정갈한 것이, 피부색이 희며 동글동글한 느낌의 S군과는 모든 것이 정반대였다. 이 O씨와 S군이 어떤 인척 관계인지 한두 번의 설명으로는 도저히 알 길이 없겠지만 이렇게 이야기를 듣는 중에도 이 지방 사람들의 혈연, 지연 관계의 깊이며 폭이 눈에 보이는 듯하다. 이윽고 S군이 돌아왔다. S군도 자기 어머니의 시숙과는 초면인 듯 명함을 꺼내어 인사를 나누었다.

"배는 끊어졌겠죠. 뭐, 걱정 말고 내게 맡겨요." O씨는 내게 했던 말을 반복했다. "마침 우리 회사 간부도 한 사람 여기 왔다가 돌아가기로 되어 있는데, 그 사람과 함께 배를 타시죠. 그리고 지금 차를 가져올 테니 그걸로 섬을 한 바퀴 돕시다."

"차라면 관광버스 표를 사 놨는데요." 하고 S군이 말했다.

"뭐? 관광버스? 그건 느려 터져서 시간 낭비야. 표는 무르든지 그게 귀찮으면 찢어 버리든지." 하고 O씨는 딱 잘라 말했다.

나는 사실 빗 속의 섬 일주보다는 차라리 여기서 멧돼지 요리를 먹었으면 하는 생각도 들었다. 오키나와 멧돼지 역시 오키나와 열도 중에서도 이 근방에 가장 많고, 오키나와 본도에서는 이미 볼 수 없는 종류라고 한다. "오키나와 멧돼지 있잖아, 그중에서도 특히 새끼는 육질이 연하면서 향도 일품인데, 와, 한 번 그걸 먹어 보면 보통 멧돼지 요리는 먹을 수가 없다니까…" 하는 말을 나는 나하(那覇)의 한 술집에서 들었던 적이 있다.

내가 그 말을 S군에게 하자 말없이 비내리는 하늘을 쳐다보던 S군은

"멧돼지 요리라…. 글쎄 어떨까요. 어제 저녁 이시가키지마에서 먹은 자라탕 비슷한 게 아닐까요? 대체로 오키나와 멧돼지라고 해도 진짠지 가짼지 믿을 수가 있어야 말이죠." 하며 대수롭지 않은 반응이다.

그건 그럴지도 모른다. 어젯밤 이시가키지마에서 가장 맛있는 것은 이거다 하고 추천을 받아서 먹은 자라탕은 맛은 확실히 있었지만, 웬걸, 등껍질을 벗긴 자라를 내장째 썰어서 냄비에 집어넣었는지 탕 속에서 자라의 두개골이 튀어나왔을 때는 나도 S군도 두 손 들었다. 결국 반 정도 먹다 남겼다. 그런 식이라면 이리오모테의 멧돼지 요리도 냄비 안에서 털이 숭숭 박힌 멧돼지 껍질이며 형태가 남아 있는 콧잔등이 튀어 나올 확률이 크다고 할 수 있겠다. 게다가 최근에 이리오모테에서는 농민들 사이에 밭에 멧돼지잡이용 덫을 놓는 것이 크게 유행해, 지금은 토종 오키나와 멧돼지가 급격하게 감소했다고 한다. 오키나와 멧돼지, 특히 '우림보'라 불리는 새끼 멧돼지는 지금까지 이리오모테살쾡이의 주식이었는데 멧돼지가 줄자 최근에 영양실조에 걸린 살쾡이가 속출하는 바람에 멧돼지 덫에 걸려 죽는 살쾡이도 나왔다. 이렇게 나간다면 모처럼 기적적으로 살아남은 이리오모테살쾡이도 머지않아 절멸할 위험이 있기 때문에 동물학자들은 멧돼지 덫을 금지하자고 주장했지만, 농민들은 농민들 나름대로 명분은 있어 "멧돼지가 밭을 망쳐 놓으니 피해를 보는 것은 우리들이다, 그 알량한 살쾡이 때문에 이 오키나와 제2의 섬을 점령 당해도 되느냐"면서 양자 사이에 '살쾡이 논쟁'이 일어난 것은 나도 신문지상을 통해 알고 있었다. 논쟁이야 그렇다치고 그 정도로 오키나와 멧돼지가 줄었다면 '멧돼지 요리 있습니다' 라는 간판을 내걸었던 집에 가 봤자, 정말로 이 고장 토종 멧돼지 고기가 나올지 어떨지는 심히 의심러울 수밖에 없다.

그러나 어쨌든 우리들에게 그러한 일을 천천히 검토할 여유는 없었다. 길 양편에 늘어선 거대한 파초잎을 헤치면서 소형차 한 대가 온통 흙탕물을 튀기며 다가오더니, 차 안에서 O씨가 문을 열고 "자 빨리 타요, 타. 시간이 아까워요." 하며 큰 소리로 우리를 재촉했기 때문이다.

차에는 우리들말고도 본토에서 온 개발사업회사 중역이 한 사람 조수석에 앉았고 운전은 O씨가 손수 했는데 차 안은 우리 네 사람으로 만원이었다. 시간이 아깝다는 말은 O씨의 입버릇인 것 같았다. 그는 운전도 베테랑답게 호방하고 울퉁불퉁한 길에 들어서면 한층 속력을 냈기 때문에 이따금씩 우리들 몸은 공중으로 치솟아 양손으로 천장을 받치지 않으면 머리를 부딪쳤다. 어쨌든 O씨는 풍모도 그렇지만 성격까지도 S군과는 정반대다. 아니 S군과 다르다기보다도 일반적인 오키나와 사람의 성격이라고 하는, 게으르고 나약하며 보수적인 기질 따위는 단 한 가지도 O씨에게는 맞지 않는 것 같고 오히려 전혀 그 반대인 것처럼 느껴졌다. 이것은 현민성(縣民性)이나 향토적 기질이라는 것이 얼마나 믿을 수 없는 편견에 지나지 않는가를 나타낸다고 할 수 있겠다. 그러나 사실 나는 이런 류의 '편견'을 상당히 많이 가지고 있었기에, 일각을 아쉬워하며 적극적으로 과감하게 행동하는 O씨의 활동성과 일반적인 오키나와 사람의 성격을 어떻게 구별지어야 할지, 내심 고민하지 않을 수 없었다.

차는 대체로 해안을 따라 섬 동쪽에서 북쪽으로 달리고 있었다. 내 손에는 8만분의 1짜리 '관광안내지도'가 있을 뿐이지만, 그것과 비교해 보면 어느 근방을 달리고 있는지 곧 알 수 있었다. 즉 도로가 그만큼 단순명쾌하다고나 할까, 정밀하지도 않은 지도에 그려진 그대로 뚫려 있었던 것이다. 비포장도로는 처음 4킬로미터 정도로 굉장히 울퉁불퉁했지만 그곳을 지나자 나머지는 대체로 고속주행 정도는 가능한 포장도로였다. 그렇지만 차창 밖으로는 띠처럼 길게 뻗은 길말고는 거의 아무것도 보이지 않았다. 앞 유리를 제외한 양쪽 창문은 차 안의 온기로 아무리 닦아도 김이 서리고 창문을 열면 그대로 비가 들이쳤다. 그뿐이 아니었다. 차의 속도를 타고 창밖으로 흘러가는 경치는 모두가 획일적이어서 숲이며 강이며 초원은 지도에 그려진 그대로 나타났다가 사라져 갔지만, 그것은 통과지점을 확인시키는 추상적인 존재에 지나지 않았다. 말하자면 자동차의 창문을 통해서 바라보는 경치는 그것이 유럽이든 북미 대륙이든 아프리카든 오키나와든, 풍경으로서는 거의 아무런 차이도 없고 속도에 대한 도취나 공포가 모든 것을 동일한 '자연' 속에 녹여 버린다. 실제로 O씨가 돌연

"어."

하며 놀라 브레이크를 밟는 순간, 한 무리의 소가 눈앞의 도로를 유유히 건너는 모습을 보았을 때, 나는 일순 우크라이나나 동아프리카의 초원지대에 와 있는 것 같은 착각을 일으켰을 정도다. 여기서는 차가 멈춰서도 자연 그 자체가 일본과는 다르다. 오키나와 본도나 이시가키지마조차도 전원에 나가면 일본 특유의 습한 정서가 있다. 된장국 냄새, 분뇨 냄새, 농부들의 체취와 땀 냄새, 그런 것들이 지면 곳곳에서 풍겨 오는데 여기에는 그런 것은 아무것도 없었다. 있는 것은 비 내리는 하늘과 초원과 거무스레하게 보이는 숲과 한 무리의 소 떼에 점령당한 포장도로뿐이었다.

"여긴, 사람이라곤 전혀 볼 수가 없네. 사람 냄새를 전혀 맡을 수가 없어…."

난 별 뜻없이 그런 말을 했다. 그랬더니 왠지 S군은 내 얼

굴을 빤히 들여다보더니 그대로 고개를 돌렸다. 차 안에 묘하게 정적과 침묵의 공기가 흐르기 시작했을 때, 때마침 소가 모두 길을 비켜 주어 O씨는 액셀러레이터를 밟으며

"그렇죠." 하고 백미러를 보면서 말을 걸어 왔다. "여긴 한 20년 전만 해도 사람 살 만한 곳이 아니었어요. 죽음의 섬이라고 불리었죠…."

"사람이 살지 않았다고요?

"예. 그런 곳이 야에야마에는 많아요. 이시가키지마만 해도 후나코시(舟越)에서 북쪽으로는 사람이 살지 않는 곳이어서 '후나코시에 다녀왔다'고 하면 죽다 살아났다는 말이예요. 후나코시에서 북쪽으로 길게 뻗은 반도(半島)가 히라쿠보(平久保)인데 죽는다는 것을 우리 어머니는 '히라쿠보에 간다'고 말씀하셨죠."

"네, 히라쿠보가 '죽는다'는 말이고, 후나코시가 '죽다 살아나다'란 뜻이라…. O선생님은 이시가키지마 남쪽 출신이신가요?"

그러자 S군이 내 질문을 낚아채듯이 대답했다.

"아니 아니, 이분 댁은 다케토미지마(竹富島)예요. 이시가키에서 이쪽으로 오는 도중에 맨 처음 본 그 섬이죠. 면적은 이리오모테지마의 50분의 1정도밖에 안 되는 아주 작은 섬이지만 이천 년도 더 전부터 번성해서 이시가키나 이리오모

테, 야에야마 부근의 섬은 전부 다케토미의 식민지격이었다고 할 수 있죠. 이시가키도 지금은 이시가키시(市)지만 바로 얼마 전까지도 다케토미초(町)[7]에 속해 있었어요."

"그래요? 그럼 다케토미는 다른 곳과는 격이 틀리다는 말이네요." 나는 다소 비아냥이 섞인 어조를 의식하면서 말했다.

"옛날에는 그랬지요." 하고 O씨는 왠지 전보다 신중하게 핸들을 돌리며 대답했다. "요컨대 이시가키도 이리오모테도 말라리아나 풍토병이 많아서 좀처럼 사람이 살지 못했죠. 그래도 이시가키는 강제이민이나 유랑민들을 몇 번이나 받으면서 겨우 사람 살 곳이 됐지만, 이리오모테는 게이초(慶長)[8] 시대부터 몇 차례나 이민을 보내어 마을을 개간해도 험난한 자연의 위력 앞에 무릎꿇고 결국 메이지 이후는 모든 마을이 차례로 폐촌이 돼 버렸죠."

차는 어느새 산속을 달리고 있었다. 차 양쪽에서 밀림이라고 불러도 손색없는 울창한 숲이 캄캄하게 덮어 삼킬 듯이 다가온다. O씨가 말한 '험난한 자연의 위력 앞에 무릎꿇고'라는 말이 내게는 상당히 실감나게 들렸다. 무성하게 자란 식물은 여기서는 왠지 마성(魔性)의 생물체라도 되는 양, 주위의 정기를 빨아들여 깊이 숨을 쉬고 있다는 생각이 든다. 이윽고 숲을 빠져 나가자 눈 아래 믿어지지 않을 만큼 큰 강이 양쪽에 무성한 맹그로브 나무 뿌리를 적시며 천천히 흐르고 있었다. 우리들은 이곳에 차를 세웠다. 절벽 아래에 통나무 배 한 척이 떠 있었다. O씨가 '어이.' 하고 부르자 어디선지 농촌 아낙네 차림의 여자가 나왔다. 두꺼운 고무 우비를 입은 데다 쓰고 있는 큰 수건에 얼굴이 가려서 나이는 분간이 안 갔지만 그렇게 나이 들어 보이지는 않았다.

"손님들을 상류 쪽으로 갈 수 있는 데까지 좀 태워다 줘요."

"예. 그럼 폭포는 어떡할까요? 안내할까요?"

"아니 날씨도 이렇고 시간도 별로 없으니까 그건 필요없어요. 배로 갈 수 있는 만큼 갔다가 다시 돌아와요. 나는 여기서 기다릴 테니까."

여자는 우비 밑에 바지도 고무로 된 것을 입고 있었다. 짤막한 다리로 깡충 뛰어 배에 오르자 이 여자 사공은 익숙한 손놀림으로 배를 상류로 저어 갔다.

"잘하시네." 하고 회사 중역은 혼자서 감탄했다는 듯이 여사공에게 말을 걸었다.

"이 강에서 배를 탄 지 몇 년이나 됐어요?"

"몇 년은요. 반년밖에 안 돼요." 여자는 무뚝뚝하게 대답하고는 입을 다물었다.

그러나 설령 이 사공이 애교가 있었더라도 중역은 결국 더 이상 질문을 하지 못했으리라. 강을 거슬러 올라감에 따라 빗발이 거세지더니 바람까지 불기 시작해 점점 눈도 뜰 수 없을 정도가 되어 버렸기 때문이다. 그건 그렇고 이 우라우치(浦內)강은 얼마나 큰 강인지 모르겠다. 다시 말하지만 이리오모테지마의 면적은 290km²로, 도쿄의 7분의 1에 불과하다. 그런데도 이 강은 도네(利根)강보다 훨씬 크다. 아니 강 폭이나 그 길이에 대해서는 잘 모르겠다. 단지 하천의 형태만 보더라도 그 웅장함이며 거대한 정도가 도저히 외딴섬 한가운데를 흐르는 강이라고는 생각되지 않는다. 마치 양자강이나 황하─물론 나는 그 실제 크기에 대해 잘 모르지만 대륙 내륙부를 깊숙이 파고들어 유유히 흐르는 대하(大河)─같은 느낌을 이 강은 주었다. 3백만 년 전 이리오모테지마가 중국 대륙과 연결되어 있었다는 학설도 이 강의 흐름을 보면 과연 납득이 갈 정도이다. 실제로 아주 옛날에 해수면이 상승하여 이곳이 섬이 되었다면, 대륙에서 뚝 떨어져 나와 여기 고립된 것은 이리오모테살쾡이뿐일 리가 없다. 산천초목 모두가 살쾡이와 함께 남아 이 섬에 태고적 자연이 봉쇄되어 남아 있음에 틀림없다. 그 때문에 나중에 온 새로운 인간들이 몇 번이나 이 섬에 정착하려고 해도 정착할 수 없었던 것이 아닌가…. 강의 양안(兩岸)을 뒤덮고 있는 각종 식물군은 모두 남방계(南方系)임에 틀림없는데, 나는 맹그로브와 야자수 정도

밖에 모르겠다. 맹그로브에도 암컷, 수컷, 잎사귀가 넓은 것 등 여러 가지 종류가 있어서 나는 도저히 구별을 할 수 없었다. 어쨌든 이 수중식물인지 지상의 수목인지 구별이 안 가는 이상한 식물의 번식력은 상당히 왕성한 듯, 끊임없이 종자가 떨어져 물에 떠서 흘러 가다 다다른 곳에 뿌리를 내려 싹을 내는 데 그치지 않고, 땅속 줄기도 번식해 간다고 한다. 강가에서 멀지 않은 곳에서는, 이 땅속 줄기에서 번식한 어린 나무가 몇 그루나 일렬로 늘어서 수면에 파꽃 모양의 머리를 드러내고 있었다. 그 모습은 마치 어린아이가 손을 맞잡고 걸어가는 것 같기도 하고, 물에 젖으면서도 열심히 키재기 하고 있는 모습은 가련해 보이기도 했지만, 성장하여 삼림을 이루고 있는 맹그로브를 보면 가련이라는 말은 자취를 감춘다. 나무 한 그루에서 수많은 가지와 줄기가 사방팔방으로 뻗어 서로 엉켜 있는 모습은 단순한 식물이라기보다 생명력 그 자체가 눈앞에서 종횡무진 몸부림치는 듯하여 으시시한 느낌조차 든다. 맹그로브뿐만이 아니다. 칡넝쿨처럼 보이는 여러 종류의 만초류(蔓草類)도 풀이라는 어감이 주는 귀여운 느낌이 아니라, 사람 팔뚝만한 우람한 줄기로 큰 나무를 둘둘 말고 있는 모습은 진짜 풀이라기보다는 오히려 사나운 동물 같은 느낌이 들 정도였다.

  배가 상류로 올라가면서 점점 빗발이 거세어져 나는 S군에게 수건을 빌려 얼굴을 덮었다. 그러나 그것은 얼굴이 젖는 것을 막기 위해서가 아니라, 비가 직접 볼과 이마를 때리면 마치 바늘에라도 찔린 것처럼 따끔거렸기 때문이다. 이렇게 되면 더 이상 주변 경치를 감상할 여유는 없다. 강이 두 갈래로 갈라지는 곳에 이르자 갑자기 강바닥이 얕아졌다. 앞으로 3km 정도 가면 폭포가 나오는데, 그 주변은 이리오모테살쾡이가 출몰하는 곳이라면서 가 볼 마음이 있는지를 사공이 물었다. 그러면서 배는 거기까지는 못 가니까 자신은 여기서 배를 대고 기다리고 있겠노라는 것이다. 살쾡이는 못 보더라도 그것이 서식하고 있는 장소는 보고 싶은 마음도 있었지만, 빗속 산길을 3km나 걸을 여력은 누구에게도 없었다. O씨도 기다리고 있을 터라 그대로 강을 내려가 출발 지점으로 되돌아갔다.

O씨는 벼랑 근처 산언저리에 서서 간신히 지붕만 얹은, 집이라고도 할 수 없는 오두막 처마 밑에서 우리를 기다리고 있었다. 구석에는 모닥불이 피워져 있고 그을려서 새까맣게 된 주전자가 그 위에 걸려 있었다. 우리는 그곳에서 늦은 점심을 먹었다. 사실 나는 오키나와 멧돼지 요리에 아직도 미련이 남아 있었지만, 관광철이 아닌데다 이렇게 비가 오는 날은 문을 여는 곳이 어디에도 없다기에 단념하고, 이시가키지마

에서 S군이 사 온 계란말이 초밥과 김밥을 몇 개 먹기로 했다. 계란말이 초밥은 터져서 식용색소로 물들인 분홍색 덴부[9]가 비져나와 볼썽사나웠다. 그러나 먹어 보니 의외로 맛이 좋았다.

S군도 "이상하다." 하고 말했다. "오키나와 쌀은 맛이 없다고 알고 있는데 이건 뭐죠? 이시가키에는 본토 쌀이 들어오나요?"

"아니, 그렇지는 않아요. 여러분이 배가 고팠던 게지요. 벌써 2시가 지났으니…." 하고 O씨는 말했다.

"그런데 그 가겟집 할머니, 참 꽤나 빈정거렸죠? 이리오모테에 대해 '사람 사는 곳인데 마실 것이 없을까'라고 했죠?"

나는 김밥 하나를 입에 넣으며 그 할머니의 옆얼굴을 떠올렸다. 지금 생각해 보니 할머니의 도전적인 어조는 '이리오모테가 사람이 살지 못하는 섬이라는 것도 모르냐?'는 뜻이었을까? 이리오모테(西表)의 '西'를 '이리'라고 오키나와 방언으로 발음하는 것은 '해가 지는[10]'이라는 말에서 온 것으로, 그렇다면 '이리오모테(西表)'는 해가 기우는 곳, 즉 태양의 묘지와 같은 의미가 담긴 말일까. 아니면 그 할머니의 조상도 역시 어느 땐가 강제로 이곳에 끌려 온 이민이었을까. 히라쿠보, 후나코시, 노소코(野底) 등, 지명이 그대로 '죽는다' 또는 '죽다 살아나다'를 의미하는 이곳으로…. O씨는 이리오모테지마 동쪽의 구로시마(黑島)에서 노소코로 강제이민을 온 남자의 노래는 한 곡을 가르쳐 주었다.

 구로시마(黑島)에 있나
사키시마(先島)에 있나
   …
오키나와에서 오는 아름다운 소리는
어르신이 내리신 명령
섬을 떠나라고 말씀하시네
고향을 떠나라고 말씀하시네
울며 불며 헤어져
어이 어이 헤어져
남편은 떠나기가 괴로운지고
노소코로 보내져
아내는 홀로 남는 것이 슬픈지고
구로시마에 남겨져
   …

"대체로 이런 노래가 야에야마에는 수도 없이 많아요." 하며 O씨는 S군의 얼굴을 힐끗 쳐다보았다. "강제이민뿐 아니라 그 무렵 좋지 않은 명령은 모두 오키나와 본도에서 왔었죠. 그래서 '오키나와에서 오는 아름다운 소리는 어르신이 내리신 명령'이라는 말이 나온 거죠."

그러고 보니 나 역시 뭐라고 해야 할지 모르겠다. 설마 '오키나와에서 오는 아름다운 소리'가 오키나와 본도에서 온 S군을 빗대어 한 말은 아니겠지만, 그 오키나와에 '명령'을 내린 것은 오키나와 왕가(王家)를 지배한 시마쓰(島津) 씨, 즉 오키나와가 아닌, 본토에서 온 사람을 말하는 것으로, 그렇다면 여기에 본토에서 온 사람이라면 O씨가 관계된 개발사업회사의 중역과 나 말고는 없다. 중역과 O씨와는 동료라는 친분이나 있다고 하지만, 내게는 그것이 없으니 곰곰히 생각해 보면 이런 경우에 어떤 태도를 취해야 하는 것인지 정말 모르겠다.

"여러분이 잘 아시는 '진다라부시(チンタラ節)'는 실은 '아사도야부시(安里屋節)'라고 해서 다케토미지마(竹富島)의 노래예요." 하고 다시 O씨가 말했다.

"다케토미의 아사도야(安里屋)라고 하는 집에 고야만이라고 하는 굉장한 미인이 있었는데 한 관리가 그 처녀에게 반했지만, 처녀가 그는 싫다고 퇴짜를 놓자 면목이 없어진 관리가 처녀에 대한 앙갚음으로 이웃마을로 달려가서 다른 처녀를 업고 돌아와 욕을 보였다는 내용이지요."

요컨대 오키나와와 본토 사이에 차별이 있을 뿐만 아니라, 오키나와 내부에서도 다시 본도와 사키시마(先島) 지역 여러 섬들 사이에 차별이 있고, 또한 사키시마 안에서도 섬과 섬 사이에 차별이 있어서 그 명백한 지배 관계를 섬 사람들은 노래나 농담에 섞어 즐기는 일이 하나의 전통적인 풍습이 된 것 같았다. 솔직히 나는 이 '아사도야부시'의 어느 부분이 재미있는지 노랫말의 뜻에 대한 설명을 아무리 들어도 도저히 모르겠다. 예를 들면 '마타하레노진다라가누시야마요'라는 간주가 들어가는 곳은 어쩐지 가락이 늘어지면서 우스꽝스러운 느낌이었는데, 그 뜻이 '이 세상에 둘도 없는 저 처녀의 아름다움이여'라니 감이 잘 오지 않는다. 다시 말하지만 섬 사람들에게는 이 섬과 섬, 사람과 사람 사이의 극히 불합리한 차별 그 자체가 어쩐지 슬프고 화가 나면서도 한편으로는 왠지 우습고 재미있나 보다.

"우리 어렸을 적부터 다케토미지마에는 도둑이나 강도 같은 나쁜 짓을 하는 인간이 전혀 없어서 덕분에 경찰이 있어도 쓸모가 없었죠. 그냥 좀 나쁜 짓을 한 사람은 '사죄찰(謝罪札)이라고 쓴 엽서 크기의 두꺼운 나무판을 목에 걸어야 했어요. 마치 개 목걸이 같다고 말하는 사람도 있었지만, 아무리 개라도 어디 그런 볼썽사나운 물건을 달고 다니겠어요? 사실은 나도 한 번 암거래를 했다는 이유로 그것을 걸어 본 적이 있는데요, 그야말로 두 손 들었어요. 다행히 누명을 벗고 오히려 주위 사람들에게서 동정을 받은 일이 있기는 있었는데…. 아, 맞아요. 전쟁이 끝난 뒤로도 1950년까지 이 '사죄찰' 제도가 남아 있었어요. 그것이 폐지되었을 때는 온 섬 사람들이 모여서 그 나무판을 산처럼 쌓아 놓고 불을 붙여 태워 버렸는데 지금 생각해 보면 참 안타까워요. 그중에 한 장만 남겨놓았더라도 좋은 기념품이 되었을 텐데, 그때는 모두 태워 버리는 데만 열심이어서 그런 지혜를 발휘하는 자는 없었던 게지요."

O씨는 그런 이야기를 해 주었지만 말투나 표정에 원망은 없고 오히려 옛날을 그리워하는 듯이 내게는 비쳤다. 나도 모르는 사이에 O씨 이야기의 재미에 빨려들어가 나는 이 '사죄찰'이 다케토미지마에만 있었는지 아니면 야에야마를 포함해 사키시마 전체에 걸쳐 있었는지 물어 보는 것을 잊어버렸다. 그러나 오키나와 본도에서는 이런 이야기를 들은 적이 없으니, 아마도 '사죄찰' 제도는 다케토미지마나 사키시마에만 있었으리라. 그리고 만약 그렇다고 하면 이것은 오키나와 본도에 의한 사키시마 지배의 흔적이라고 해야 할까?

섬의 남쪽에서 서쪽에 걸쳐 폐촌이 된 강제 이민촌의 흔적이 남아 있다고 하는데 나는 그것은 보지 않았다. 점심을 먹고 나니 피곤해져서 포장도 안 된 길을 차에 흔들리며 오지(奧地)에 들어갈 마음이 들지 않았기 때문이다. 그보다도 항구에 나가 이시가키지마로 돌아갈 배가 나가는지를 조금이라도 빨리 확인해 두고 싶었다. 그렇지 않아도 빗속의 섬 일주에 슬슬 지루해지기 시작했던 것이다.

메이지(明治)시대 이후 이리오모테지마에는 주민이 없다고 하는데 그렇다고 완전히 무인도가 된 것은 아니다. 섬 서쪽에 있는 작은 섬에 탄광이 있어 본토에서 데려온 광부들이 전쟁이 끝날 때까지 거기서 일을 했다고 한다. 아마도 그들은 아단[1] 숲을 찍은 사진을 보고 파인애플 밭이라고 속아, 하와이와 같은 극락도에 간다고 생각하고 여기에 왔을 것이다. 이런저런 이야기의 어디까지가 진실인지는 알 수 없지만, 섬에 온 노동자들이 하루라도 빨리 섬을 벗어나고 싶은 심정이었을 것은 충분히 상상할 수 있다. 사실 나 역시 여기가 섬이라는 사실 하나만으로 왠지 안정이 안 되고 빨리 육지로 돌아가고 싶은 심정이었다. 그 섬이 멀리 바라보이는 시라하마(白浜) 해안 일대에는 별 모래라고 부르는, 별처럼 반짝이는 모래가 섞여 있어서 날씨만 좋다면 더할 나위 없이 아름다운 풍경이겠지만, 강한 비바람이 몰아치는 해변에 서 있자니 나는 어떻게 해서든 오늘 안으로 이시가키지마에 돌아가고 싶다는 일념뿐이었다.

자동차 도로는 이 시라하마까지만 나 있어서 여기서 섬 동남쪽에 있는 항구로 통하는 길은 숲길뿐이었다. 비만 안 온다면 이 숲길을 지나는 것이 재미있겠지만 섬의 흙은 점토질이어서 조금만 포장도로를 벗어나면 갑자기 타이어가 미끄러져서 종종 진흙탕 속으로 빠져 버렸다. 그때마다 우리들은 차에서 내려 차를 밀어야 했기 때문에 이미 모두가 구두는 물론, 바지까지 진흙으로 범벅이 되어 버렸다. 이래서는 도저히 숲길을 통과할 수가 없어서 왔던 길을 다시 올라가 동쪽 해안으로 난 길을 따라 남쪽으로 내려가기로 했다.

고미(古見)라고 하는 곳까지 왔을 때 벌써 날이 저물기 시작했다. O씨는 차의 속력을 늦췄다. 저쪽에서 물소가 끄는 소달구지가 다가왔기 때문이다. 비로 뿌옇게 변한 잿빛 공기 사이로 보이는 물소와 농부의 모습은 마치 동남아시아의 농촌에서 올라온 듯한 모습이었다. 소 달구지가 가까워지자 O씨는 창문을 열고 갑자기 큰 목소리로 말을 걸었다.

"어이, 열심이구만. 지금 도쿄에서 오신 손님을 모시고 항구로 가는 길인데, 만약 배가 끊어졌다면 오늘 밤은 자네 집에서 신세지려고 하는데, 어떤가, 네 명 정도 묵을 수 있겠나?"

"아, 좋을 대로. 언제든지 묵으러 오게나."

소 달구지 위에서 상대방은 대답했다. 소달구지가 지나가자 O씨는 우리를 돌아보며 저 농부는 자신의 친척으로 이 해안 앞에 작은 섬에 집이 있는데, 거기서 이리오모테로 논을 갈러 온 것이라고 말했다.

"섬에서?" 하고 내가 되물었다.

"예, 섬이라고는 하지만 이 근방의 바다는 얕아서 무릎 정도까지밖에 안 와요. 저 달구지를 끌고 첨벙첨벙 바다를 건너 집에 돌아가는 길이지요."

"거참, 보통 일이 아니겠네요."

나는 말을 하면서 우울해졌다. 만약 배가 나가지 않는다면 우리도 무릎까지 빠져 가면서 바다 저편 농가에 신세를 져야만 한다. 전등도 없는 어두운 집안에는 여기저기 도마뱀이 집을 파놓고 밤에는 그 울음 소리에 괴로워하며 모기장 속에서 잠자야 할 테지…. 그러나 O씨의 대답은 나를 더 곤혹스럽게 만들었다.

"그 정도야 뭘요. 옛날에는 우리 집도 이리오모테에 논이 있었는데, 그때는 노젓는 배밖에 없었기 때문에 그야말로 큰일이었죠. 글쎄 다케토미에서 이리오모테까지 아무리 열심히 노를 저어도 6시간은 걸렸으니까요. 한밤중에 집을 나서도 여기 도착하는 게 8시쯤이죠. 대충 일을 끝내고 집에 돌아가면 밤 8시나 9시니까 잠잘 시간도 없을 정도예요. 참 잘들 견뎠죠…. 그래도 이리오모테는 물이 좋고 토지도 비옥하니까 통행에 다소 시간이 걸려도 산 위에 논을 가진 사람에 비하면 그나마 나은 편이지요. 그러니 덴메이(天明)[12]시대부터 다케토미 사람들은 이리오모테에 논을 갈러 간 게지요."

나는 할 말을 잃었다. 요컨대 O씨에게 동중국해는 샐러리맨의 통근전차 같은 것이었다. 그렇다고 하면 기상대가 발표하는 '강풍파랑주의보(強風波浪注意報)' 정도에는 눈 하나 꿈쩍하지 않았을 것이다. 그러고 보니 그러한 생활을 보낸 O씨가 "시간이 아깝다"고 입버릇처럼 말하는 것도 이해할 수 있을 것 같은 느낌이다. 그래도 그렇지, 이리오모테에 전답을 가질 정도면 왜 O씨는 이쪽에 집을 짓지 않았던 것일까. 아무리 이리오모테가 말라리아에 노출된 지역이라 해도, 왕복 12시간이나 걸려서 다니기보다는 차라리 말라리아 예방책을 강구하여 이쪽에 사는 것이 편했을 텐데…. 아니면 혹시 살쾡이가 사는 이리오모테지마에는 말라리아 말고도 무슨 금기 사항이 있어서 보통 사람은 살면 안 되는 곳이었을까.

항구에 도착한 것은 거의 5시가 다 되어서였다. 가을 해는 금방 저문다고 해도 이쪽은 위도 관계상 그렇게 어둡지는 않다. 고맙게도 전세 낸 배는 곧 출항한다고 했다. 우리는 신세 진 O씨에게 허둥지둥 인사를 하고 '씨 택시(Sea Taxi)'라 쓴, 지붕이 달린 소형 보트에 몸을 실었다. 선실은 한 평 남짓이나 될까. 안에 들어서자 벌써 O씨는 물론 선착장도 안 보였다. 맞은편 창문 한가운데로 수평선이 보일 뿐이었다.

"이거, 멀미할지도 모르겠는데."

나는 벤치에 걸터앉으며 S군에게 말했다. 그러자 S군은 낮은 목소리로 대답했다.

"멀미 정도가 아니겠어요."

배가 움직이기 시작했다. 항구를 나서자마자 수평선은 안 보이고 대신 물거품을 내뿜는 해수면이 창문으로 밀려들었다. 나는 한 손으로 의자를 잡고 다른 한 손으로 천장을 받쳤다. 다음 순간 해면은 멀어지고 수평선이 비스듬히 창문을 가로질러 이번에는 하늘이 크게 비쳤다. 그때 갑자기 묵직한 느낌이 허리 밑을 치고 올라오더니 뒤쪽 창문으로 치고 들어온 물보라가 목덜미에 떨어졌다. S군을 보니 양손으로 운전석의 사이에 있는 기둥을 붙잡고 있었다. 맞은편에 앉아 있는 중역은 벌써 기분이 안 좋은지 머리를 뒤로 젖히고 수건을 얼굴에 대고 있었다. 그러던 차에 선체가 반대쪽으로 기울자 그는 수건을 밀어제치고 앞으로 쓰러질 듯한 자세로 목을 움츠렸다. 창틈과 천장의 틈새로 바닷물이 밀려들어 중역의 양복은 어깨쪽이 흠뻑 젖었다.

이렇게 심하게 흔들리는 것은 정기선과 달리 배가 작기 때문이리라. 그러나 갈 때와는 비교가 안 될 정도로 바다가 험난했던 것도 사실이었다. 마치 배가 반은 가라앉으면서 달리는 것과 다를 바가 없었다. 그때 머리 꼭대기 쪽에 붙어 있던 스피커에서 찢어질 듯한 여자의 노랫소리가 들려왔다.

"마타하~레노, 진다라가누시야마요~."

서비스 차원에서인지 조수가 카세트 테이프를 튼 것이다. 격렬하게 선체에 부딪히는 파도 소리와 샤미센(三味線)[13], 요쓰다케(四つ竹)[14]의 리듬이 뒤엉켜 어느 정도는 정신이 그쪽으로 쏠렸다. 과연 민요의 리듬이 결코 가공으로 만들어진 것은 아닌 듯, 파도와 바람과 자연의 소리가 그곳에 살고 있는 사람들의 몸 안에 스며들어, 그것이 혈액의 고동과 함께 고유의 리듬을 만들어 가는 것인가 보다. 그런 것을 생각하며 문득 고개를 들어보니 옆 좌석의 S군은 얼굴이 새파래져서 역시

"사, 요이요이.[15]"

하며 수염이 난 입을 움직이며 뭔가 필사적으로 노래하고 있었다. 그것은 노래라기보다는 무슨 기도 같았다. 나는 우습다는 생각이 들었지만 동시에 무섭기도 했다. 이럴 때 인간은 의외로 농담을 주고받듯이 죽어 가는지도 모른다. 뱃바닥을 심하게 맞으며 들어올려진 선체가 그 반동으로 파도 속에 빨려 들어갈 듯이 떨어져 가는 것을 느끼며 나는 그렇게 생각했다. 그건 그렇고, 다케토미지마의 관리를 비웃었던 이 '아사도야부시'를 당시의 민중은 어떤 목소리로 어떻게 불렀을까? 물론 공공연히 노래하는 것은 틀림없이 금지되었을 것이다. 그러나 목소리를 낮추어 노래한다면 이 노래의 리듬은 생기를 잃을 것이다. 어쩌면 역시 이렇게 폭풍이 휘몰아치는 날

바다에라도 나가 노래를 불렀을 것인가. 그때였다. 지금까지보다도 훨씬 큰 파도가 배 정면으로 쇳소리를 내며 부딪쳐 왔다고 생각하자마자 선실에 켜져 있던 빨간 전등이 꺼지고 동시에 테이프에서 흘러나오던 노랫소리도 그쳤다. 파도의 충격으로 전원 스위치가 뽑히면서 카세트 안에 있던 테이프가 빠지며 갑판 위로 굴러 떨어졌다.

"젠장."

조수가 테이프를 주우며 다시 한 번 레코더에 걸려고 했지만, 또 다시 큰 파도가 밀려오더니 이번에는 카세트가 깨지며 속에서 테이프가 삐져나와 흔들흔들 흔들렸다. 조수는 테이프를 포기하며 운전대 옆에 서서

"어이, 이거 심각한데?"

그러자 운전석의 남자는 한손으로 핸들을 정신없이 돌리더니, "아직이야, 아직." 하며 일부러 자기 자신을 안심시키려는 듯한 목소리로 말했다.

나는 눈앞이 캄캄해졌다. 이게 아직 심각한 것이 아니라면 앞으로 또 어떻게 된다는 말인가. S군은 "멀미 정도가 아니겠어요." 하고 말했지만 확실히 공포심은 배멀미보다도 훨씬 강렬하고 심각한 것이다. 설마 이 배가 가라앉는 일은 없겠지. O씨는 노를 저어 논을 갈았고 이 바다를 아침 저녁으로 건너지 않았던가. 나는 그가 탔던 재래식 목조선을, 내가 탄

이 '씨 택시'의 견고함과 비교하며 공포심에서 벗어나고자 했지만, 그의 노와 이 배의 엔진 중 어느쪽이 풍파에 강한가 따위는 내가 알 수가 없는 일이었다.

"어, 섬이 보이네. 다케토미지마다." S군이 말했다.

"어디, 어디." 나도 들뜬 목소리로 물었다. 다케토미지마에서 이시가키지마까지는 10분 정도의 거리다. "의외로 빠른 걸."

"손님." 하고 조수가 이쪽을 돌아보며 말했다. "저건 구로시마고 다케토미는 훨씬 더 가야 돼요."

나는 낙담했다. 그러자 O씨가 가르쳐 준 그 강제이민자들의 노래가 가슴에 북받쳐 올라오면서 생각났다.

구로시마에 있나
사키시마에 있나…

구로시마에는 그 남자의 처자식이 있다. 노소코에서는 맑은 날씨에도 그 섬이 안 보일 것이다. 그 남자가 있는 장소가 죽음을 의미하는 독기 서린 땅이라는 점도 그렇지만 이 노래의 슬픔은 무엇보다도 가족으로부터 자신을 찢어 버린 바다의 넓이와 깊이에서 용솟음쳐 올라오는 것이 아닐까.

오키나와에서 오는 아름다운 소리는

어르신이 내리신 명령…

　물론 권력자의 목소리는 두려운 것임에 틀림없다. 그러나 섬 사람들을 늘 떠나지 않고 직접적으로 위협하고 있었던 것은 역시 바다의 비정함이 아닐까. 여기서는 바다가 차별을 낳았고, 이리오모테살쾡이를 고립시켰듯이 사람 역시 고립시켰다. 사람이 살지 않는 섬에 산다는 것은 이미 보통 사람이 아니라는 뜻일지 모른다. 그 때문에 다케토미지마의 농부는 이리오모테가 비옥한 땅이라는 것은 알았지만 결코 그곳에 살려고는 하지 않았던 것이리라. 그런 것들을 생각하면서 나는 바닷물 200m 아래 300만 년 전부터 잠자고 있는 해저의 모습을 상상했다. 거기에는 각종 동물의 뼈에 섞여서 고대 원시인들의 뼈나 주거지도 아직 남아 있을까. 파도에 떠밀려 올라간 반동으로 이번에는 내 몸 전체가 빨려들어갈 듯한 불안을 느끼며, 그럼에도 불구하고 바다와 그 속에 있는 것을 엿보고 싶다는 유혹에 휩싸였다.

　그건 그렇고, 몸이 젖었다는 것은 얼마나 불행한 일인가. 나는 몸을 움직인 순간, 목덜미에 차갑게 레인 코트의 깃이 닿는 것을 느끼며 혼자 중얼거렸다.

(1979년 3월)

註

1) 사카모토 료마(坂本龍馬 : 1835~1867) 19세기 중엽, 무신정권에 반대하여 왕정복고에 힘썼던 인물.
2) 도사(土佐) : 일본의 중서부에 위치했던 막부시대의 번으로 현재의 고치(高知)현.
3) 번(藩) : 근대 이전, 일본 각 지방 영주의 관할지.
4) 본도(本島) : 오키나와의 여러 섬들 중에 중심이 되는 큰 섬.
5) 본토(本土) : 일본열도의 중심부에 위치한 가장 큰 섬을 지칭함.
6) 자비센(蛇皮線) : 몸체에 뱀 가죽을 댄 세 줄 현악기.
7) 조(町) : 우리나라의 읍이나 면에 해당하는 지방 행정구획 단위.
8) 게이초(慶長)시대 : 1596~1615.
9) 덴부 : 생선을 쪄서 잘게 찢어 설탕과 간장 등으로 조리한 식품. 주로 초밥이나 주먹밥 속에 넣어 먹는다.
10) 이 경우 '지느'은 일본어로 '이리' 라고 한다.
11) 아단 : 오키나와에서 흔히 볼 수 있는 열대성 식물.
12) 덴메이(天明)시대 : 1781~1789.
13) 샤미센(三味線) : 일본 고유의 세 줄 현악기.
14) 요쓰다케(四つ竹) : 대나무 두 개씩을 양손에 쥐고 연주하는 악기.
15) 요이요이 : 일본 민요에 장단을 맞추기 위해 자주 등장하는 가락.

작품 소개

이 작품은 『전후단편소설선』(戰後短篇小說選, 岩波書店編輯部, 2000. 5) 제5권에 수록된 야스오카 쇼타로(安岡章太郎, 1920~1998)의 「離島にて」(1979. 3)를 번역한 것이다.

야스오카 쇼타로는 게이오대학 재학중에 징집을 받고 만주에서 군생활을 보낸 뒤, 1958년 영문학과를 졸업한다. 어린 시절 근무지의 이동이 잦았던 부친의 영향과 부모의 불화는 그의 성격 형성에 큰 영향을 미쳐, 학교생활 및 사회생활에 잘 적응하지 못하는 인물을 소설 속에 많이 담았다. 1962년에 아쿠타가와상(芥川賞)을 수상하는 등 많은 문학상을 받았다.

「외딴섬」은 오키나와의 여러 섬을 둘러본 주인공이, 악천후 속에 특히 이리오모테지마를 방문하면서 단순히 그곳의 독특한 자연환경을 기술하는 데 그치지 않고, 오키나와 본도와 주변섬, 오키나와 대 일본열도 간의 복잡한 차별 관계 등과 연관지어 회상하는 형식으로 기술한 작품이다.

거꾸로 가는 별에서 온 편지

아오노 소(靑野聰) 지음
윤복희 옮김

거꾸로 가는 별에서 온 편지

알고 지내던 여자가 권총으로 머리를 쏴 자살했다. 섭씨 40도의 무더운 어느 정오, 멕시코 국경 가까운 미국 애리조나주 황야에 세워진 트레일러촌의 풀장에서였다.

팔레스타인 난민 캠프로 떠나기 며칠 전의 일이었다. 캠프를 방문하고 돌아오는 길에 파리에 들를 예정이었다. 도고리(東鄕里)는 내게 고지엔(廣辭苑)[1] 세 권 분량의 선물을 파리에 있는 친구에게 전달해 달라고 했다. 전화를 받고 나서부터 신경이 쓰였는데 전해 주기로 한 이상 기왕이면 내 짐 속에 넣어 두고 싶었다. 그렇게 하지 않으면 왠지 짐가방의 뚜껑을

영 닫지 못할 것 같아 불안했다. 떠날 때는 보안검사를 받기 위해 좁은 문을 통과해야만 한다. 설령 그런 절차가 없을지라도 일본 밖으로 나갈 때는 몸도 마음도 그리고 짐까지도 간소화하고 싶은 것이다. 그는 나를 배웅할 셈으로 하코자키(箱崎)에 와서 짐을 건넬 생각인가 본데, 거기서 짐을 다시 싸는 것은 출발 직전에 화장실로 달려가 속옷을 갈아입는 것과 다를 바 없어 내 성질에는 맞지 않는다. 그래서 전화를 걸었다.

그에게는 부인인 요시코(淑子)와 전화벨이 울리면 제 손으로 수화기를 들어야 직성이 풀리는 어린 딸이 있다. 그러나 아무리 전화를 해도 응답이 없거나 아니면 통화중이었다. 겨우 누군가 전화를 받은 것은 다음날 한밤중이었다. 밤에 걸려오는 전화 때문에 고통받은 적이 많아서 나 역시, 사전에 약속한 경우가 아니면 밤늦은 시각에는 남의 집에 전화를 걸지 않는다. 출국날이 코앞인데 아직 짐가방은 싸지도 못했고 저쪽에서도 아무런 연락이 없기에 나는 다소 신경이 곤두서 있었다.

겨우 전화 연결이 이루어졌는데도 상대방은 아무런 말이 없었다. '여보세요'는커녕 숨소리조차 들리지 않았다. 누군가의 묵묵부답을 상대로 말을 하는 노력이 얼마나 참담한 기분인지 상상이 가는가? 그것은 마치 많은 사람이 경험한 적이 있는, 전화를 걸었으면서도 한마디도 하지 않는 협박성 장난 전화와 흡사했지만 그 내용은 완전히 다르다. 전화를 건 것은 이쪽이고 그것을 거부할 권리는 상대방이 가지고 있었기 때문이다. 내가 알고 있는 도고리 부부라고는 생각할 수 없는 행동이었다.

"너 도고리 맞지? 벙어리가 되겠다면 말리지 않겠지만 위(Oui)나 농(Non)이라고만 해. 위라면 하하 하고 숨을 두 번 쉬고, 농은 한 번, 알았어? 로드리게스에게 선물 보내겠다더니 어떻게 된 거야? 정말 보내기는 보내는 거야?"

처음에는 이렇게 단순한 분노만을 표출했었는데 상대방의 침묵에 빨려 들어가는 사이에 점점 혼란스러워져 제발 부탁해, 대답 좀 해, 하고 말할 뻔해 왠지 창피당한 느낌이 들어 그대로 수화기를 놓아 버렸다. 그리고 몇 분 후 좀 지나쳤나 싶어 끊는다는 말 한마디 없이 끊어 버린 것을 후회하며 다시 한 번 다이얼을 돌렸다. 어쩌면 자동응답기였는지도 모른다는 생각이 퍼뜩 들었기 때문이다.

"그쪽이 누구든 상관없고 내 용건은 로드리게스에게 보내는 선물 건인데 정말 보낼 생각이라면 이틀 이내에 내 손에 들어오도록 할 것, 그렇게 도고리에게 전해 줘요. 전해 주실 것을 믿습니다."

내 할 말만 하고 일방적으로 끊으면 될 텐데도 어쩐지 상대의 침묵에 신경이 쓰여 이번에는 끊을 수가 없었다. 그러자 식탁을 쾅하고 두드리는 소리에 이어 절망이 담긴 외마디 소리가 들렸다. 내용은 알 수 없었지만 분명 술에 만취해 소리를 지르거나 울거나 하는 도고리인 것만은 확실하다.

"뭐하는 짓거리야? 예고 없는 돌출행동은 실례인 거 알아? 난 부탁받은 선물을 파리까지 전달해 주려고 했을 뿐이야."

테이블에 엎어져 있던 그는 수화기를 얼굴 쪽으로 끌어 당긴 것 같다. 흐느껴 우는 소리가 크게 들렸다. "오멘이야, 오멘이 덮쳤어."

"무슨 소리야?"

"오멘이라니까. 넌 무슨 말인지 알잖아. 내 친구니까."

"난 널 친구라고 생각한 적 없어. 너도 마찬가지잖아? 그러니까 좀 예의를 갖춰서 행동하자구." 나는 난폭하게 말을 던졌다. 기르던 고양이가 죽었나 보다고 생각했을 뿐이다. 사실 고양이가 죽는 것은 그에게는 큰일로 전에도 그런 일이 있었는데 그때는 밤낮을 가리지 않고 그가 먼저 소위 '친구'라고 생각하는 사람들에게 전화를 걸어댔다. 의미가 확실치 않은 단어 '오멘'에 자극을 받아 내 의식은 과거로 향하는 커튼을 살짝 연 것 같다. 아닌 게 아니라 그는 청년 시절에 오컬트(occult)에 심취했었으니까. "갈기갈기 찢어지기 시작하는 거야. 머릿속의 어두운 부분이 말이야. 마쓰코(待子)가 권총으로 자살을 했대."

마쓰코는 그의 첫번째 부인이다. 정신착란증, 재활, 자살미수일지도 모를 큰 부상, 다시 재활이라는 불행한 길을 거쳐 외삼촌을 의지하여 미국으로 건너갔었다. 잇따른 나의 질문에 도고리는 한마디도 대답하지 못했다.

 나는 친구라는 말을 어떻게 정의해야 할지 아직 모르겠다. 아는 사람이냐고 물으면 어렵지 않게 "그렇다"고 대답할 수 있지만 친구냐고 물으면 내 몸 속의 각 기관이 가만 있질 않는다. 해외에서 생활할 때 수많은 일본인을 만났고 나를 특별히 싫어하는 사람이 아니면 그때뿐일지 모르지만 그럭저럭 친구가 될 수 있었다. 각자 자유의지로 일본을 떠난 청년들이었기 때문에 모두 자기 일에만 바빠 타인을 배려하는 일은 극히 드물었다. 서로가 각자의 내일을 기약할 수 없는 상태이고 보니 이것 저것 출신 성분을 조사할 필요도 없고, 가명을 쓰고 싶으면 쓰면 되고 거짓으로 치장한 허영의 망토를 입고 싶으면 입으면 그만이었다. 나는 그들의 허영에 도취되는 역할을 자청했다. 말을 걸 때 이 작자를 새겨둬 봤자 나중에 별 볼일 없을 것이다, 하는 생각은 전혀 하지 않았다. 말하자면 나는 문단속을 하지 않는 칠칠치 못한 이동식가옥과도 같은 존재였던 셈이다.

 그런 상황에서 자비유학생인 도고리와도 어느새, 어느 곳에서라고 할 것도 없이 만났던 것이다. 나보다 네 살 아래인 그는 '친구'라는 단어를 조금도 거리낌없이 사용했다. 카페에서나 필름 도서관(film library)[2]으로 들어가는 행렬 속에서, 또는 파티 석상에서 그가 소위 그의 '친구'들에게 나를 '친구'라고 소개할 때의 그 숨막히는 압박감을 부끄럽게 떠올린다. '친구'가 아니라고 주장할 만한 이유를 대지 못하면 말없이 인정할 수밖에 없는 노릇이고, 그때마다 중얼거리는 '나는 네 친구가 아니야'라는 독백은 마치 허술한 집 안의 먼지처럼 밖에서 불어오는 바람에 실려 어딘가 구석으로 숨어 버렸다.

내 속에 숨어 있는 일말의 저항과 상관없이 주위 사람들의 눈에는 '친구', 특히 내 섹스 상대였던 덴마크 국적의 유대인 여자에게는 'best friend'로 비쳤던 것 같다. 급행열차에 몸을 실으면 10시간 만에 고향에 갈 수 있는 그녀는 멀리 동양에서 온 알아들을 수 없는 말을 구사하는 청년과의, 예를 들면 등산하던 도중에 전혀 모르는 사람과 친하게 대화를 주고받는 것과도 비슷한, 한정된 시간과 공간 안에서의 인간 관계와 같은 특수한 상황을 이해할 수 있는 능력이 없었다.

동그란 은테 안경을 쓴 몸집이 작은 도고리는 특유의 가냘픈 목소리로 온갖 문화에 대해 이야기했고 나는 그를 통해 연금술이나 점성술, 마술이나 주술 같은 오컬티즘(occultism)

에 관한 지식을 얻었다. 소설가가 되기 훨씬 전에 소설가가 되는 데 필요한 영양분을 찾아 여기저기 헤매던 나였지만, 오컬티즘에 심취하는 것이 문학에 미칠 부정적 영향에 대해서는 예측하고 있었다. 예를 들면 스웨덴볼그, 발자크, C 윌슨 등의 오컬트에 빠진 작품을 보라. 절도를 잃어버린 실로 경박한 작품이 아닌가.

그래도 도고리에게만은 주목했다. 신에게 심취한 니진스키의 정신 구조나, 두껍게 낀 구름 사이로 비치는 한줄기 빛과 같은 계시를 획득하는 방법 따위에 강한 관심을 보였기 때문이다. 인간이라면 누구에게나 자연의 무대 뒤에서 들려오는 천계(天界)의 소리를 들을 수 있는 능력이 있다. 사회생활을 영위하느라 뚜껑이 닫혀 있는 그 능력을 개발한다면 고귀한 시를 읊을 수가 있다. 그의 이야기를 듣고 있는 중에 그렇게 믿었고 그 자신이 가까운 장래에 천계의 소리를 일본어로 번역해 인간의 마음을 자극하는 시집을 내겠다고 해서인지 그의 다람쥐처럼 사랑스러운 눈과 품위 있는 높은 이마는 너무나도 신비한 시인을 닮은 것처럼 여겨졌다.

가까운 장래까지 갈 것 없이 천계의 소리가 들려 온다면 지금 곧 번역하면 되는 일이 아닌가. 마치 살아 있는 육체가 무색무미 투명해져서 수신장치와 번역기로 도깨비화(化)하는 듯한 얘기가 아닌가. 우리는 그런 능력을 이미 유아기에

다 잃어버렸고 인간의 마음을 자극하는 언어는 사람의 열 배 이상이나 진한 삶을 살아온 주름살투성이의 영혼에서 나오는 것이 아니었던가.

만약 그가 건방지게도 소설가가 되고자 한 내 마음을 무시하고 나를 파리 생활에 동화된 아니꼬운 샐러리맨쯤으로 간주했다면 아마 이런 질문을 던져 한 방 먹였을 것이다. 그는 나를 부추기는 방법을 터득하고 있었다. 틀림없이 소설가가 된다고 믿어 의심치 않는 척했고, 나는 나대로 공원의 숲이 보이는 카페에 앉아 그때까지 쓴 일기를 바탕으로 소설을 쓰면 금세라도 걸작이 탄생할 것 같은 착각에 몇 번이나 사로잡혔다. 아니 아니, 때는 지금이라고 생각될 때까지 기다려, 하는 경고를 무시하고 실행에 옮겼다면 내 몸에 너무 큰 형벌이 가해져 반신불수가 되었을지도 모른다.

"작품을 읽은 독자가 아무리 적의를 품더라도 상관할 것 없어. 하지만 실제 생활에서는 적을 만들면 안 돼." 하고 언젠가 그가 말했다. 또 어느 때인가는 "소설은 무한대로 늘려진 한마디 말이야. 그것을 위해 작가는 백만 마디를 소비해 현상(現象)을 만들어 내지. 그리고 작품 속에서는 절대로 그 한마디를 사용하면 안 돼." 하고 말했다. 솔직히 나에게는 그의 말이 수수께끼로밖에 안 들려 의미—이해하는 것이 곧 힘이 될 것 같은 의미—를 파악할 수가 없었다. 다람쥐처럼 사랑스러웠던 그의 눈은 그 무렵의 나를 통해 현재의 나를 이미 보고 있었던 것이다.

예지능력을 정말로 갖고 있었는지도 모른다. 우연이라고 하기에는 힘든, 지금도 이상한 사건으로 확실히 기억되는 일은 로드리게스의 아파트에서 목격한 샹들리에사건이다.

몽파르나스 묘지 뒤의 음산한 아파트에 살고 있는 로드리게스는 성(性)의 이미지를 환기시키는 정체 모를 작품을 만드는 아티스트였다. 교사인 부인이 그를 부양하는 격이어서 옆에서 보기에 초연한 인생을 살고 있는 것처럼 보이는 그는, 작품을 제작하는 도중에, 예를 들면 점토로 음경(陰莖)이라고 생각되는 탑을 한창 만드는 도중에도 손님이 오면 싫은 내색 한 번 하지 않고 맞이하면서 뭔가 술 종류를 잔에 따라 주었다. 내가 그를 알게 된 것은 물론 도고리를 통해서였다. 자기만을 위한 공간을 마음속 그 어디에도 두지 않은 것 같은 그의 성격은 내가 알고 있는 한, 서양인 아티스트로서는 드문 성격이었다. 그는 늘 온화함이 감도는 호인이었지만 아무리 놀러 오라는 초대를 받아도 그의 집으로는 좀처럼 발이 향하질 않았다. 그의 방은 대낮인데도 융단으로 만든 커튼을 치고 있었고, 게다가 조명 또한 너무 어두워서 언제나 동공이 열릴 대로 열린 상태가 되기 때문이었다. 그러나 5구(區)의 싸구려 호텔에 묵고 있던 도고리는 그곳이 마음에 들어 학생식당보다도 그의 집에서 더 자주 식사를 했다. 도고리는 이탈리아 쌀로 지은 밥을 날계란에 비벼 먹고 조갯국물을 마시면 대만족이라는, 20대 초반의 청년치고는 대단히 검소한, 아니면 적응력이 모자라는 위장의 소유주였다.

그날 저녁도 식사가 따랐다. 점심 때 오페라좌 근처에 있는 단골 카페에 앉아 있었더니 그가 모피 코트에 양손을 찌른 마치 새끼곰 같은 모습을 하고 나타났다. 그에게는 늘 책을 한 권 끼고 다니는 습관이 있었는데 그것이 방금 산 책이라도 될라치면 일장연설식으로 내용을 설명해 주곤 했다. 그때는 검은 표지의 초현실적 현상을 다룬 소련 과학자가 쓴 논문의 프랑스어판을 가지고 있었다. 그리스도의 시신을 감쌌다고 전해지는 천에 묻은 혈액을 특수광선에 쬐었더니 떠올랐다는 그리스도의 얼굴이며, 네모칸 속에 숫자가 즐비한 카발라(kabbala)[3]의 해설, 영매(靈媒)가 불러 올린 죽은 사람의 사진 등이 실린 두꺼운, 그러나 어느 한 줄 제대로 뜻을 파악할 수 없는 나에게는 심히 의심스러운 책이었다.

"여기에 적혀 있는 것은 아니지만," 이라는 전제를 두고 그는 힌두교의 성어(聖語)인 '옴'과 고대 유대교의 성어인 '아멘'의 음성상의 유사점을 들어, 태고에는 동서에 정신적 교류가 있었다는 설을 피력했다. 옴의 정확한 발음은 '아옴'으로 A로 시작해 M으로 끝나는 것은 알파로 시작해 오메가로 끝나는—히브리어로는 아레프로 시작해 멤으로 끝남—것과 통하며 그것은 '시작의 시작부터 끝의 끝까지'를 포함하는 우주관이다. 불교와 인연이 깊은 우리에게 친숙한 '암(唵)'은 말 그대로 '아멘' 그 자체로, 과거를 멀리 돌아보면 세계는 하나였다는 설이다.

지금이라면 그래서 어쨌다는 거냐고 반문하고 싶지만 당시의 나는 밀크티를 마시며 그저 감탄하며 듣고 있었고, 그의 말이 일단락된 다음에 저녁을 내기로 약속했다. 실은 월급을 받은 지 얼마 안 된 상태였기 때문에 식도락가들에게 잘 알려진 레스토랑에 가 보고 싶은 탓도 있었다. 그런 곳에는 혼자 가기가 쑥스러운 법이다.

검토 끝에 세느 강변에 있는 개구리 요리 전문점에 가기로 했다. 피카소가 자주 다닌, 호색한처럼 보이는 주인이 경영하는 가게였다. 그런데 넥타이를 고쳐매고 도고리를 데리러 갔더니 그는 생각을 바꾼 다음이었다. 레스토랑에 지불할 돈으로 재료를 사고 로드리게스네 집에서 식사를 준비하면 네 명이 즐길 수 있다는 것이었다.

"마늘이 듬뿍 들어간 개구리를 먹고 싶었는데."

"마늘이 듬뿍 들어간 말고기는 어떨까? 게다가 끝내주는 와인까지 마실 수 있잖아."

딱 잘라 거절하고 그의 목을 끌고라도 데려가고 싶었는데 그만두었다. 한 개인의 욕망보다도 집단의 욕망이 우선이라는 대단한 일에 생각이 미친 것은 아니지만, 어느쪽이 보다 인간적인 행위일까 내심 반문해 보니 레스토랑의 개구리가 아닌 친구집에서의 말고기 쪽으로 생각이 기울었다. 당시의 나는 도고리를 사람과 사람 사이의 관계, 화목을 중시하는 녀석이라고 파악하고 있어서 그런 면에 일종의 부담을 느끼고 있었다는 생각이 든다. 어쨌든 일단 결정하고 나니 나도 모르게 통이 커져서 말고기 2kg에 와인, 그 밖에도 이것 저것을 대량으로 구입했다. 로드리게스 부부가 아직 외출에서 돌아오지 않았기 때문에 도고리가 가지고 있던 열쇠로 안에 들어갔다. 어두운 거실은 불을 켜도 밝아졌다는 느낌이 안 들었다. 빛의 밝기를 일부러 죽인 데다 빨간 숄을 샹들리에에 감아 두었기 때문이다. 아닌 게 아니라 방 구석구석을 밝혀 얼굴의 작은 점까지 다 드러나면 불안해진다는 사람이 있기는 있지만 그렇다고 해도 술 한 병 없는 무인(無人) 바에 와 있는 것 같아 왠지 좀 쓸쓸했다.

"일하는 손 주변만 밝게 하고 나머지는 어둡게 하는 작가는 대체로 밝은 작품을 만들어 내는 법이지."

"입에 들어가는 음식인데 적어도 색과 모양을 구별할 수 있을 정도는 돼야지."

샐러미(salami) 소시지를 안주삼아 한 잔 마시기로 하고 부얼에 병따개를 가지러 간 도고리는 식탁에 와인 잔을 놓고 있는 내 옆에 왔다가 "어." 하는 것이었다. "이상해. 샹들리에가 떨어질 것 같아." 나는 와인 잔을 손가락 사이에 끼고 허둥지둥 몸을 일으켰지만 천장에 쇠줄로 매단 샹들리에는 아무런 이상도 없었다. 그러나, 이상한 것은 도고리라고 생각하며 샹들리에의 붉은 불빛이 반사되는 그의 둥근 안경을 쳐다본 바로 그때, 샹들리에가 떨어졌다.

"역시 떨어졌네." 그는 무감각한 표정으로 말했다.

깨진 유리조각을 줍고 청소하는 따위의 자잘한 일상적 행위를 마치고 옆 방에서 코드가 짧은 스탠드를 가지고 와서 창가로 식탁을 옮겼을 때는, 어떻게 샹들리에가 떨어질 것을 예견했는지를 설명할 수 없는 상태로 되돌아왔다. 그것이 떨어진 것은 쇠줄을 천장에 고정시키고 있던 못이 콘크리트 채 빠진 탓으로, 마치 큰 지진이 있기 전의 땅의 울림이라고나 할까, 일종의 징조와도 같은 1mm의 몇 분의 1 정도에 해당하는 움직임을 그의 눈은 보았는지 모른다. 물론 그에 대한 의식은 그에게 없고 "이런 일이 진짜 있기는 있네"라고 말할 뿐이었다. 그 일이 있고 나서 한참 뒤에도 그때의 불가사의를 신기해 하며 "그런 일도 있을 수 있나 봐." 하는 것이었다.

예지능력은 나의 이해 범위를 넘어서는 것이기는 하지만 그런 능력을 갖춘 사람이 있는 것은 얼마든지 상상할 수 있는 일이다. 보통사람들도 어느 순간 일시적으로 그런 능력을 발휘할 수 있다고 생각한다. 천계의 소리를 일본어로 번역하여 시집을 낼 생각이었던 도고리에게는 그 능력을 발휘할 기회가 더 많았을 것임에 틀림없다. 그것은 예지능력이 아니라 그의 눈이 천장에 박힌 못의 미묘한 움직임을 포착한 것에 불과하다는 합리적인 설명을 한다 해도 그 어두운 방에서 1mm의 몇 분의 1 정도의 움직임을 포착한다는 것은 역시 보통은 넘는 무엇인가가 작용했기 때문이 아닐까.

그리고 얼마 후 그는 집에서 송금이 도착하기까지의 2개월 정도 내 방에 머물게 해 달라고 부탁했다. 나는 앞으로 일어날 사태에 대해 냉정하게 시간을 들여 생각했어야 했다. 사흘 정도라면 괜찮다고 했어야 했는데 틀에 박힌 생활을 경멸하는 마음이 내 마음속 어딘가에 있었기 때문에 기분 좋게 승낙을 했다. 기분이 내키면 놀러 와서 머물곤 하던 엘마가 그에게 호감을 가지고 있었다는 점을 써 둘 필요가 있겠다. 그는 하는 짓이 귀엽고 진지하게 말하는 모습 속에 유머가 있었다. 그와 나는 생각하는 것도 체형도 전혀 다르지만 마치 형제처럼 보였나 보다. 또한 그는 엘마의 친척 중 그 누구보다도 구약성경에 나오는 수많은 에피소드를 잘 알고 있었고 백인 문화에 기여한 유대인의 공헌도를 높게 평가했다는 것 등이 엘마가 그에게 호감을 느낀 이유였다.

머지않아 소동이 일어났다. 저임금의 이민노동자가 많이 살고 있는 이 아파트에는 화장실이 없는 방이 많아, 나선형 계단을 올라가 7층에 살고 있는 우리는 5층과 6층의 중간에 있는 공동화장실을 사용하고 있었다. 도고리가 왔을 때는 두껍고 긴 배설물에 막혀 변기의 물이 넘쳐서 도저히 쓸 수 있는 상황이 아니었다. 그러자 그는 고무가 달린 흡입기를 근처의 터키인이 경영하는 카페에서 빌려와 변기를 뚫고는 자물쇠를 사서 그대로 잠가 버렸다. 사람과의 관계, 즉 화목을 소중히 여기는 사람이라는 내 판단은 막혔던 배설물과 함께 사라져 버렸지만 손을 더럽힌 그의 기분을 모르는 바는 아니었다. 직장에서 돌아와 그 이야기를 들은 몇 시간 뒤, 화장실이 없는 방에 살고 있는 한 아랍인이 아랍어로 소리소리 지르며 6층과 7층에 사는 사람들의 방을 하나씩 두드렸다. 옆 집과의 사이에 생긴 보이지 않는 벽 때문에 렌즈구멍을 통해서만 보는 외부인의 얼굴은 가운데가 펑퍼짐한 것이 폭력적인 침입을 연상시켜 늘 불안에 휩싸였다. 그 아랍인은 이미 완력으로 자물쇠를 부순 뒤였는데 방마다 돌아다니는 이유는 범인을 잡아서 설교하기 위해서였다.

  도고리는 변명하지 않았다. 어깨를 나란히 하고 입구에 선 우리는 호기심 어린 표정에 도저히 친해질 것 같지 않은 우락부락한 눈초리를 지닌 이웃사람들의 주목을 받았다. 바로 아래층 방에 살고 있는 얼굴이 둥글고 키가 작은 중년부인도 계단을 중간까지 올라와 쳐다보고 있었다. 이 부인은 요주의 인물이었다. 이웃과의 벽은 두껍지만 아랫집과의 천장은 얇아서 테이블을 옮길 때 자칫 테이블 다리가 마룻바닥을 살짝 스치기만 해도 마포걸레로 천장을 두드렸는데 그것으로 발밑에서 올라오는 분노의 신호를 느낄 수가 있었다. 그 여자는 30년 동안 이곳에 살다 지금은 교외의 고층 빌딩에 거주하는 내 방 주인인 노부인과 친한 사이기 때문에 안 좋은 감정을 심어 놓으면 불이익이 올 수도 있었다.

세미 더블 침대가 하나 있지만 도고리용으로 하나 더 사봤자 방만 좁아질 따름이라 잠잘 시간이 되면 침대에서 매트를 꺼내어 창문 쪽에 깔았다. 한 사람은 매트에서 자고 나머지 한 명은 침대의 그물망 위에 두꺼운 군대용 담요를 깔고 잤다. 문제는 두꺼운 매트를 혼자서는 들 수 없다는 점이었다. 내가 출근할 때 쯤 도고리는 아직도 자고 있었다. 점심 전에 일어나서 대학으로 어슬렁거리며 가는 게 버릇이라 그는 방을 그대로 두고 나갔다. 만약 내가 돌아오기 전에 집에 있으면 금방 치우고 잠자기 전까지의 대여섯 시간을 기분좋게 보낼 수가 있는데 그가 집에 없는 적이 더 많았고 보기만 하면 눕고 싶어지는 그 방을 보지 않기 위해 부엌에서 책을 읽든지 영화라도 보러 가든지 해야 했다.

그러나 이윽고 부엌에도 보고 싶지 않은 물건이 등장했다. 배뇨(排尿)용 파란색 플라스틱 양동이가 그것이었다. 한밤중에 소변을 자주 보는 그는 공동변소까지 가기를 귀찮아 했다. 소변이 잦은 이유에 대해 "방광이 작기 때문이 아니야"라는 묘한 이유를 둘러댔다. "내가 너무 민감한 탓이야. 보통 사람은 방광이 꽉 차야 소변을 보라는 신호를 받지만 나는 조금만 차도 신호를 받거든. 양이 많고 적은 것쯤이야 참으면 되겠지만 그렇게 되면 점점 생리적으로 둔해져서 섬세함을 잃어버리게 돼."

그는 내 집에서 지낸 지 삼주 만에 여자를 데리고 왔다. 나를 위해 특별히 방을 깨끗하게 하려고 데려온 것은 물론 아니었다. 그를 알고 나서 몇 달이 지났지만 좋아하는 여자가 있다는 말은 한 번도 하지 않았다. 엘마가 자고 간 바로 다음 날이었다.

엘마가 섹스를 좋아하는 것은 남자를 기쁘게 하는 것이 취미였기 때문이다. 나 말고도 여러 남자와 상대했다고 생각하는데, 내 입장에서 보면 그녀는 마치 하늘이 준 선물과도 같은 존재였다. 담백하면서도 천연덕스러운 성격의 23살 엘마는 심심풀이로 프랑스어 학교에 다니고 있었다. 아마 중절수술을 하지 않았다면 버터플라이 종목으로 몬트리올 올림픽에 출전했을 것이라고 처음 만난 날 명랑하게 말했다. 그녀의 어깨에서 목까지 이르는 부드러운 곡선을 감탄하며 보고 있던 내 손을 들어 배의 근육을 만지게 하기도 했었다. 우리는 일본인 단체 관광객을 받는 새로 생긴 호텔의 풀장에서 아침 일찍 만났다. 나는 거기서 이탈리아에서 열차로 도착하는 교사들을 사무실에 도착한 여행안내서의 명단에 맞춰 방 배정을 끝내고 기다리고 있었다. 그러나 열차가 한참 연착해 12시쯤 도착한다는 연락을 받고는 풀장으로 뛰어들었다. 물안경을 쓴 여자가 상당한 스피드와 힘으로 4코스를 버터플라이로 수영하고 있었다. 내가 그 옆의 3코스에서 수영한 것은 그저 아무도 없었기 때문이었다. 나는 편도 25m를 수영할 때마다 휴식을 취하며 그녀를 열심히 보았다. 내가 수영하는 동안에 그녀에게 뒤지는 일이 없도록 시간을 재고 있었기 때문이기도 했다. 이윽고 그녀도 휴식을 취했다. 기세좋게 물에 뛰어들더니 물개처럼 살며시 얼굴을 들고는 물안경을 머리 위로 제끼면서 갑자기 웃어댔다. 내가 콧물을 흘리고 수영장에 푼 소독약 때문에 눈이 빨개졌기 때문이었다. 그녀의 배를 만진 다음 나는 버터플라이를 배우기로 했다. 결코 코치로서의 재능이 있다고는 생각하지 않지만 그녀만큼 요령있게 설명하는 사람을 본 적이 없다고 지금도 확신하고 있다.

"킥은 상관없어요. 버터플라이는 허리의 움직임이 전부예요. 마치 퍼크(fuck)하는 것과 같은 요령이죠. 그냥 주저없이 퍼크하면 돼요. 그러니까 누구나 할 수 있어요." 말 그대로였다.

그녀는 언제나 불쑥 전화를 걸어 왔다. 지금도 잊을 수 없는 것은 근무중에 나가 샹젤리제에서 만났을 때의 일이다. 길거리에서 손과 손이 마주치며 성욕이 솟구치자 서로 허둥지둥 지하철을 타고 블로뉴 숲으로 달려가, 뒤를 돌아보면 자동차의 행렬이 코앞으로 지나가는 곳에서 팬티에서 한 쪽 발만을 뺀 채 스커트를 걷어 올리더니, 어렸을 때부터 수영으로 단련된 허리를 들이미는 것이었다. 그녀 왈, 유대 여자는 집 밖에서 이 포즈를 취하기를 좋아한다고 한다. 너도 나도 여유가 없는 게토(ghetto)[4] 생활을 하다 보니 초록이 무성한 시온 땅을 향한 향수가 쌓인 탓일까. 아니면 엽록소를 빨아들이면 종족 보존의 본능이 더 활발해져 여자의 질을 적시는 것일까. 그것도 아니면 단순히 기독교 사회에 대한 반항심의 발로일까. 이도저도 답은 아니고, 자세히 들어보니 이런 순식간의 성교를 좋아하는 사람은, 확실히 유대 여자 중에서도 특히 이스라엘의 수도 텔아비브에서 성실하게 활동중인 창녀들이라고 한다. "환락가에서 손님을 만나면 가장 가까운 골목으로 들어가요. 이스라엘은 에너지의 낭비를 경계하기 때문에 조금만 옆으로 들어가도 어두운데다 가로등은 거의 없는 거나 다름없고 문에 등을 다는 집도 거의 없어요. 그러니까 손님을 데리고 남의 정원을 그냥 쓰는 거예요. 길거리와의 사이에는 나무 몇 그루밖에 없지만 그거면 됐죠, 뭐." 대충 이런 식이었다.

그녀가 창녀라 해도 어색한 느낌을 주지 않는 것은 이곳이 그야말로 거대한 여인의 질과도 같은 음탕한 도시이기 때문이 아닐까. 비록 에펠탑으로 도망간다 해도 성(性)의 내음으로부터 자유로울 수 없을 것이다. 담배를 사러 가도 길거리에 널린 게 창녀이고, 좀 생각에 잠겨 길을 걸을라치면, 호주머니에 넣은 손으로 딱딱해진 음경을 부여잡은 남자와 부딪쳐 호되게 당했다. 수컷과 암컷의 본능이 뒤엉킨 일년 365일이 사육제라고나 할까. 비데에 흘린 정액이 하수관으로 빠져 나가 대지의 거름이 되는 것이다. 여자의 창부성을 가로막는 것은 아무것도 없었다.

금요일, 우리는 오후 3시경에 침대에 누웠다. 나는 섹스로 그녀를 즐겁게 해 준 적은 없고 포식한 뒤의 나른한 몸을 채찍질한 후희(後戲)로 황홀경에 빠뜨렸다. 그 대신 그녀의 벗은 몸에 밀착되어 있는 내 음경은 열심히 발기했다. 나의 20대란 무엇이었을까 하고 생각하면 가장 먼저 떠오르는 것이, 진취적인 기상이 흘러넘쳐 메마른 땅이 물을 찾듯이 이문화(異文化)에 눈길을 준 정신의 왕성한 긴장이 아니라, 시들었다 금방 다시 머리를 쳐드는 짧은 발기의 간격이었다고 할 수 있다. 창가에 서서 눈을 수평으로 하고 앞을 바라보니 도로를 사이에 두고 건너편 건물의 다락방이 보였다. 철책에 일렬로 늘어선 비둘기 너머, 레이스 커튼 사이로 한 노파가 이쪽을 훔쳐보고 있었다. 벗은 몸으로 목을 내민 채 길거리를 내다보던 엘마에게 다가가, 카페에서 들려오는 아라비아 노래 특유의 곡조를 들으며 두번째 섹스를 했다.

지붕이 황금색으로 물들고 창문이라는 창문이 모두 그 빛에 휩싸여 천상의 소리에 화답하는 석양 무렵은 수컷과 암컷이 인간이 되는 순간이다. 그러나 도고리가 돌아온 그 시각, 우리는 다시 수컷과 암컷으로 돌아가 세번째 섹스를 즐기고 있었다. 부엌과 방을 나눈 유리문을 열고 들어온 그는 나갈 생각을 않고 벗은 코트를 가만히 책상 위에 놓더니 의자에 앉아 담배에 불을 붙였다. 창문으로 다가가 천상의 소리를 들으려고 했다면 모를까 다리를 포갠 채 미동도 하지 않았다. 엘마가 짧게 "살뤼(salut)[5]." 하고 인사하자 그도 "살뤼." 하고 대답했다. 살뤼도 좋지만 엘마의 물고기처럼 탄력있는 오른쪽 다리를 가슴 위에 품고 왼쪽 허벅지를 내 양 다리 사이에 끼운 채, 장(腸)을 비비 꼬며 끝까지 밀어 붙이던 체위를 그에게 보이고 싶지는 않았다. 혹시 정상 체위였다면 또 모를까.

그러나 그는 구경을 한 것이 아니고 그냥 그 자리에 가만히 앉아 있었던 것이다. 나가려고도 하지 않고 전혀 이질적인 공간에 있는 것처럼 당당히 앉아 있는 신경은 나로서는 도저히 생각할 수 없는 일이었다. 그렇다고 그가 수치심을 모르는 것은 아니었다. 배뇨용 플라스틱 양동이를 준비할 정도이면서도 그는 자신이 소변보는 모습을 결코 보이려고 하지 않았다. 내가 부엌에 나가면 휘파람을 부는 척 슬쩍 위를 보면서 양동이를 내려놓는 일이 몇번이나 있었다.

"아니, 여자 친구도 없어요?"

단 한 번의 스트라이크도 없이 밀어내기식 볼넷으로 결착을 본 것 같은 섹스였다. 우유로 목을 적신 엘마가 젖꼭지를 손톱으로 긁으며 도고리에게 묻자 그는 일어나 전등을 껐다. 하필이면 오늘따라 일찍 들어와 현장을 들킨 나는 그를 과도하게 의식하는 것이 화가 나기도 해 잠자코 그의 대답을 기다렸다. 내 예상은 그가 아무말도 하지 않을 것이라는 것이었다. 그의 말에 말발이 서는 것은 주로 추상적인 내용일 때가 많았고 성적인 대화는 거의 없다시피 했기 때문에 나는 그가 혹시 '동정'이 아닌가 생각했었다. 그래서 언젠가 서로가 만취했을 때, 그를 데리고 여자를 사러 갈 생각이었다.

그런데 속어까지 구사하며 "내 궁둥이는 작아서 말이야. 양키 궁둥이처럼 이만하고 맛이 있으면 좋을 텐데." 하고 양손으로 커다란 엉덩이를 가리키며 말하는 것이었다.

여러 가지 해석이 가능하겠지만 역시 농담이었다. 프랑스어로 말했기 때문에 벌써 알아들은 엘마는 몸을 젖히고 웃으며 "그쪽한테 그렇게 큰 양키 궁둥이가 달려 있으면 어떻게 되는 거야?" 하고 정말 많이 웃었다.

"현세(現世)를 살아갈 힘이 넘치는 데다 섹시하지 않겠어?"

"바보 같은 소리. 그쪽 궁둥이는 작아서 섹시한 거예요."

다음날 단체여행객 중 노틀담을 견학하던 사이에 전 재산이 든 가방을 도난당한 손님이 있었다. 범인은 잘 훈련된 집시 아이들이었다. 반쯤 정신이 나간 손님을 안정시키고 대사관과의 교섭에 시간이 걸려 집에 돌아온 것은 평소보다 상당히 늦은 시간이었다. 마쓰코(待子)는 이미 와 있었다. 요구르트를 섞은 신기한 볶은 밥에 한창 향신료를 넣는 중이었다. 균형이 잡힌 몸매에 키는 도고리보다도 10센티 이상 큰, 잘 빗은 머리가 어깨까지 내려온 다소 차가운 인상의 미인이었다.

"안녕하세요." 하고 인사하는 그녀는 별로 거북해 하지 않는 듯했다. "메밀가루로 크로켓을 만들려고 하는데 배고파요?"

"아, 네. 아, 손님이시군요." 나는 흥분된 목소리로 대답하고 거실로 가 보니 매트가 내려져 있고 침대가 둘로 나뉘어 있었다.

파란 편지지에 굉장한 속도로, 게다가 꼬부랑 글씨로 편지를 쓰고 있던 도고리는 손을 놓기는 했지만 소개조차 하지 않았다. 옷을 갈아입은 나를 보는 귀여워야 할 그의 눈은 귀엽기는커녕 그저 무심히 검게 그늘져 있었다. 아니 갑자기 변한 것은 아니고 원래 그의 눈은 자세히 다가가서 보면 사랑스러운 다람쥐 눈은 아니었다. 그러나 여자가 있다는 것은 좋은 일이다. 마음이 좀 들뜬 나는 "굉장히 빨리 쓰네. 부럽다." 하고 밝게 말했다.

"이런 거에 질투하는 거야?"

"쓸 말이 마구 솟구치는 것 같은데? 내용이야 어떻든."

그는 만년필 뚜껑을 닫으며 한숨을 쉬듯 낮은 목소리로 말했다. "그게 아니야. 천천히 정성을 들여 쓰면 똑같은 문장의 편지를 전에도 쓴 적이 있는 것 같은 생각이 들어서 지겨워진단 말이야. 왜 나는 같은 편지를 두 번이나 써야 하는가, 하는 생각이 들면 벌써 끝장이야."

그는 마쓰코도 함께 있게 해달라는 말은 하지 않았고 어떤 관계인지도 말하지 않았다. 창문 쪽으로 붙여 두었던 테이블을 밑에 울리지 않도록 들어올려 "쉿, 쉿." 하며 가운데로 옮겨 식사를 시작하자 뜻밖에 마쓰코가 먼저 말을 꺼냈다.

"이런 식사라도 괜찮다면 매일 3인분을 만들게요. 꼭 고기를 먹어야 한다면 2인분을 만들지만."

"마쓰코 씨는 채식주의자인가 보죠? 꽤 맛있는데요." 하며 나는 새콤달콤하면서 후추맛이 진한 처음 먹어 보는 볶은 밥의 맛을 품평하는 척하며 마음속으로 궁리를 짜냈다. 도고리는 느긋하게 소금을 손바닥 위에 올려 놓고 손가락으로 문지르면서 수프 위에 뿌리고 있었다. 그가 식사하면서 말을 하지 않는 것은 어제 오늘 일이 아니었다. "점심은 밖에서 스테이크를 먹으니까 저녁은 채식주의를 경험하는 것도 나쁘지는 않죠. 짧은 기간이라면 체력이 떨어질 일도 없을 테니까. 셋이 함께 생활하는 것은 어느 정도 기간일까요?"

"그건 이 사람이 알고 있어요." 마쓰코의 팔꿈치에 찔린 도고리는 무슨 말인지 모르는 것 같았다. 마쓰코가 "여기서 셋이 함께 생활하는 것은 언제까지냐고 묻고 있잖아요." 하고 설명하자 그는 내 눈을 조용히 들여다보았다. 마치 그것을 알고 있는 사람은 너밖에 없어, 하는 것 같기도 하고 네게 맡길게, 하는 것도 같았다. 또는 그런 건 생각하고 싶지 않아, 하는 뜻인 것 같기도 했다. 결과적으로 그는 전혀 관심을 보이지 않았는데, 나로서는 그의 부모님에게서 송금이 도착할 때까지라고 보는 것이 자연스러웠지만 아직 돈은 도착하지 않았냐고는 도저히 물을 수가 없었다. 꼭 그를 내보내야 한다면 일시적으로 돈을 융통해 주는 정도는 별로 어렵지 않은 일이었다. 통역 일을 그에게 양보할 수도 있었다. 그러나 그건 그에게 일할 의지가 있을 때 통하는 말이고 언젠가는 일해야 할 순간이 올 테니까, 그때까지 일하지 않아도 된다면 돈이 없어도 공부는 계속해야 하는 것이고, 어쨌든 입이 비뚤어져도 나는 그에게 일하라는 말은 안 할 작정이었다. 하고 싶은 말도 못하고 돈도 빌려 주지 않는 사이는 도대체 무슨 사이란 말인가. 만약에 하고 싶은 말을 다 하고도 유지되는 관계를 '친구'라고 한다면 도고리는 절대로 내 '친구'가 아니었다.

아무리 서로 상관하지 않는다고 해도 프라이버시를 지킬 수 없는 좁은 아파트에서 공동생활을 한다면 얘기는 달라진다. 묵묵히 입만 움직이는 가운데 이런저런 생각에만 몰두했다. 두 사람의 침묵은 숨막힘과는 전혀 다른 '안도감'에서 나온 듯, 마쓰코는 끊임없이 미소를 머금고 있는 듯이 보였는데 이것이 그녀의 본모습이었다. 그것을 알고 나서 나는 그녀에게 어제까지 어디에 살고 있었는지 물었다.

마쓰코는 도고리 못지않게 언제까지나 침묵할 수 있는 여자였다. 며칠 지나서 도고리가 없을 때 차를 마시며 나눈 얘기를 통해 알았는데 그녀는 장기 여행을 떠나 온 몸이었다. 대학을 나와 여성잡지의 편집부에 근무하기 시작한 1년 만에 아버지가 심장발작을 일으켜 갑자기 사망했다고 한다. 아무것도 하고 싶지 않은 권태감에 빠져 직장을 그만두고 대략 두 달간을 연파랑색 커튼을 친 자기 방에 틀어박혀, 울지도 소리치지도 않고 그저 조용히 보냈단다. 기독교인이었던 아버지가 중학교에 들어간 해 생일을 기념하여 선물로 사 준

성경을 펼쳐 보기는 했다지만. 어머니는 초등학교 교사였다. 우울증에 빠진 딸을 염려한 어머니는 텔리비전을 보며 무릎을 맞대고 대화를 나누다 어두운 딸의 모습에 기가 질려 외국 여행을 권유했다고 한다. 마침 외삼촌이 젊었을 때 미국으로 이민을 갔기 때문에 전혀 엉뚱한 생각은 아니었다. 마쓰코는 자신이 언제 결심했는지도 모르는 사이에 짐을 꾸리고 있었다. 곧바로 외삼촌이 있는 미국으로 가야 할지, 아니면 가장 고도의 인간문화가 살아 숨쉬는 유럽으로 먼저 가야 할지를 고민한 것은 오히려 어머니였다. 그녀의 지도에는 성도(聖都) 예루살렘만이 우뚝 지중해 남쪽 외딴 곳에 십자가의 불빛을 밝히고 있을 뿐 아시아, 중동, 아프리카는 실려 있지 않았다. 어머니는 딸의 출발 날짜를 정해 놓고 아버지의 직장 동료를 통해 뒤셀도르프의 일본 상사에 근무하는 일본인을 소개받아 딸의 감시역을 부탁하기로 했다. 해외에 나와 있으면 어느 날 갑자기 잘 알지도 못하는 사람으로부터, 누구누구가 거기에 가니 잘 부탁한다며 무리한 인연을 들이미는 편지를 받는 일이 다반사다. 본인이 온다는 말을 들으면 멋지게 여행하랍시고는 이것저것 격려하거나 훈시하는 일은 으레 있는 일로, 그 일본인도 유럽을 원 없이 여행하고 싶으면 차를 사야 된다고 우기며 중고시장으로 안내하는 바람에 폭스바겐을 샀다고 한다. 그 다음에 그가 해 준 일이라고는 시큼한 양

배추절임으로 소문난 레스토랑에 데려간 것과 정교한 스위스제 도로 지도를 사 준 일이 전부였다. 그러나 마쓰코에게는 그것으로도 충분했고 또한 깊이 감사했다고 한다. 왜냐하면 도착한 다음날 만찬석상에서 초대받은 손님 중에 있었던 재미있는 청년을 만났기 때문이란다. 일본식료품점에서 일하던 이 청년은 마쓰코에게 음양도(陰陽道)에 기초한 식사법을 가르쳐 주었다. 서양점성술도 가르쳐 주었다고 한다. 뿐만 아니라 타로 카드(tarot card)[6]로 노는 법도 가르쳐 줬다. 그 짧은 기간에 정말로 그 모든 것을 배웠을까 의문이지만 어쨌든 그녀는 오랫동안 잊고 지낸 가슴 설레임이며 마치 자신의 뇌가 노래하는 듯한 흥분을 경험했다고 한다.

도고리와 만난 것은 파리의 미국문화센터에서였다. 뒤셀도르프를 출발한 그녀는 우선 북쪽으로 올라가 안데르센의 고향을 방문하고, 노르웨이의 피오르드 해안을 구경한 다음에 동유럽을 관통하는 길을 골라 남쪽으로 내려온 후, 빈에서 다시 독일을 통과하여 프랑스로 들어왔다. 호텔을 정하고 목욕을 하고 나서 정보지를 들춰 보니 노(能)[7]가 상연되고 있다는 사실을 알았다. 그래서 곧바로 미국문화센터로 향했는데 현관을 들어가 바로 왼쪽에 있는 게시판 앞에서 도고리가 말을 걸어 왔다. 나이 많은 유대인 점성술사가 붙여놓은 "호로스코프(horoscope) 제작을 도와줄 조수를 구함"이라는 종이 쪽지를 보던 중이었다. 호로스코프란 태어난 시각과 장소를 바탕으로 천체표를 보면서 여러 별들의 위치를 확인하고 그것과 황도 12궁(黃道12宮)이 어떠한 관계에 있는가를 둥근 도형으로 배치한 것이다.

오컬트에 심취한 남자와 그에 대한 호기심이 막 발동하기 시작한 여자가 미국문화센터의 그 방면에서는 이름이 알려진 점성술사의 조수 모집 광고 앞에서 만난 것이다. 그야말로 우연의 산물이었다. 어떤 과정을 거쳐 서로 친밀해졌는지는 알 수 없지만 정체를 탐색하기 위해 도고리가 질문을 던졌다고는 생각할 수 없다. 나는 나, 너는 너라고 하는 개체의식을 강화하는 방향과는 정반대의, 마치 오랜 옛날부터 알고 지낸 사이처럼 말을 걸고 아무런 저항감 없이 손을 맞잡고 틀림없이 상승궁(上昇宮)이 물병자리면 어떻느니 달에 쌍둥이자리가 들어 있으면 어떻다느니 했을 터이다. 또는 우리는 여기서 만나도록 정해진 운명이었다고 은근슬쩍 내비쳤을지도 모를 일이다.

도고리가 사는 싸구려 호텔의 싱글 침대에서 밤을 보낸 것은 열흘간이었다. 남유럽을 순회할 계획을 빨리 실행에 옮기고 싶었지만 사랑의 힘에 맥이 빠진 탓일까, 만약 도고리가 함께 갈 수 있을 때까지 무기한 연장해 달라고 하면 그럴 생각이었다. 그러나 도고리는 미묘한 여자의 심리가 화학변화를 일으키듯 약물 효과를 올리는 달콤한 말을 할 줄 모르는 남자였다. 그는 계획했으니까 반드시 실행한다는 강철과 같은 의지의 소유자를 앞에 두고 얘기하는 듯한 말투로 모월 모일 아침에 출발하는 것이라고 정해 놓고 있었다. 그뿐만이 아니었다. 그녀가 다닐 코스를 그리스, 이탈리아를 거쳐 남부 스페인을 지나 포르투갈로 들어가고, 북부 스페인을 지나 프랑스로 다시 돌아오는 코스라고 확신하고는 파리로 돌아오면 함께 생활한다고 마치 미리 정해진 일이라도 되는 것처럼 말했다. 그의 그런 생각에 마쓰코가 자신의 몸을 맡긴 것은 —도고리를 위해서 말해 두는 편이 좋을 것 같다—그에게 사랑을 느꼈기 때문만은 아니고, 두 사람의 인생을 연출해 가기 위한 운명에 대해 그가 다 알고 있는 것처럼 느껴졌기 때문이었다.

이상과 같이 기술하면서 나는 마쓰코가 유럽에서 처음으로 차를 운전하면서 고속도로에 진입하려고 했을 때 느꼈다는 '가슴이 바작바작 타는 듯한 초조감'을 떠올렸다. 자동차의 우측통행과 중고차에 익숙해지는 일, 도로표지판과 속도에 익숙해지는 일이 큰일이었다. 엔진을 멈춰세웠다가 진땀을 흘리며 겨우 차를 다시 움직이면 신호에 걸리기가 일쑤였다. 산 하나를 넘었다고 생각하면 뜻 모를 표지판이 세 갈래로 갈라지는 길을 표시하고 있다. 일본 같으면 속도위반으로 걸릴 시속 100km로 달리고 있는 데도 뒤에서는 차들이 빵빵대고 라이트를 번쩍거렸다. 겨우겨우 고속도로를 타기까지 차를 버리고 걸어가고 싶은 충동을 몇 번이나 느꼈다고 한다. 뭐니뭐니 해도 고속도로를 타기까지가 정말 큰일이었던 것이다.

그건 그렇고 스칸디나비아와 스페인 여행에 대해 들으면서야 나는 겨우 아파트 밑에 그녀의 폭스바겐이 주차돼 있다는 사실을 상기했다. 이미 식사가 끝난 뒤 한참 지났고 마쓰코에 대한 나의 관심과 호기심만 없었다면 모두가 입을 다물어 버릴 듯한 정적이 감돌고 있을 때였다.

"그러니까 지금 짐이 차 안에서 대기하고 있겠죠?"

기다렸다는 듯이 도고리가 "오케이." 하면서 일어섰다. 뭐가 오케이란 말인가 생각하고 있는데, 문 앞까지 가서 불만스러운 표정을 지었다. "나 혼자서는 다 못 나르지."

그녀의 짐 속에는 일본에서 가져온 재봉틀이 있었다. 도고리가 그것을 들고 나는 짐가방을 들고 가려니까 계단에 부딪쳐 그 소리가 귀에 거슬렸다. 결국 셰르파처럼 머리 위에 이고 그의 뒤를 따랐다. 계단등(燈)은 20초 간격으로 자동적으로 꺼지게 되어 있었다. 그 때문에 각 층에 있는 버튼을 눌러야 했는데 계단 중간을 올라갈 때쯤이면 캄캄해졌다.

"빨리 가서 등을 켜." 하고 내가 말했다. 조금이라도 뒤로 기울면 거꾸로 떨어져 버릴 것 같았기 때문이다.

"뭐라구. 이게 새장처럼 가벼워 보일지 모르지만 쇳덩어리란 말이야."

"그럼 거기 두고 가면 되잖아." 나는 짓눌린 목소리로 소리질렀다. 턱을 내민 상태라서 위압감이 전혀 없었다. "도대체 뭐하는 거야. 빨리 가란 말이야."

"마쓰코를 사랑해."

"그러거나 말거나 빨리 가기나 해. 난 머리를 짓눌리는 게 제일 싫단 말이야. 이 계단에 배어 있는 아랍인 냄새도 싫어."

"알았어. 갈게. 마쓰코를 사랑한다고 말하고 싶었는데."

"벌써 말했어. 빨리 가."

"결혼에 대해서도 말하려고 했는데."

"그래 빨리 해. 하려면 빨리 하는 게 나아. 그래 언제 하는데?"

"아니, 이제 됐어. 갑자기 생각해 보고 싶었을 뿐이야."

불이 들어온 계단을 도고리는 몸을 크게 왼쪽으로 기울인 자세로 부츠의 밑창을 일일이 망치질하듯이 단숨에 올라갔다. 검고 앞이 뾰족한 발목 위에 매가 새겨진 부츠였다. 그는 그 이후로 마쓰코와의 결혼에 대해 자기 입으로는 두 번 다시 말을 꺼내지 않았다. 방에서 언제 나갈 것인지를 의식하며 묻는 나에게 정확한 답을 건넨 적도 없었다. 이미 정해진 운명에 어떻게 주체적으로 관계할 것인지를 생각하고 있었는지는 모르나 결코 기쁜 표정은 짓지 않았다.

웃음이 사라진, 낙이라고는 없는 공동생활이었다. 도고리나 마쓰코 그 어느쪽인가가 거의 늘 방을 지키고 있어서 내가 혼자 지내는 날은 단 하루도 없었다. 어차피 혼자 지낼 수 없음을 알고 불러들인 엘마는 좁은 방에서 일본인 세 명과 함께 지내는 것에 흥미가 없는 것 같았다.

"안네 프랑크가 됐다고 생각하면 안 돼?"

안 될 것을 알면서도 나는 지치지 않고 그녀를 불렀다. 엘마가 있어 주면 동반자가 생긴 느낌이어서 방 안의 공기가 확실하게 둘로 나뉜다. 그렇게 되기를 바라고 있었던 것 같다. 이윽고 섹스가 이루어진다. 결국 그것이 우리의 유일한 낙이었지만 언니와 살고 있는 그녀의 아파트에서는 감정이 억눌렸고, 블로뉴 숲은 사람이 활발하게 드나드는 계절이 되었기 때문에 안정이 되지 않았다. 우리의 해방구는 침대밖에 없었다.

방이 보이는 약국 모퉁이까지 와서 방에 불이 켜진 것을 보면 엘마는 발길을 돌렸다. 반면에 방이 어두우면 우리는 자신도 모르게 서로 빙긋 웃었다. 놓치지 않으려고 그녀의 감촉이 좋은 어깨에 팔을 두르고 몇 번이나 나는 내 방을 올려다보았는지…. 그리고 아무도 없는 방에 도착한 것만으로도 격렬하게 욕정이 발동해, 침대 안에서 할 수 있는 행위가 그렇게나 많은데도 아랫도리만 벗은 채 성급하게 삽입하고 나서야 위를 벗는, 그런 빈약한 과정을 나는 또 얼마나 거쳤던가.

애리조나 벌판에서 권총 자살을 한 사실을 아는 지금, 방에서 나가기만을 고대하며 마쓰코의 세계에 다리를 놓으려는 노력을 전혀 하지 않은 내 자신을 한탄하고 있다. 지금도 잊을 수 없는 것은 섹스를 할 때의 그녀의 얼굴이다. 그것은 정신착란을 일으킨 다음의 무표정해진 얼굴보다도 더 강렬하게 내 뇌리에 각인되어 있다.

월요일 점심 때쯤이었다. 내게는 휴일이어서 늘어지게 자고 있었는데, 도고리의 "도망갔어." 하는 소리에 눈을 떴다. 전날 밤 늦게까지 로드리게스의 집에서 놀고 온 그들은 어항에 살아 있는 뱀장어 새끼를 넣어 가지고 돌아와서 테이블 위에 놓아 두었다. 그것을 준 로드리게스는 내 의견을 묻지 않아도 되겠느냐고 일단 물어 보았고, 도고리는 내가 싫어할 이유가 없다고 대답했다고 한다.

그때 나와 로드리게스의 사이는 멀어져 있었다. 직장 사람은 별개로 치고 제대로 할 말도 없는 엘마와 단순한 행위를 주고받는 것 말고는 그 누구와도 만나고 싶지 않았다. 도고리는 일주일에 한두 번 꼴로 그의 '친구'들을 불러 마쓰코가 만드는 이상한 채식주의와 음양식사도(陰陽食事道)를 절충한 식사를 대접했다. 돈의 출처는 수표를 조금씩 현금으로 바꾸는 마쓰코였다. 한 가지 내가 감탄한 것은 그들이 허세를 부리지 않는 점이었다. 돈이 없을 때는 없는 대로 부침개나 나물, 계란찜 같은 것을 만들었다. 나는 집에 돌아와 손님이 있으면 지긋지긋해서 그들이 아무리 권해도 먹지 않고 침대에 걸터앉아 지켜보았다. 밖으로는 나가지 않았는데 그건 단순히 여기는 내 방이라고 주장하고 싶었기 때문이었다. 자기 친구는 모두의 친구라고 도고리는 생각하고 손님들 역시 도고리의 친구면 당연히 자신들도 친구라고 생각하는 가운데 나는 얼마나 속이 좁고 성질이 고약한 일본인으로 비쳤을까. 불청객이 있어 편안히 책상에 앉을 수 없다는 핑계로 일기를 쓸 생각도 않던 나, 나 자신을 만드는 데 유효한 그 일기장을 멀리할 바에야 남자답게 포기하고 즐기면 될 일을 아무 말도 안 하고 그들의 화목한 분위기에 찬물을 끼얹었다. 로드리게스 부부가 왔을 때도 마음에 없는 인사를 나눴을 뿐, 나는 테이블에 앉지 않았다. 그것이 원인이었는지 어느 날 길거리에서 우연히 만난 로드리게스의 부인에게서 로드리게스가 한 말을 전해 들었다.

"놀러 가고는 싶은데 우리가 가면 영락없이 불쾌해 하는 녀석이 있어서 말이야." 하고 말했다고 한다. 어항 속의 장어 새끼는 기분이 좋았던 탓인지 괴로웠던 탓인지 튀어 나와서 내가 자고 있던 침대 밑에서 먼지투성이가 되어 죽어 있었다.

도고리가 그대로 방 안에 방치한 그것은 장어덮밥이 맛있겠다는 느낌을 전혀 불러일으키지 않는 괴상한 물건이었다.

"장어를 기르는 일은 쉽지 않아, 마쓰코."

어슴프레 눈을 뜬 마쓰코는 몸을 뒤치며 벽 쪽에 달라붙었다. 웅크리고 앉아 죽은 장어를 들여다보던 도고리에게 그것을 처치할 기미가 보이지 않았기에, 방금 세수를 마친 나는 신경이 곤두서서 "버린다." 하며 신문지에 둘둘 말아 그대로 밖으로 나갔다. 나는 변을 보는 장소를 직장 또는 사마르탱 백화점으로 정했었는데, 휴일인 이날은 몽틀귀유가에서 중앙시장 자리였던 공사현장을 지나 세느강까지 갔었음에 틀림없다. 나는 몽틀귀유가에 가끔씩 서는 시장을 걷는 것을 좋아했다. 상인들 한 사람 한 사람이 도미에(Honor Daumier)[8]가 그린 인물들처럼 인간미가 넘치는 소탈한 표정을 짓고 음담패설을 쉴 새 없이 지껄였다. 농업국으로서의 프랑스의 냄새를 가장 가까이서 느낄 수 있는 데다 무엇보다도 돌로 지은 건물이 즐비한 거리에서 지쳤던 육신이, 신선한 야채의 파랗고 빨간 색을 보며 정기를 되찾는 것이었다.

어느 정도 시간이 흘렀을까. 카페에 들어가려고 하다가 지갑을 놓고 온 사실을 알고 집에 돌아가 보니 두 사람은 창가의 매트 위에서 한창 섹스에 열중하고 있었다. 아니, 섹스에 열중하고 있는 것은 마쓰코의 허벅지를 받쳐들고 바쁘게 허리를 움직이고 있는 도고리였고 마쓰코는 몸만 남겨놓고 어딘가로 사라진 뒤였다. 갑자기 '시간(屍姦)'이라는 말이 떠올랐다. 부엌과 방 사이의 유리문이 열려 있었기 때문에, 안으로 들어간 나는 과거 도고리가 그랬던 것처럼 의자에 앉았다. 그의 눈은 안경을 벗자 보석으로 만들어진 의안처럼 보였다. 내 쪽을 향하고는 있었지만 단 한 번도 내게 눈길을 주지 않았다. 마쓰코의 모습은 더욱 참담했다. 끊임없이 엷은 미소를 머금은 듯 보이던 얼굴은 몸을 위로 향하고 누워 있었기 때문에 평평해져 있었고 크게 벌려진 눈은 움직임이 없음은 물론 깜빡거리지도 않았다. 손을 들어 흔들어 보아도 아무런 반응이 없었을 것이다. 아무것도 보지 않고 아무것도 비추지 않는, 안구의 겉과 속에는 투명한 공허밖에 없는 것처럼 보이는 눈이었다. 이윽고 받치고 있던 허벅지를 내려놓고 마쓰코를 위에서 덮어 버린 도고리가 허리 밑에 손을 넣은 채 마지막 스퍼트를 가해도 무표정한 표정에 변화는 일지 않았다.

"마쓰코, 못 참겠어. 마쓰코, 지금이야."

그가 사정하는 순간에 그것을 지켜볼 뻔뻔스러움은 내게 없었다. 견딜 수 없어서 도망치는 내 뒤에서 도고리의 거친 숨소리는 킁킁거리며 어미 개의 품을 파고드는 강아지의 콧소리처럼 변했다.

마쓰코가 정신에 이상을 보인 것은 그 7개월 뒤의 일이었다. 치료를 받고 회복하고 나서 머리를 권총으로 쏘기까지는 꽤 많은 세월이 흘렀다. 현재의 도고리는 별로 시간의 흐름을 느끼지 못하는지 모르지만 내 경우는 소설을 쓰는 현재의 나와 파리의 여행사에서 일하던 당시의 나를 격리하는 시간을 수치로는 환산할 수가 없다. 도고리가 아무리 시간이라는 공에서 공기를 빼고 그것을 평평하게 만들려고 해도 그 시간은 아주 길다. 그러나 싸구려 아파트의 7층 집 창가에서 도고리를 받아들이고 있던 마쓰코의 얼굴은 공동생활을 하던 그 시절의 나 자신보다도 더 선명하게 마치 물에 비친 보름달처럼 영원히 가라앉지 않고 내 의식의 수면 바로 밑에서 항상 흔들흔들 흔들리고 있다. 권총으로 자살했다는 비보를 들었을 때 우선 떠오른 그 얼굴은 내가 그녀의 죽음을 미리 알고 있었던 것처럼 내 의식을 착각하게 만들었다. 왜냐하면 소설가로서 데뷔한 이듬해, 첫번째 소설집 『거꾸로 가는 별』을 들고 그녀가 있는 애리조나의 트레일러촌을 방문하여 거기서 병에서 회복한 마쓰코의 해맑은 얼굴을 접했을 때, 그녀는 이제 괜찮다고 확신하면서 반대로 내 쪽이 그녀에게서 용기를 얻었기 때문이었다. 그리고 마쓰코를 조수로 고용하고 있던 화가가 사무실로 "마쓰코가 정신이 나갔어." 하는 내용의 전화를 걸어 왔을 때 우선 먼저 떠오른 것도 같은 얼굴이었다. 나는 역시 그녀가 언젠가는 정신이 이상해질 것이라고 미리 알고 있었고, 뿐만 아니라 도고리에게 그 사실을 예고까지 했다고 생각했던 것이다. 즉, 그녀에게 덮칠 모든 불행한 결과를 시간을 거슬러 올라가 빨아들이는 원점으로서 그 얼굴을 주욱 의식해 왔다는 것이다. 외계에서 보내 오는 신호에 전혀 반응을 보이지 않는 상태에서도 육신의 내부에는 말하자면 백혈구가 병원균과 싸우고 있는 듯한 생기가 있었다. 태양과도 같은 성적 희열과 대치하고 있던 그 얼굴을 보고 나서는 마쓰코의 정신이 나간 얼굴을 볼 때마다 그때 그 얼굴과의 거리를 쟀던 것 같다.

그런데 기를 써서라도 두 사람을 내보내야 할 사건이 터졌다.
5월 중순의 어느 날 마쓰코는 왼쪽 엄지손가락을 바늘에 찔렸다. 활 모양으로 굽은 굵은 바늘로 가죽 가방을 박던 도중에 실수로 손을 찔려 바늘 끝이 부러진 상태로 뼈에 박혀 버린 것이었다. 도고리가 없을 때에 일어난 일이었다. 그는 학업말고도 자동차학교에 다니기 시작했다. 모퉁이에 있는 약국에서 그대로 방치하면 큰일난다고 엄포를 놓자 마쓰코는 하는 수 없이 내 사무실로 상담하러 왔다. "오늘은 일진이 사나운 날인가 봐요. 어떻게 해야 좋을지 모르겠어서 의논하러 왔어요." 의자에 앉으며 천천히 말했다.

프로 스포츠의 세계가 그렇듯이 상처를 입거나 병이 나면 인간은 낙오되어 버린다고 생각하던 나는 무엇을 어떻게 처리해야 할지 몰랐다. 어디서 낙오되느냐 하면 타국에서의 샐러리맨 생활을 선택한 '인생'이라는 녀석에게서다.

내 일로 만난 관광객이라면 택시에 태워 미국계 병원으로 보내 버리면 그만이다. '미국'은 파리의 일본 사람들에게서도 깊이 신뢰받고 있는 나라였다. 그러나 치료비가 엄청나게 비쌌다. 그래서 생활면에서 파리의 실정을 잘 알고 있었던 상사와 의논하여 가까운 외과의사에게 가 보도록 권유했다. 세 시간 정도 지나서 그녀는 엑스레이 사진이 들어 있는 봉투를 들고 다시 왔다. 다음은 수술을 전문으로 하는 병원으로 갈 차례였다. 뼈에 박힌 길이 3mm짜리 바늘의 소재를 확실하게 보여 주는 사진을 그 자리에 있던 몇몇 직원들이 창가에 서서 들여다보는 사이, 마쓰코는 다친 엄지손가락을 오른 손으로 감싼 채 서서히 핏기를 잃어가던 얼굴을 내리깔고 가만히 있었다.

"동물 가죽을 박던 바늘이라서 이상한 세균에 감염됐을지도 모르겠는데요. 어느 정글의 풍토병에 걸렸을지도 모르겠어요." 엑스레이를 찍던 의사가 영어로 이런 말을 했다고 하면서 그녀는 심각하게 생각하고 있었다. 자세히 보니 엄지손가락을 감싸고 있던 오른손이 심장의 고동과 함께 조용히 올라갔다 내려갔다 했다.

누구의 의견이었었는지는 잊어버렸는데 노틀담 사원 근처, 사전에는 파리 시립병원이라 번역되어 있는 Hôtel-Dieu로 데려가기로 했다. 그곳은 응급병원으로 알려졌는데 총탄을 맞은 사람이나 테러를 당해 손발을 잃고 피투성이가 된 사람들이 실려 오는 곳이었다. 나는 그날 저녁 대리점의 VIP와 오리고기 요리를 먹으러 가기로 약속이 되어 있어서 9시 전까지는 호텔로 마중을 가야 했다. 도고리에게 쪽지를 남겨 놓기 위해 잠깐 집에 들르자 병원에서 오래 기다려야 한다고 생각했는지 마쓰코는 헤세의 문고본을 집어들었다. 뒤셀도르프의 일본식료품점에서 일하던 청년이 '가장 아름다운 작품을 쓰는 작가'로 추천을 해 주었다고 한다. 영역본을 입수하여 읽고 난 뒤 읽을수록 반했는지, 나는 그녀가 헤세가 아닌 다른 작가의 소설을 읽는 모습을 본 적이 없다.

  구급차의 출입이 많은, 가운데 마당을 지나 건물 안에 들어가서 수속절차를 밟고 있는데 우리 바로 옆을 얼굴이 반이 나 나간 남자가 실려 왔다. 겁에 질린 목소리로 "무서워." 하며 그녀는 그 자리에 얼어붙은 듯이 서 있었다. 긴의자에 앉아 있던 사람들도 모두 어딘가 상처를 입고 찾아온 사람들로 그곳은 눈 뜨고는 볼 수 없는 상황이 펼쳐지고 있었다.

  "여기는 Hôtel-Dieu라는 곳인데, 병원이라기보다는 하느님의 집이라고나 할까요, 말하자면 목숨을 구걸하는 곳이죠."

하고 말하며 나는 그녀의 등에 손을 얹었다. "벌써 파리의 유적지와 명소는 다 구경했죠? 도고리는 가이드북에 없는 곳도 잘 알 테니까."

"그 사람은 있어 주기를 바랄 때는 없어요."

"괜찮아요. 쪽지를 보면 날아올 거예요."

"날아다니는 모습 좀 보고 싶네."

그 병원의 접수창구에는 남자처럼 입 주위에 거뭇거뭇 수염자국이 나 있는 약간 통통한 여자가 있었다. 그녀는 프랑스어를 제대로 못하는 마쓰코가 귀여웠는지 곧바로 수술을 받을 수 있게 조치해 주었다. 50년쯤 지나면 어떻게 될지 모르나 조촐한 차림에 적극적으로 자기주장을 펼치지 못하고 그저 "부탁합니다." 하면서 머리를 조아리기만 하는 일본인은 종종 열을 짓고 순서를 기다리는 '현지인'의 눈치를 살피며 마치 무슨 유력자의 소개장이라도 가진 것처럼 특별취급을 받는 것이었다.

"그런데 댁들 돈은 있겠죠?"

"어느 정도 있으면 될까요?"

"한 2,000프랑쯤 있으면 될 걸요."

2,000프랑이라면 내 한 달 월급보다도 많다. 얼굴에서 피가 가시는 느낌이었지만 그녀가 0이 두 개나 많은 옛날 단위로 잘못 말했다고는 전혀 생각하지 못했다. 되물어 볼 생각도

못하고 역시 병원이라는 데는 올 곳이 못 된다고만 생각하면서 사무실에 전화를 걸어 나이트 쇼를 관람하러 캬바레에 갈 손님을 위해 버스를 준비하고 있던 동료에게 빨리 가져오라고 부탁했다. 그가 택시로 왔기 때문에 5분 후에는 돈을 손에 쥘 수 있었다.

"이거면 수술받을 수 있는 거겠죠? 이 친구에게 맡겨 두겠습니다."

백프랑짜리 돈다발을 당당하게 보이고 나서 마쓰코의 가방 안에 넣으려니까 그 통통한 여자가 깜짝 놀라더니 마치 소매치기를 현행범으로 체포할 것 같은 기세로 달려와 말하는 것이었다.

"아이구, 큰일나겠네. 여기서 그런 큰 돈을 가지고 있으면 정말 큰일나요. 숨겨둘 곳이 없으면 이봐요, 남자친구한테 맡겨 둬요."

그런 일이 있고 나서 병실에 들어갔을 때는 어느 정도 마음이 안정되었다. 상황을 보러 들어온 손등에 문신을 새긴 청바지 차림의 젊은 의사는 엑스레이 사진과 실제 손가락을 대조해 보며 "아니, 일제(日製) 바늘도 부러질 때가 다 있나요?" 하고 물었다. 마쓰코는 가죽세공용 바늘 한 세트를 파리에서 샀다. 그 소리를 듣자 의사는 웃음을 참지 못하고 "가죽을 꿰맬 생각이라면 내가 얼마든지 드릴 수 있어요." 하는 것이었다. 농담의 질도 질이거니와 친근해 보이는 의사라는 점에 마음을 놓고 나는 병원을 나왔다.

그런데 사무실에 들러 빌린 돈을 돌려 주고 나서 집에 돌아와 보니 쪽지가 그대로 놓여 있었다. 혹시 로드리게스네 아파트에 있을지도 모른다고 생각하여 지하철을 탔는데 병원에서 마쓰코가 목격할지도 모를 피투성이 인간들의 모습이 떠올랐다. 도고리는 거기에 없었다. 로드리게스에게 사정을 이야기하고 그가 내민 술 한 잔을 마시고 호텔로 손님을 모시러 가는데 가슴 한구석에서 불안이 일기 시작했다. 로드리게스의 아파트에 발을 들여놓았을 때 과거 샹들리에가 떨어졌던 사건이 생각나며 그 일이 꼬리에 꼬리를 물고 갑자기 기이한 망상으로까지 생각이 번진 것이었다. 짚으로 만든 인형에 바늘을 꽂고 자기가 저주할 인물을 습격하는 여자 마술사가 브라질에 있다는 말을 도고리에게 들은 적이 있기에 전혀 이유 없는 망상은 아니었다. 그 여자가 무서운 저주를 품고 바늘을 가슴에 콕콕 꽂으면 저주받은 인물의 가슴 속 깊이 진짜 바늘이 들어가 박혀, 겉으로는 아무런 상처도 안 보이지만 엑스레이 사진을 찍으면 비로소 그 소재가 나타난다는 것이었다. 마쓰코가 이런 류의 이야기를 듣지 않았으리라는 보장은 없고, 누군가 어딘가에서 자신에게 해를 끼치기 위해 짚인형을 바늘로 콕콕 찌른다고 생각한 그녀가 공포에 떨고 있을지도 모를 일이 아닌가?

 대충 손님 접대를 마치고 밤 12시가 지나서 병원에 가 보니 그녀가 누워 있어야 할 침대는 텅 비어 있었다. 의사대기실과 간호사실을 들여다보고 접수창구에 있던 통통한 여자에게도 물어 보았지만 행방이 묘연했다. 결국 병원을 다 뒤진 끝에 간호사보다 한 계급 낮아 보이는 흰 가운을 입고 있는 소녀에게서 마쓰코가 집으로 돌아갔다는 소식을 겨우 전해 들었다. 도고리가 와서 데려간 것은 아니었고 수술이 끝난 다음, 이렇게 기분 나쁜 곳에서 더 있을 필요가 없다고 생각했기 때문이란다. 어깨의 짐을 내려놓은 듯 마음이 가벼워진 나는 조명을 받고 있는 노틀담 사원 옆 길을 걸으며 겨우 손가락에 바늘이 박힌 정도를 가지고 우왕좌왕했던 기나긴 하루를 돌아보면서 가까운 카페에 들어가 코냑을 마셨다. 그리고 기분이 좋아져서 방에 돌아와 보니 도고리와 마쓰코가 어깨를 나란히 하고 앉아 재미있어 죽겠다는 표정으로 담소를 나누고 있었다.

 "무슨 얘기를 하고 있었어?" 나도 끼어들고 싶어 무심코 물었다.

 "일기를 보면서 어쩌면 이렇게 여자에게 상냥한 사람이 다 있을까, 하며 얘기하고 있었어."

 일기? 수치와 분노로 끓어오르는 피를 식힐 방법이 없었다. 정신없이 화를 내고, 소리치고, 그들을 때려 주는 것만으로는 부족했다(물론 성격상 못하는 것이었지만). 만약 한바탕 하고 나면 다음 순간 찾아오는 자기모멸감 속에서, 일기를 한 개인의 성역이라고는 생각하지 않는 사람들이 별 죄의식 없이 타인의 일기를 읽는 것은 당연하다고 생각하며 내 수치와 분노는 조금씩 굴복해 버릴 것이다. 내 분노를 담은 그물망을 놓치면 안 된다는 생각이 들었다. 나는 그들 뒤로 돌아가 펼쳐진 일기장을 들고 침대에 앉았다. 그러고 나서 내가 취한 행동이 지금 새삼 수치심과 함께 떠오른다.

"더 재미있는 부분이 있어." 하고는 언젠가 한눈에 반한 여자에게 바쳤던 밑도 끝도 없는 문장을 읽어내려갔다.

일기장에는 우리의 공동생활에 대해 기록한 문장은 단 한 줄도 없었다. 한눈에 반한 여자에게 보낸, 고독을 위로받기 위해 쓴 문장이며 파리의 길거리를 킁킁대며 돌아다니는 개마냥 여기저기를 다녔던 기록, 일명 관광 노트라고 불러도 좋을 거친 문장은 도고리가 내 집으로 오기 직전부터 가까운 시기에 펜을 놓게 될 것을 예감하는 간단한 메모 정도로 변했고 본격적으로 다시 쓰기 시작한 것은 그 6개월 뒤였다. 물론 일기를 훔쳐 읽은 그들에 대한 분노도 어디 한 군데 적혀 있지 않았다. 단지 불쑥 이사야서에 나온 다음 구절이 적혀 있을 뿐이었다.

　열방 중에서 피난한 자들아
　너희는 모여 오라 한 가지로 가까이 나아 오라
　나무 우상을 가지고 다니며
　능히 구원치 못하는 신에게 기도하는 자들은 무지한 자니라

　마쓰코가 소중하게 보관하고 있던 성경에서 뽑은 구절이었다. 나가 달라고 직접적으로 얘기하지 못할 바에는 몸 전체로 침묵의 독기를 뿜으며 부정(否定)의 뜻을 전달할 수밖에 없었다. 잠잘 때를 제외하고 눈을 뜬 채 방안에 있는 동안은 침묵을 지키리라 생각하고 애써 보았지만 '친구'라는 의식을 마치 대양(大洋)처럼 확대해서 생각하는 사람들에게는 이러한 내 노력이 통하지 않아 계획은 며칠 만에 수포로 돌아갔다. 내게는 더 이상 지켜야 할 아무것도 없었기 때문이었는지도 모른다. 또한 직장이 7, 8월에 쇄도하는 단체여행객을 받는 준비로 바빠져 연일 자잘한 글씨로 진행표를 만들고 있었기 때문에 눈이 피로해, 방에서는 그저 푹 잠만 잘 수 있으면 된다는 생각에 자포자기한 탓도 있었다. 어느 비행장에 어느 단체가 도착하며 묵을 호텔과 점심은 어디로 정할 것인가 손님맞이와 가이드를 누구로 할 것인가, 장관을 만나고 싶다

든지 군용기 만드는 공장을 견학하고 싶다든지 하며 바보 같은 주문을 해대는 사람들이 있는지 없는지, 수행원이 조직폭력배들과 관련이 있는지 등을 면밀히 체크하여 예상했던 상황이 들이닥쳐도 공황상태에 빠지지 않도록 조치해 두면 그 다음은 아르바이트 학생들을 모아두고 기다리기만 하면 되었다. 그 사이사이의 시간을 이용해 직원들은 교대로 일년 만에 맛보는 휴가를 가게 돼 있어서 나는 엘마 아버지의 별장이 있는 스페인 남부로 엘마와 함께 가기로 했다.

내 휴가가 시작되기 얼마 전에 마쓰코는 뒤셀도르프에 며칠 놀러 갔다. 어머니가 일전에 그녀의 감시역으로 지정했던 사람에게 도고리와의 결혼을 보고하러 간 것이었다. 그녀는 면허를 취득한 지 얼마 안 된 도고리가 운전 연습을 하고 싶다고 하는 바람에 차를 두고 기차를 타고 갔다.

"돌아왔을 때는 난 스페인에 있을 테니까 여기 없을 거예요." 마쓰코가 떠나는 날 아침에 나는 이를 닦으며 옆에서 우유를 끓이던 그녀에게 말했다. "3주간 도고리와 단둘이 지낼 수 있으니까 많이 즐기도록 해요."

"이 집 깨끗이 쓰도록 할게요."

나는 턱으로 벽 저 쪽에서 잠자고 있는 도고리를 가리켰다. "분명히 말해 두지만 방세 납부하는 것 잊지 말아요. 잊어버릴지도 모르니까. 절대 방세를 써 버리는 일이 없도록 하세요."

 확실한 대답을 듣고 싶었는데 그녀는 대답을 않고 방금 일어난 탓에 퉁퉁 부은 눈을 한껏 치켜뜨고 웃을 뿐이었다. 그런 자질구레한 주의 사항은 듣고 싶지 않다는 뜻으로도 해석되었다. 집을 깨끗이 쓰겠다는 말만 해도 그렇다. 어딘가 커뮤니케이션이 원활하게 소통되지 않는 것 같아 나는 그녀의 둔감함에 기가 질렸다.

 그날 밤, 3주간이나 집을 비운다는 생각에 왠지 방을 정리하고 싶어져 내 소지품을 하나로 모아 벽장 속에 넣어 두었다. 무엇보다 귀찮았던 것은 책장에 마구 꽂아 둔 책들이었다. 망설인 끝에 그것은 손을 대지 않기로 하고 스페인에서 읽을 책 몇 권만을 골랐다. 그때 마쓰코의 가죽 표지를 입힌 성경에 나도 모르게 손이 갔다. "마쓰코의 13주년 생일을 기념하며, 아버지가"라고 적혀 있었고 신약성경에는 여기저기 빨간 줄이며 파란 줄이 그어져 있었다. 구약성경에는 아주 드물게 줄이 그어져 있었다고 기억하고 있다.

 어떤 구절에 줄이 그어져 있을까를 보는 것이 즐거워 페이지를 넘기는 행위는 마치 남의 비밀을 훔쳐 보는 것과 비슷하다. 나는 어딘가 둔감한 구석이 있는 그녀의 감수성 밑에 잠들어 있던 청초한 수맥을 훑고 있었음에 틀림없다. 다소 마음이 멀어져 있던 일기장을 생각났다는 듯이 펼쳐 들고, 앞에서 말한 이사야서의 구절을 옮겨 적은 것은 틀림없이 스페인 여행에 가져가려고 책상 위에 던져 두었기 때문일 것이다. 그렇지만 하필 왜 이 구절이 눈에 들어왔는지는 모르겠다. 특별히 줄이 그어져 있었다고는 생각할 수 없고 2,000쪽도 넘는 성경을 넘기다가 우연히 눈에 들어왔다고 말하기도 좀 묘하다. 하느님을 멀리하는 백성을 보고 비탄에 잠긴 유대교의 선지자가 하느님의 음성을 대언하여 읊조린 예언이 갑자기 섬광을 발하며 내 눈에 튀어 들어왔다고 말하고 싶은 충동에 휩싸인다. 어쨌든 꽤나 마음에 들어 여행사를 그만둔 다음에 떠난, 긴 여행의 중간중간에 적어 놓은 노트를 기초로 작성한 나의 첫번째 창작집인 『거꾸로 가는 별』의 에피그라프(epigraph)로 사용했다.

그건 그렇고, 스페인 여행은 엘마의 사정으로 출발이 사흘 연기되었다. 그 때문에 운전면허를 딴 도고리가 노르망디에 있는 친구를 방문하는데 함께 가자고 했지만 나는 반쯤 그럴 생각이었다가 그만두었다. 내가 운전하고 가면 가겠다고 조건을 달았더니 그가 못 들은 척 고개를 저었기 때문이었다. 그가 도로법을 지키며 최저속도로 달려, 뒤에서 오는 차들의 방해가 안 된다고는 생각할 수 없었고 문제 없이 파리 교외로 빠져나갈 수 있을지도 의심스러웠다. 게다가 언젠가 그가 말했듯이, 왜 나는 똑같은 일을 두 번 하지 않으면 안 되지,

하면서 중도에서 차를 세운다면 결국 낭패보는 것은 나였기 때문이다.

"차를 탄다고 하는 것은 맡긴다는 뜻이 아닐까?"

"맡기고 싶지 않아. 난 의심이 많은 사람이거든."

"좋아, 혼자 가겠어."

"그게 좋겠어."

"위험하다고 생각하는 거지? 그래서 같이 안 가려고 하는 거지?"

"맞아."

"그런데도 날 혼자 보내려고 하는 거야? 애들 같으면 기꺼이 따라올 텐데."

그는 인간은 끊임없이 뭔가를 타고 있다, 어린아이들은 자기에게 주어지는 탈 것을 의심하지 않고 그 때문에 성장한다, 그러나 어른이 되면서 그것에서 내려오고 싶어한다, 사회라고 하는 녀석이 그것을 바라보는 쪽에 서 있기 때문이다, 모든 사람이 승차 권리를 포기했기 때문에 어느새 탈 것은 없어져 버렸다, 즉 현대는 어른들이 탈 것을 상실한 시대이다 따위의 말을 했다. 일일이 쓰지는 않았지만 원래 말이 없던 그는 이런 추상적이고 신비주의 사상을 담은 말을 할 때면 중얼중얼 거침없이 떠들었다. 간접적으로 날 비난했던 것이겠지만, 탈 것은 영혼의 길을 달리는 것으로, 방관자의 입장에서 움직이려고 하지 않는 비속한 나는 영원히 고귀한 빛을 받지 못한다.' 대충 이런 뜻으로 해석되었다. 나는 그저 왠지 '친구답지 않다' 느니 '겁쟁이'라고 비쳐지는 데 일말의 저항을 느껴 필름 도서관으로 간다는 핑계를 대고 파리를 횡단할 때만 조수석에 앉겠다고 말했다.

갓 면허를 딴 사람은 대개 길이 좌우로 갈렸을 때 어느 쪽으로 가야 될지 망설여지면, 그때 그때 영감에 따라 길을 선택하고는 길을 지나쳐 버린 후에 궤도를 수정하는 경향이 있고, 아니면 진땀을 흘리며 "어디야, 어디." 하고 혼자 중얼거리며 갈림길 한가운데서 브레이크를 밟는 타입이 있다. 도고리는 전자에 속한다. 일방 통행이 많은 파리의 거리를 초보운전자가 막힘 없이 가는 것은 우선 불가능하고, 필름 도서관이 있는 샤이요궁(le Palais Chaillot)에 도착하기까지 몇 번이나 멈춰서서 지도를 확인해야 할 상황에서도 그는 그냥 내달렸다. 보다 빨리 목적지에 도착하는 것보다도 그저 달리는 기쁨을 유지하며 가장 자연스러운 상태로 이윽고 도착하면 되는 것이었다. 무슨 일이 생길 때마다 내가 "브레이크를 밟는 게 좋을 걸." 해도 그는 "구르제프(George Ivanovitchi Gurjieff)[9]의 운전은." 하면서 아르메니아 출신 신비주의자의 이름을 대며 말을 계속했다. "시속 140킬로를 절대 내려가지 않았대. 어디를 달리든 영감을 존중해 길을 지나쳐도 되돌아오라는 소리를 듣기 전에는 달리기를 멈추지 않았대. 나는 지금 시속 60도 안 돼."

그리고 샤이요궁 앞에서 나를 내려 주고는 로터리를 반만 돌고 그대로 가면 될 것을 창문에서 얼굴을 내밀고 손을 흔들면서 맹렬한 속도로 로터리를 세 번 돌았다. 버스 정류장에서 기다리는 사람들의 아연실색한 표정과 들떠 버린 바깥쪽 바퀴, 그것말고도 코를 찡그리며 이빨을 드러낸, 폭소를 터뜨리는 마귀새끼 같은 천진난만한 얼굴이 내 눈에 들어왔다. 바보 같은 녀석이라고 생각했지만 그렇게 기뻐하는 얼굴을 본 것은 처음이었다. 속으로 바다에나 빠져라, 하며 나는 손을 흔들었다. 녀석이 운전하는 모습을 보는 것은 이게 마지막이리라고는 생각하지 못했다. 노르망디의 광대한 목장을 통과하는 긴 내리막길에서 우유탱크를 쌓은 짐차를 끌던 트랙터에 그만 충돌해 버린 것이다. 옆길에서 나온 트랙터 때문에 짐차가 보이지 않아서 벌써 다 지나갔겠거니 하고 옆으로 다가갔는데 갑자기 눈 앞을 짐차가 가로막은 것이었다. 브레이크를 밟았을 때는 이미 늦어 트랙터와 짐차의 연결부분을 들이받았다. 물고 있던 파이프에 아랫입술 바로 아래가 찢어진 정도여서 큰 사고는 아니었지만 그는 앞이 나가버린 폭스바겐을 끌고 어찌어찌 파리에 돌아온 다음부터는 절대로 외국에서 차를 몰지 않았다.

공동생활은 내가 스페인에 간 사이에 전혀 예상치 못한 외부의 압력으로 끝을 맺었다. 북부 프랑스에서는 느낄 수 없는 거친 자연을 접하고 지구의 다양한 풍토에 대해 이것저것 생각하며 때가 되면 내 발로 구석구석 돌아보리라 생각하며 바람에 동화되어 버린 듯한 쾌감을 가슴에 안고 돌아와 보니 방이 텅 비어 있었다.

인간과의 관계로 치자면 결코 유쾌하다 할 수 없는 여행이었다. 처음부터 조짐이 좋지 않았다. 안달루시아 지방의 에스테포나라고 하는 마을 해변에 별장용으로 개조한 고층 아파트를 가지고 있던 엘마의 아버지는 지나친 결벽증 환자였다. 전망이 좋은 땅의 대부분을 외국인이 차지하고 있던 그 마을은 스페인 전국을 대상으로 한 청결 심사에서 2등을 했다고 한다. 과연 그곳은 먼지 한 톨은 물론, 파리시를 괴롭히는 개의 배설물 한 덩어리도 찾아볼 수 없는 곳이었다. 남유럽의 태양을 찾아 몰려오는 북유럽 사람들은 많든 적든 다 병적이 되어 버린 것 같았다. 부엌의 가스레인지 주변에 파리에서 가져온 간장 한 방울이라도 떨어지면 말은 하지 않았지만 보란 듯이 그 자리에서 행주로 훔쳐냈다. 밖에서 묻어 온 모래알이 마루 바닥에 떨어져 있으면 말없는 엘마의 아버지를 대신해 전기청소기가 붕붕 항변했다.

그러면서도 다른 사람이 내는 소리에는 예민해서 살금살

금 걸어다녀야 했다. 밤에는 화장실 물소리도 금지되었다. 물론 스페인 사람들이 즐기는 낮잠 자는 시간에도 마찬가지였다. 파리의 생활에 젖어 있던 나는 지긋지긋해져서 이틀 만에 도망쳐 나왔다.

"아무리 변명을 해도 예의도 모르는 녀석이 도망쳤다고 생각하실 거야." 엘마는 모래사장에 앉아서 말했다.

도로에 늘어선 그 지역의 활기찬 젊은이들이 보고 있었기 때문에 파리에서보다도 표정에 긴장감이 없어 보였다. 물론 태양을 너무 의식한 탓도 있었겠지만.

"무례하다고 하실거야."

엘마는 모처럼 왔으니까 적어도 일주일은 아버지 곁에 있어야 한다고 했기 때문에 나는 해안선을 따라 남쪽으로 내려가 배로 모로코로 건너가기로 했다. 부녀지간이니 결벽증도 그다지 신경이 쓰이지 않았나 보다. 파리에서는 옆에 있는 도고리를 개의치 않고 섹스하자고 졸라 내가 거절했을 때 화를 내더니, 아버지 곁에서는 내 손이 성기 근처에 닿는 것도 허락지 않았고, 젖가슴을 빨려고 했을 때도 나를 밀쳐내었다. 이 역시 부녀지간이라는 관계 때문이었을까? 태양 아래서 자연스럽게 행동하지 못하는 모습을 보며 나와는 종족이 다르다는 것을 절실히 느끼면서 부녀 사이에 머리를 들이밀려고 했던 경박한 내 행동을 반성했다.

짐가방을 맡기고 진로를 남쪽으로 정했을 때는 해방감에 휩싸여 춤이라도 추고 싶었다. 배가 떠나는 알제시라스까지는 50km도 채 안 된다고 생각했다. 작은 가방만을 어깨에 매고 있었기 때문에 발걸음은 가벼웠고 좀처럼 버스를 탈 마음이 생기지 않았다. 스페인의 명물인 투우사의 그림이 그려진 가죽통에 담긴 와인을 홀짝거리며 끝없이 걸었다. 인가가 더 이상 안 보여 남프랑스에서 시작된 해안선의 리조트화가 여기까진가 하는 생각이 끝나기가 무섭게 이번에는 벨기에 자본으로 세워진 레저타운이 나타났다. 적갈색을 띤 산들과 바다 사이에 출현한 순백색 건물들은 멈춰서서 바라보니 정신병원을 연상시켰다. 마치 맥주통을 젓가락으로 받쳐 놓은 것같이 상체와 하체의 균형이 잡히지 않은 노인들이 50명 정도 풀장 옆 잔디 위를 어딘지 괴로운 듯한 표정으로 흔들흔들하며 걷고 있었다.

모로코에는 가지 않았다. 출항 직전에 도착하여 선창과 배를 연결하는 통행로를 건너려고 하는데 흰색 셔츠를 입은 출입국관리관이 떠미는 것이 아닌가. 이미 승선해 있던 화려한 옷을 입은 단체관광객이 갑판 위에서 웃으며 내려다보고 있었다. 선글라스와 여자들의 립스틱이 왠지 기분 나빴다. 왜 나를 미는지 그 이유를 몰라 손에 쥐고 있던 표를 보이며 다시 타려고 하자 그는 전보다 더 힘껏 내 가슴을 밀쳤다. 승선을 거부하는 이유에 대해서는 한마디도 하지 않았다. 아직도 납득이 가지 않아서 나는 다시 가서 왜 승선을 거부하는지 물었다. 그랬더니 "왜냐구? 뭘 모르는구만." 하면서 갑자기 흉폭해져서 몸을 밀치더니 털이 숭숭 박힌 팔로 내 목덜미를 잡아 선창까지 끌고 갔다. 나말고도 승선을 거부당한 프랑스 젊은이들이 세 명 더 있었다. 표를 되물리러 간 창구에서 검은 아프리카로 갈 예정이던 지저분한 차림새의 그들을 만나고 나서야 겨우 나는 왜 거부당했는지 이유를 알았다. 다른 사람의 집을 방문하는 차림새치고는 너무 신경을 쓰지 않은 모습이었던 것이다. 짐가방을 들고 단정히 넥타이를 매고 실크 손수건으로 땀을 닦는 정도의 차림새가 아니면 안 되었던 것이다. 훗날 여행사를 그만두고 긴 여행을 하면서 나는 몇 번이나 입국을 거부당한 적이 있었다. 만일 자신이 어떤 존재인지를 설명할 말과 신체적인 표현력을 갖추지 않았더라면 그때마다 왔던 길을 되돌아갔을 것이다. 거만하게 "돌아가." 하며 명령하는 담당자를 상대로 인내심 있게, 조금 자유롭게 보일 뿐 실은 무해한 인간이라는 사실을 여러 가지 표현을 섞어 가며 전달하고, 제발 가게 해 달라고 애원하는 듯한, 그러나 거부당하면 당신 신상에 좋지 않을 거야, 라는 경고의 뜻을 담은 조용한 눈초리를 보내는 것으로 족했다. 그러나 말할 여유조차 주지 않았던 모로코만은 예외였다. 하기야 불청

객에게 나가 달라는 말 한마디 하지 못했던 나이고 보니 결국은 불만을 안은 채 물러나야 했지만 말이다.

그대로 돌아갈 생각이 없어 포르투갈까지 가서 열흘 정도 보내고 남쪽으로 왔던 길을 지나 에스테포나로 돌아왔다. 하얀 레저타운이 보이자 돌아왔다는 안도감에 마음이 편해져 레저타운 앞에서 멈춘 버스의 창문을 통해 풀장 쪽을 바라보았다.

마음의 병을 안고 있는 듯한 노인이 잔디 위를 흔들거리며 걷고 있는 모습은 예와 다름없었지만 어딘지 풍경의 구도가 달라졌다. 그도 그럴 것이 아무도 없었던 풀장의 중앙을 힘차고 멋진 버터플라이로 헤엄치는 사람이 한 명 있는 것이 아닌가. 마치 정신병원 한가운데에 '건강한 육체'를 비추는 거대한 텔리비전이 걸려 있는 것처럼 보이는, 묘하게 그로테스크한 광경이었다. 헤엄치는 4코스의 수영대 바로 옆에 빨간색 타올이 깔려 있고 거기에 배를 깔고 누운 한 남자가 턴을 하는 사람의 발을 잡으려고 하는 모습이 눈에 들어왔다.

엘마는 내가 빠져나온 직후에 담수(淡水)를 찾아 레저타운으로 놀러 갔다가 그곳 매니저의 눈에 들어 '코치'로 임시고용된 상태였다. 부녀지간의 정이야 있었겠지만 답답함을 느끼는 사람의 감정에 큰 차이는 없었던지 레저타운에서 종업원용으로 방을 제공하는 사실을 알고는 그날로 방을 옮겨 버렸다. 나는 그 사실을 그녀의 아버지에게 들었다. 그가 나를 대하는 태도는 모로코의 출입국관리보다 조금 나은 정도였다. 낮잠을 자고 있었는지도 모른다. 벨 소리를 듣고 나와 철문 안쪽에 선 그는 딸이 레저타운으로 옮겼다고 말하며 철문을 30cm 정도만 열고 발로 내 가방을 밀어냈다. 나는 엘마를 만나러 가지 않았다. 버스 창문으로 내다본 풀장의 광경이 생각나 가 봤자 헛일이라고 생각했기 때문이다.

그리고 바르셀로나에서 피레네를 지나 그 누구와도 마음이 오가는 대화를 전혀 나누지 않고, 여행이란 이런 것이구나 실감하며 황야의 기분좋은 고독을 만끽하면서 파리로 돌아왔다. 있어야 할 것이 없어진 방의 빈 공간이 마치 고형물처럼 가로막았다. 창문은 닫혀 있었고 침대에는 깨끗한 시트가 덮여 있었다. 내가 있었던 것을 증명하는 것은 붙박이 선반 위에 깔아놓은 작은 산타클로스가 무수히 찍힌 포장지뿐이었다. 나는 밖으로 나가 아랍인이 경영하는 카페에서 사무실로 전화를 걸어 내 앞으로 무슨 연락이라도 와 있는지를 물었다. 아무것도 없고 다만 산더미처럼 쌓인 서류만 있다고 했다. 모든 관계를 끊고 나만 홀로 길거리에 버려지기에는 아직 이르다. 나는 어찌할 바를 몰랐다. 다시 아파트로 가서 아랫층의 부인을 찾아갔다.

도고리와 마쓰코는 일본인 '친구'들을 불러들여 다섯 명이 함께 비좁은 생활을 시작했다. 불러들인 세 명은 파리에 도착한 지 얼마 안 된 사람들로 그중의 두 남자는 거리에서 도고리를 발견하고 단지 일본인이라는 이유만으로 어디 싼 호텔이 없느냐고 물었다고 한다. 입술 밑에 상처를 입은 도고리는 왜 그랬는지 정로환을 구하러 그들이 묵고 있는 중류 호텔까지 찾아갔다. 그럭저럭하는 사이에 '친구'가 되어 싸구려 호텔이나 하숙을 찾을 때까지만 묵게 할 생각으로 그들을 데려왔던 것이다. 또 한 사람은 마쓰코가 뒤셀도르프에서 파리로 돌아오는 차 안에서 만나 알게 된, 나중에 도고리의 두번째 부인이 된 요시코(淑子)였다.

아랫층 부인의 말에 의하면 끽끽거리는 소음이 끊이질 않았다고 한다. 마포걸레로 천장을 치는 분노의 신호는 일체 무시되었고 계단을 내려오는 발소리가 울릴 때마다 살짝 현관을 열고 내다보면 지금까지 본 적이 없는 얼굴뿐이었다고 한다. 더 이상은 참을 수가 없어서 방주인 할머니에게 전화를 걸었다. 주인은 전화를 받기 전부터 나에게 화가 나 있었다. 방세를 월말까지 납입하지 않은 것이었다. 그것만으로도 내쫓을 이유는 충분했다. 방주인이 왔을 때는 마침 대사관에 혼인신고서를 내고 온 도고리와 마쓰코가 축하 파티를 열고 있었기 때문에 다섯 명말고도 로드리게스 부부를 포함한 도고리의 '친구'가 여섯 명이나 와 있었다. '빌려 준 기억이 없는 사람들이 무단으로 살고 있어요. 이건 범죄입니다." 주인은 이렇게 말하고 이틀 이내에 방을 뺄 것을 명령했다고 한다.

"이 열쇠는 어떻게 할까요?" 하고 내가 아랫층 부인에게 물었다. 졸지에 방을 빼앗긴 자에게 전혀 동정심을 보이지 않는 그 부인에게 감탄하면서.

"나에게 맡아 달라고 했어요." 하고 대답하며 손을 내밀어 열쇠를 받아쥐고는 "안녕히 가세요." 하며 재빨리 문을 닫았다.

당장 내일부터는 양복과 넥타이가 필요했다. 우선은 틀림없이 있을 것이라 예상하고 몽파르나스 역 앞에서 한 잔 걸치고 로드리게스의 아파트로 갔다. 과연 거기에 앞이 찌그러진 폭스바겐이 주차되어 있었다. 떨어진 샹들리에 대신에 병원에나 있을 것 같은 붉은 공 모양의 전등을 켠 거실에서 도고리는 책을 읽고 있었다. 사고에 대해서 아직 아무것도 모르고 있던 나는 그의 상처를 보고 잠시 숨을 들이켰지만 모르는 척하고 내 짐에 손을 댔다.

"주인은 반 미치광이였어. 이 세상은 모두 미쳤어."

"그럴까?"

"지금 로드리게스가 마쓰코를 데리고 부동산을 돌고 있어. 셋이서 살 수 있는 큰 스튜디오가 생길 것 같아."

"그녀에게 안부 전해 줘."

"왜 그렇게 서두르는 거야? 방이 없어져서 깜짝 놀랄 얼굴을 보고 싶다고 마쓰코가 기대하고 있었는데."

"차라리 생선가게에 가서 상어 얼굴을 보라고 해."

그는 불러온 택시에 짐을 싣고 있는 나를 보면서 화가 난 상대에게는 무슨 말을 해도 소용이 없다는 것을 깨달은 눈초리였다. 그의 눈은 맑았지만 그가 보는 세상은 내가 숨쉬는 세상이 아니었고, 내가 생각하는 나 자신을 그는 보지 않았다.

그날 밤은 졸린데도 머리가 식지를 않았다. 사무실 근처에 잡은 호텔의 딱딱한 시트 위에서 몸을 뒤척이며 지나온 몇 개월을 뒤돌아보고는 나가 달라는 말 한마디 하지 못한 나 자신의 성숙하지 못한 모습에 반성의 칼날을 들이댔다. 나 스스로 '나는 이런 사람이다'라고 생각하지만 그것을 말로 하지 않는다면 상대에게 내 뜻이 전달될 리가 없다. 말도 하지 않으면서 왜 이해하지 못하느냐고 추궁하는 것은 비록 그것이 한 사람의 의식 속에서 나온 문답이라고는 해도 역시 일본인 특유의 어리광 같은 것이 아니었을까.

그건 그렇다치고 현재의 도고리는 『거꾸로 가는 별』에 나오는 파리에 사는 일본인 남녀가 자신과 마쓰코를 모델로 했다고 트집을 잡았다. 술에 취한데다 "거꾸로 가는 별이란 나와 마쓰코를 빗댄 말이야!"라고 했다. 그래서 어쨌다고 뒷말이 이어지는 것은 아니고 옛날 모습이 사라진, 취하면 주정이

심한 중년의 문턱에 들어선 그를 보며 그가 바라는 것은 "예, 모델로 사용했습니다. 고맙습니다." 하는 감사의 말이라고 생각했다.

나는 정신이 나가 반응이 없어진 마쓰코를 모델로 삼았다. 내가 생각한 그녀의 병의 원인은 두 가지인데 하나는 문화적 충격이었고, 또 하나는 결혼한 지 얼마 지나지 않아 남편이 자기 친구를 좋아하게 되어 결국 한 남자와 두 여자가 공동생활을 시작한 때문이었다.

실제로 도고리는 마쓰코와 마찬가지로 요시코도 좋아해, 세 명이 서로 사랑하니까 이것이 가장 자연스러운 형태라고 확신하고 파리의 교외에 있는 아파트에서 변칙적인 가정생활을 꾸려갔다. 나는 그가 길거리에서 "여자들이 입씨름을 한 적은 있어. 하지만 난 곧 화해하고 웃는 두 사람을 보는 것이 기뻐." 하면서 특유의 그 눈을 조용한 미소로 감쌌던 것을 기억한다. 그는 진심으로 이런 확대가족(Ex-family)의 가능성을 믿고 있었음에 틀림없다. 당시의 그라면 비밀결사나 악마숭배자들에게나 통용될 것 같은 이론에는 정통했을 것이다. 그의 딜레마는 단지 어느 여자와 잠자리를 같이 할 것인가였다.

소극적이 된 것은 마쓰코였다. 자신은 섹스를 해도 오르가즘을 느낀 적이 없으니 요시코와 잠을 자라며 스스로 물러나면서 그래도 원만히 생활하는 것처럼 꾸미는 사이에 이윽고 그녀의 내부에서 비명이 터진 것이었다. 다행히 그녀를 조수로 써 줄 화가가 나타나 몽마르트의 작은 스튜디오로 옮기게 되었다.

몽마르트로 오고 나서 우연히 얼굴을 마주칠 기회가 생겼다. 직장 일로 손님을 인솔하고 사크레 쾨르(le Sacre Coeur) 사원이나 테르트르광장을 안내하면서 몇 번인가 마주쳤었다. 언젠가는 손님에게 한 시간 정도 자유시간을 주고 우리는 카페에서 선 채로 이야기를 나누었다. 그녀는 새끼고양이를 안고 있었다.

"같은 거리에 있다는 것이 때때로 괴로워요." 하고 그녀는 말했다. 카운터에 나란히 서 있었기 때문에 옆얼굴밖에 보이지 않았다. 정면에서 보면 어떤 얼굴을 하고 있을까 하고 생각하는 사이에 기계 인형처럼 내 쪽으로 고개를 돌리고 "요시코는 나보다 좋은 주부예요." 하는 것이었다.

그 다음에 만난 것은 정신을 놓기 2주일쯤 전인 어느날 밤이었다고 생각한다. 헐렁한 흰색 셔츠를 입고 땅에 끌릴 듯한 긴 치마를 입은 그녀가 물랑루주가 있는 큰 길을 아랍인처럼 보이는 별로 품위가 없는 남자와 앞서거니 뒤서거니 걷고 있었다. 긴 머리가 마른 풀처럼 어깨를 덮고 있었다. 두 사람은 동행은 아닌 것 같았고 아마도 남자가 집적거리려고 다가갔는데 아무런 반응이 없자 화가 난 김에 옆을 지나면서 독설을 퍼붓는 것 같았다. 그녀는 기다리며 서 있는 나와 부딪칠 정도가 될 때까지도 나를 알아보지 못했다. "아아." 하며 바람이 차다는 듯이 눈을 가늘게 떴다.

어딘가가 이상했다. 얼굴 근육이 부드럽지 못하고 턱이며 코 주변, 눈썹, 이마가 제각각 따로따로 주름이 잡혔다 펴졌다 하는 것 같았다. 그것은 거울이 넘쳐나는 오늘날의 생활에서 일상적인 의미로는 더이상 거울을 보지 않게 됨을 뜻하는 것 같았다. "어디에 가요?" 하고 물으며 나는 그녀의 팔꿈치를 잡았다. 외설적인 일본어를 한마디씩 섞어 가며 우리를 유혹하는 소리가 여기저기서 들려왔다. 정체불명의 통행인들이 제각기 고독을 느끼면서도, 증식을 멈추지 않는 잡균의 무리처럼 보이는 혼란 속에서, 적어도 우리는 아는 사이라는 안도감이 생겨났다.

"집에 가는 길이예요."

"그럼, 바래다 드리죠."

루픽가(街) 14번지 2층 오른쪽이 그녀의 스튜디오였다. 테르트르광장에서 조잡한 선물용 풍경화를 팔아 한 재산 모은 그녀의 고용주인 일본인 화가가 빌려 준 방이었다. 캔버스를 붙이는 것이 그녀의 일이었다.

방에 들어간 그녀는 문을 열어 둔 채로 부엌에 가더니 꼬리를 흔들며 다가온 흰 고양이를 위해 고양이 밥을 접시에 담았다. 파란색 카페트가 깔린 방은 잘 봐 주려고 해도 깨끗하다고는 할 수 없었다. 캔버스를 붙이는 데 필요한 도구와 재료가 방 안 가득히 널려 있는 것이나 침대 위에 옷이 널려 있는 것은 그렇다 쳐도 여기저기 널려 있는 식기며 고양이의 배설물에서 나는 냄새와 지저분한 구두자국 등은 눈 뜨고 볼 수가 없을 지경이었다. 구두를 벗는 것이 귀찮으면 이쪽 사람들처럼 방에 들어가기 전에 구두 밑을 잘 닦아야 될 것이 아닌가. 길거리에서 주워 온 것 같은 새장도 왠지 신경이 쓰였다. 방 밖에서 그녀와 오랫동안 서로 얼굴을 마주본 다음 나는 방에 들어가 문을 닫았다. 먼저 새장에 손을 대었다. 여기에 있을 때는 다 뜻이 있다고 생각하며 쓰러진 새장을 세워 그 안에 트랜지스터 라디오를 넣어 두고 그녀의 이름을 불렀다. 두 번 불러도 대답이 없어 목을 길게 빼고 부엌을 들여다 보니 그녀는 찬밥에 물을 말아 스푼으로 입에 떠넣고 있었다.

나는 침대에 걸터앉아 기다리는 동안에 뭔가 엄숙한 말을 하고 싶었다. 무엇이 엄숙한 것인지는 물론 모르나 가령 전쟁터를 지나 포로수용소를 보러 온 사람이 할 말을 잃어버린 상황에서도 무엇인가를 열심히 말하려고 입술을 깨무는 것과 비슷했다. 나는 마음의 여유를 갖고자 몸을 바로하고 흩어져 있는 옷들을 금붕어를 잡아올리듯이 들어 베개 쪽으로 옮겨 놓았다.

"일본에 돌아가는 편이 좋지 않을까요?"

새장에 트랜지스터 라디오를 넣어둔 내 아이디어에 아무런 반응을 보이지 않던 그녀는 전등 아래에 서서 요구르트를 마셨다. 그리고 손등으로 입언저리를 문지르더니 내게 등을 보이고 바닥에 앉았다.

"이제 파리에 있어 봤자 소용없어요. 일본으로 돌아가요."

마음의 상처는 고향으로 돌아가면 낫는 법, 타국에서 생활하면 싫든 좋든 자기 자신의 자리를 지켜야 하며 시간 가는 것을 잊어버리고 시계처럼 정밀하게 만들어진 뇌 속으로 자기도 모르게 손을 집어넣는다. 특히 아시아에서 온 사람들은 서로 정체를 숨길 수 있는 친구가 있는 동안은 괜찮지만 홀로 남으면 위험하다고 나는 생각하고 있었다. 러시아 사람들도 마찬가지다. 도고리가 권해서 읽은 니진스키의 생애를 담은 책에서 그가 발병한 후 외계의 자극에 전혀 무감각해진 상황에서 단 한 번 빙긋 웃은 것은 고향에 돌아갔을 때의 일이었다고 기술한 내용을 읽고 대양과는 다른 또 하나의 어둠과 같은 바다가 있는 법이라고 느꼈던 적이 있었다. 그 책은 니진스키 부인의 말도 담고 있었다. 그녀는 "나는 남편을 이해하지 못했다. 이 의사 저 의사에게로 남편을 끌고 다닐 것이 아니라 내가 해야 할 일은 남편의 이상을 발견했을 때, 곧 러시아로 데리고 가는 일이었다"고 통한의 말을 남겼다.

"기를 쓰고 파리에 있을 이유가 없잖아요? 구두를 신고 너무 돌 위만 걸어다니면 척추에도 안 좋아요."

나는 말이 통하고 있다고 믿으며 마치 소화가 잘 되는 유동성 음식을 권하듯이 거듭 귀국을 권했다. 그녀의 집에서 나갈 계기를 마련하기 위해 그녀의 대답을 기다렸다. 그러자 그녀는 머리카락 속으로 손가락을 집어넣더니 세게 위로 잡아당겼다. 그 바람에 눈 끝이 당겨올라가 가면처럼 되어 버린 얼굴을 내 쪽으로 향한 채 잠시 그대로 있더니, 갑자기 내 무릎에 머리를 박고 허벅지를 끌어안았다. 울고 있는 것은 아니었다. 눈썹이 젖어 있는 것도 아니었다. 안아일으키려고 팔을 뻗어 묵직할 것을 예상하고 힘을 가했더니 웬걸, 그녀는 새처럼 가볍게 일어나 나에게 몸을 맡기며 가슴에 얼굴을 묻었다.

엄숙한 기분은 어디론가 사라졌다. 외로움을 잊기 위한 정사를 원하는 것이라고 나름대로 해석하고 『거꾸로 가는 별』에는 쓰지 않았지만 나는 지퍼를 내려 발기된 음경을 그녀의 손에 쥐어주고 그녀가 그것을 놓지 않도록 내 손으로 감쌌던 것이다. 손을 놓을 움직임이 보이지 않아 감싼 내 손을 풀고 내가 목격한 것은 바늘에 찔린 엄지손가락을 감싸쥐었던, 언젠가의 오른손과 똑같이 심장의 고동에 따라 천천히 올라갔다 내려갔다 하는, 손톱이 길게 자란 하얀 손이었다. 그것은 여렸고 또한 나이들어 보였다. 음경에 고동치는 생명력에 매달려 있는 것처럼도 보였고 그녀에게 남은 생명력이 얼마 없다는 느낌도 불러일으켰다.

화가에게 전화를 걸게 한 것은 도고리였던 것 같다. 달려가 보니 마쓰코는 아무것도 보지 않는 눈을 멍하니 뜨고 침대에 걸터앉아 더러워진 발바닥을 입구 쪽으로 향하고 있었다. 검은 코트를 입고 흰색 머플러를 두른 도고리는 "정신이 나간 것은 약물 탓이야"라고 했다. 그럴지도 모르고 그렇지 않을지도 모른다. 원인이야 어떻든 나는 말할 수 없이 화가 났다.

"고양이까지도 미쳤어. 봐. 똥을 싸 놓고 그 모래는 놔둔 채 애매한 카페트만 할퀴고 있잖아." 그는 그렇게 말하며 구둣발로 고양이 배를 들어올려 배설물이 들어 있는 상자 안으로 옮겼다. 그러고는 아마 어떻게 해야 할지 모르는 자신의 입장을 내게 보이고 싶었는지 침대로 다가가 전혀 대수롭지 않다는 듯이, 어떻게 그런 일을 할 수 있을까 생각될 정도로 잔혹하게 마쓰코의 머리채를 흔들고 오른손으로 힘껏 그녀의 따귀를 올려부쳤던 것이다.

"눈동자가 완전히 풀려 버렸어. 어떡하지?"

"일본으로 돌려 보내."

"어머니를 부르고 싶은데 집 전화번호를 모르겠어."

그는 그 방에서 단 한군데 정돈되어 있는, 파인 벽을 이용해 만든 책장 앞으로 가서 쌓여 있는 의상잡지 사이에 허리를 굽히고 그것을 들여다보았다. 나는 이 녀석을 때려줘야 한다고 스스로에게 말했다. 쳐라, 쳐. 무슨 말을 해야 할지 모를 정도로 화가 난 상태라면 우선 안경을 벗게 하고 때리는 것이다. 주먹을 불끈 쥐고 우선 녀석의 옆얼굴을 한 방 먹이는 것이다. 끌어당겨 쓰러뜨리고 배를 차 버리자. 마치 파도처럼 간격을 두고 밀려드는 폭력의 충동을 이길 수 없어 나는 몇 번이고 자신에게 말했지만 결국 아무 일도 하지 못했다. 이유인즉 요시코가 들어왔기 때문이라고 적어 두고 싶다. 도고리와의 사이에 태어난 아이를 당시의 유행인 육아 붐에 따라 열심히 키우고 있던 요시코는 뛰어 들어오자마자 나와 도고리를 번개처럼 노려보더니 입구와 침대 사이에 직선으로 흩어져 있던 컵이며 접시, 캔버스 등을 발로 재빨리 좌우로 헤치며 침대로 달려가 마쓰코의 얼굴을 안고 얼굴이 눈물로 범벅이 될 때까지 울었던 것이다.

  『거꾸로 가는 별』에서 나는 정신이 나간 마쓰코에 대한 도고리의 대응에 대해 적었다. 도고리가 자신을 모델로 삼고 있다고 생각하는 남자는 결코 따귀를 때리거나 하지 않았다. 어찌할 바를 몰라 "어떡하지." 하며 내 의견을 묻는 일도 없었다. 그는 허깨비가 되어 버린 마쓰코를 창가로 데리고 가 자신의 얼굴에 햇빛이 닿도록 하면서 그녀의 눈을 들여다보았다. 그리고 이 세상이 아닌 또 다른 천체에 목소리를 전달하듯이, 서로 사랑한 두 별이 우주의 저쪽에서 서로에게 다가가듯이, 달콤한 목소리로 말을 걸었다.

"나야. 들려? 이리 와, 이리. 내 목소리가 들리는 쪽으로, 천천히, 구석에 숨어 있다면 조금씩 조금씩 나와 봐. 바닷속에 가라앉았다면 흔들흔들 천천히 떠올라 봐. 서두르지 마. 난 여기서 한 발짝도 움직이지 않을게. 빛이 있어. 높이 높이 맑은 하늘이 있어. 작은 새들이 삐리리 울며 날고 있어. 즐거워, 너무 즐거워. 이리로 돌아와. 잘 봐, 저 멀리 손이 보이지? 바로 내 손이야, 우린 서로 사랑하는 사이야."

그건 내 얘기야! 내가 팔레스티나를 향해 출발하기 전날 밤, 술에 취한 도고리는 자포자기한 상태였다. 이제 와서 특별히 할 이야기는 아무것도 없을 텐데 그는 전화를 걸었다. 전화를 하면서도 계속 술을 마시고 있는 듯, 말투가 점점 난폭해졌다.

"나야, 도고리."
"말 안 해도 다 알아."
"마쓰코가 죽어 버렸어."
"그것도 알고 있어."

"너 말이야. 네가 미국까지 만나러 가서 자살을 선동하고 왔어. 좀 전에 그렇게 말했지?"

"그런 말 하지 않았어. '일본에서는 권총을 구할 수 없으니까 미국에 간 것은 결과적으로 자살하기 위해서였나 봐'라고만 말했어."

"…난 더 이상…."

그는 뭐라고 말하기도 전에 화를 내거나 눈물을 흘렸다. 나는 퉁명스럽게 "이제 됐어." 하며 전화를 끊었다. 그때가 오전 1시경이었다. 나는 아직 한 번도 경험해 본 적이 없는 전쟁터로 출발하는 것이다. 안전이 보장된 난민 캠프 방문단의 일원이라고는 해도 그곳에 대해 보도된 영상이나 활자는 '위험' 그 자체였다. 그렇다고 긴장해서 얼굴이 새파랗게 질린 것은 아니지만 가만히 있으면 아무것도 모르기 때문에 오히려 공상이 공상을 부른다. 마쓰코의 자살로 인해 생각난 『거꾸로 가는 별』의 시대에 머물러 있을 수만은 없었다.

그러나 도고리에게서 전화가 걸려 온 뒤 채널이 자동적으로 바뀌며 마쓰코는 이제 괜찮다고 생각하게 한, 그녀의 웃음 띤 명랑했던 얼굴이 떠올랐다. 앞서 적었듯이 소설로 데뷔했던 이듬해, 나는 그녀의 성경에서 옮겨 적은 이사야서 구절 중 처음 두 절을 에피그라프로 사용한 『거꾸로 가는 별』을 가방에 넣고 멕시코와 과테말라로 여행을 떠났다.

20대 후반을 외국에서 보낸 탓에 굴뚝이 막힌 것같이 머리가 꽉 막힌 상태가 되면 해외로 나가 보고 싶어진다. 아직 가 본 적이 없는 멕시코와 과테말라에는 일본인의 선조처럼 생각되기도 하는 인디오가 있다. 거기에 가서 농가라도 빌려 심호흡하는 것은 마음의 건강에 좋은 영향을 줄 것 같았다. 따라서 애리조나에서 재활훈련을 하며 생활하고 있던 마쓰코를 만나는 것은 순전히 '겸사겸사'에서 나온 이유였다.

파리로 데리러 온 어머니를 따라 귀국한 그녀는 약물과 충격요법으로 2개월 정도 지나 이 세상 사람으로 복귀했다. 그 후, 보모가 되기 위한 공부를 시작했다. 그러나 귀국한 지 꼭 1년이 되던 해의 어느 날, 세계지도를 천장에 붙이려고 압정을 꽂고 있을 때 어딘가에서 들려온 "뛰어 내려." 하는 지시에 따른다는 것이 머리부터 바닥으로 추락하여 목뼈가 부러져 버렸다. 마쓰코에게는 새로운 세상이 필요하다고 판단한 어머니는 오빠와 의논한 끝에 재활훈련을 애리조나에서 하도록 했던 것이다.

마쓰코의 외삼촌 부부는 트레일러촌에서 생활하고 있었다. 퇴직과 동시에 미국 전역을 빠짐없이 돌아보자는 계획을 세웠는데 기후가 온화한 애리조나에 와 본 후에 움직이기 싫어졌다고 한다. 미국 남서부에는 트레일러로 긴 여행을 하는 그런 노인들을 위한 마을이 여러 곳 있었다. 일본식으로 말하자면 충분히 3DK[10]급 고급 맨션에 필적하는 대형 트레일러가 마치 주택가를 방불케 하듯이 늘어서서, 집 주소와 우편함과 정원까지 갖춘 것을 보았을 때는 국토가 광대하기에 가능한, 집을 차에 달고 이동하며 생활하는 노후의 풍요로움을 나는 따뜻한 마음으로 질투했다.

겨우 그녀가 머물고 있는 트레일러를 찾아내어 경금속으로 만들어진 입구의 계단에 발을 디뎠을 때, 내 이름을 부르는 소리가 들려 왔다. 풀장에서 헤엄치고 돌아온 그녀가 사무소 옆에 서 있었다. 챙이 넓은 밀짚모자 밑으로 보이는 얼굴은 보름달처럼 희고 둥근 것이 갑작스런 방문을 받은 놀라움을 얼굴 가득, 웃음 속에 담고 다가왔다. 목뼈가 부러졌던 탓에 몸의 오른쪽 반신이 아직 마비 상태여서 부자연스럽기는 했으나 그럼에도 눈을 내리깔지 않고 재회를 즐거워하는 흥분 속에서, 건강한 왼쪽 반신이 약한 오른쪽 반신을 힘차게 앞으로 밀어내는 듯한 걸음걸이를 보고 있자니, 원래 있었던 것이 파괴된 것이 아니라 불모지였던 육체의 토지가 신의 손으로 경작되어 지금 왼쪽 반신에 싹이 돋았고 오른쪽은 이제부터라는 생각이 들었다.

그녀는 트레일러를 끄는 외삼촌의 대형 승용차를 운전하여 내가 머물던 마을의 호텔까지 바래다 주었다. 호텔에서 사흘을 숙박한 나는 매일 트레일러촌의 풀장에서 수영했고, 내 호텔이 있는 마을과 그녀의 마을을 잇는 12마일이나 되는 길을 그녀는 선글라스를 걸친 채 여유만만하게 운전하며 농담을 걸기도 했다.

"쓰신 소설 한 자 한 자를 곱씹으며 읽고 있어요."

"너무 씹으면 이빨에 검은 앙금이 생겨요. 곱씹지는 말고 그냥 부담 없이 한 번 눈길만 주면 돼요."

"그래요? 그럼 마지막 한 줄부터 읽기 시작할까요?"

"그것도 안 돼요. 나는 아직 이렇게 멀쩡하니까 마지막 한 줄은 아마 당분간 쓰지 않을 걸요."

그녀는 오른쪽 반신이 완전히 회복되면 서해안으로 가서 일본인 이민 2세, 3세가 발행하는 신문사에서 일하기로 되어 있다고 말했다. 그러기 위해서는 통과해야 할 관문이 몇 개 있었는데 그중에 타이핑은 가장 힘든 일 가운데 하나였다. 우선은 재활에 전념하는 것이 급선무였다. 25m나 되는 풀을, 몸을 옆으로 눕히는 일본식 가로헤엄으로 두 번 왕복, 자유형으로 한 번 왕복하는, 그야말로 침몰과 싸우며 열심히 헤엄치는 그녀의 노력을 보면서 '마쓰코는 이제 괜찮아, 분명히 조금씩 좋아지고 있어.' 하며 기쁘게 확신했던 것이다.

오전 1시 7분쯤 지나 전화벨이 울렸다. 앞서 전화벨이 울린 지 아직 7분밖에 안 지났다.

"도고리다."

"시끄러워 죽겠네. 그만 좀 해." 나는 수화기 버튼을 손으로 누르며 수화기를 방바닥에 내동댕이쳤다. 술기운을 빌린 그의 무례한 전화는 더 이상 마쓰코의 자살과는 상관이 없었다. 냉난방이 완비된 영화 필름 수입회사에서 얌전히 일하고 있었는데 열 받을 일이 생기면 자주 맥주병처럼 폭발하는 것이었다.

한 시간 정도 지났을까. 난폭하게 운전하는 도고리의 승용차가 가드레일을 들이받는 소리에 잠이 깼다. 독화살을 내뿜듯이 악의에 차서, 내 이름을 부르는 소리에 창문을 열었다.

"이리 나와!" 외쳐대는 도고리는 젖은 걸레로 몸을 감싸고 있는 듯이 보였다.

나는 샌들을 대충 걸쳐 신고 밑으로 내려가 목이 두꺼운, 튼튼해 보이는 그의 가슴 언저리를 부여잡았다. "이웃 집에 폐가 된다는 거 몰라?"

"넌 더러운 자식이야. 난 용서할 수 없어."

"작게 말해. 무슨 말을 하고 싶은 거야?"

"넌 우리 관계를 적었어. 왜, 왜 좀더 아름답게 써 주지 않는 거야?"

"이제 그만하고 이쪽으로 와."

"그야 물론 난 너보다 몸집이 작아. 그래 칠 테면 쳐 봐. 나를 추하게 묘사한 네 녀석이 날 치는 모습을 봐 주겠어. 난 절대로 널 용서하지 않겠어."

가로등 밑에서 보니 그의 입에서는 피가 흐르고 있었다. 게다가 차에서 허둥지둥 내리면서 넘어져 팔꿈치와 발등에 찰과상을 입었다. 안경테는 구부러졌지만 형태는 남아 있었다. 그 속에서 술에 취해 사시가 된 눈이 분노로 떨고 있었다. 나 역시 분노가 치밀어 올랐다. 가드레일에 부딪친 채 정차되어 있는 차 앞을 지나 인가가 드문드문 서 있는 근처 공원까지 끌고 가 힘없이 무너져 내린 그의 허리를 발로 찼다. 그러나 그가 만취한 상태라는 것을 새삼 깨닫고는 놀라 그에게 몸을 굽히자 그는 엎드린 채 레슬링에서 파울을 선고하듯 땅을 쳤다.

"부탁해. 네 녀석 말고는 부탁할 사람이 없어. 우리들의 일을 잊지 말아 줘. 나는 이제 아무것도 할 수 없단 말이야. 힘내. 절대 기죽지 마."

가드레일을 들이받은 차로 집까지 바래다 주는 도중에 그는 내 어깨를 붙잡고 엉엉 울며 몇 번이나 자신에게 용기를 북돋워 달라고 반복했다. 도대체 용기란 무엇일까? 중년기에 접어든 우리들이 구하는 용기란 무엇을 말하는 것인가. 돌아오는 택시 안에서 내 사고(思考)의 틀을 쥐어 짜내고 있는 동안, 나이가 먹어 가면서 과거에 몰랐던 것을 알게 되는 것보다도 알고 있다고 생각했던 것은 점점 모르게 되는 것이 훨씬 많다는 사실에 생각이 이르렀다. '친구', '용기', '죽음', '인생', '고독' 그 어느것을 들어도 그렇지 않은가. 끊임없이 그때 그때의 '현재'에 있어서만 통용되는 것이라고 정의를 내려 보아도 나는 이렇다 할 만한 답을 제시할 수가 없다. 『거꾸로 가는 별』의 에피그라프로 사용한 이사야서의 구절에 대한 애착은 세월이 지나도 전혀 변하지 않기는 하지만.

열방 중에서 피난한 자들아
너희는 모여 오라 한 가지로 가까이 나아 오라

(1984년 6월)

*괄호 안에 쓰인 영어 및 불어는, 소설의 원문에는 일본식 발음으로만 표기되어 있지만 독자의 이해를 돕기 위해 역자가 병기해 둔 것임을 밝혀 둔다.

註

1) 고지엔(廣辭苑) : 일본의 이와나미(岩波) 출판사에서 발행한 대형 일본어 사전.
2) 필름 도서관 (film library) : 영화 필름을 모아 놓은 일종의 영화 도서관.
3) 카발라(kabbala) : 히브리의 신비설. 유대교의 랍비가 주장한 밀교적 신지론.
4) 게토(ghetto) : 유대인 거주지. 16세기 베니스의 유대인 거주지에서 유래했다고 한다.
5) 살뤼(salut) : 우리 말의 '안녕'에 해당함.
6) 타로 카드(tarot card) : 이탈리아식 트럼프(타로트 카드). 현재는 주로 점을 칠 때 사용한다.
7) 노(能) : 일본의 전통 가면극.
8) 도미에(Honor Daumier) : 1808~1879, 프랑스의 판화가이자 화가.
9) 구르제프(George Ivanovitchi Gurjieff) : 1877(?)~1949.
10) 3DK : 방이 셋에 다이닝 룸과 부엌을 갖춘 집.

작품 소개

이 작품은 『전후단편소설선』(戰後短篇小說選, 岩波書店編輯部, 2000. 5) 제5권에 수록된 아오노 소(青野聰, 1943~)의 「朔行する星からの便り」(1984. 6)를 번역한 것이다.

아오노 소는 문예평론가 아오노 스에키치(青野季吉)의 삼남으로 태어나 청년 시절에는 10여 년에 걸친 세계 여행을 했고 그 경험을 살린 많은 작품으로 문단의 주목을 받았다. 1978년 「모자의 계약(母と子の契約)」으로 아쿠타가와상(芥川賞) 후보에 오른 뒤, 이듬해 「어리석은 자의 밤(遇者の夜)」으로 이 상을 수상했다.

「거꾸로 가는 별에서 온 편지」는 프랑스 파리를 무대로, 주인공 '나'의 아파트에 친구 '도고리'와 그의 여자 친구 '마쓰코'가 동거하게 되면서 겪는 묘한 관계 및 그에 따른 갈등을 그린 작품이다. 1960년대 당시, 외국에서 생활하던 일본 청년들의 인간 관계의 양상을 엿볼 수 있음은 물론, '친구', '죽음', '인생' 등의 핵심어로 요약되는, 청년기에서 중년기로 넘어가는 등장 인물들의 내면적인 갈등이 잘 드러난 작품이라고 할 수 있다.

벽(壁)의 귀

스기우라 민페이(杉浦明平) 지음

이일숙 옮김

벽(壁)의 귀

1

　　　　　　매일 아침 그 방에 들어가 그랜드 피아노를 두 대 나란히 놓을 만큼 커다란 책상 그늘에서 목을 올리고 흘끗 눈을 번뜩이는 각하에게 "안녕하십니까?" 하고 형식적인 인사를 하고 나는 내 의자에 앉았다. 될 수 있는 대로 깊숙이 책상 아래에 양다리를 놓고 벽에 밀어붙여 꽂은 책 중의 한 권을 펼쳐서 물끄러미 보고 있다. 그러면 오 분도 지나지 않는 사이에 나는 내 눈앞에 있는 베니어판 벽에 용해되어 사라져 버린다.

　그리고 8시 벨이 울리고 4, 5 분이 지나면, 매일 아침 반드시 실룩거리며 무거운 체중을 분주하게 싣고 오는 하야마(葉山) 서무과장의 발소리가 입구의 문 앞에서 갑자기 정지하고 두세 번 노크하면, 각하가 "으음." 하고 굵고 힘찬 목소리를 내는 것도, 그 반향이 도달하는 것보다 먼저 문이 열리고 "안녕하십니까?" 하고 굵지만 톤이 조금 높은 인사와 함께 과장의 둥그런 큰 몸이 각하에게 바쁘게 다가가 조금 목소리를 낮추고 어제의 서무 보고와 오늘의 사무 협의를 하는 것도 벽이 되어 버린 나에게는 전혀 상관이 없는 일이었다.

하야마 서무과장이 서무 보고를 끝마치고 다시 허둥지둥 나가면, 갑자기 바로 옆에서 째지는 피아노 소리가 울리기 시작하는 것이 보통이다. 이 방 밖은 공터였기 때문에 창문 위 지붕에 스피커가 설치되어 8시 15분이 되면 라디오 체조 예비 구령이 시작된다. 그때는 마이크가 돌연 찌지직 찌지직 하고 소리를 낸 뒤, 피아노 곡이 나오기 시작한다. 아침의 세 번째 라디오 체조로 들어가는 것이다. "하나, 둘, 셋, 넷…" 아침 도량에 울리는 그 찢어질 듯한 호령은 씩씩하다기보다는 무어라 말할 수 없이 서글프다.

나는 언젠가 흠뻑 취해서 친구의 하숙집에 머무른 다음날 아침 일찍, 술이 덜 깬 채로 돌아가다가 초등학교 교정에서 어린이들이 작은 손발을 꼭두각시 인형처럼 휘적거리는 것을 보았는데, 어째서인지 그때 가슴 뭉클 하고 옥죄는 슬픔에 휩싸였다. 그때 이후, 매일 아침에 듣는 라디오 체조 방송은 나에게 자학과 노스탤지어가 뒤섞인 씁쓸함과 함께 감미로운 무엇인가를 불러일으킨다. 하긴 나는 이미 벽으로 바뀌어 있기 때문에 광장에 내려간 적은 없다. 단 한 번, 각하의 중국 출장중, 창가에 서서 창문 너머로 바라본 적은 있다. 나에게는 언제나 그때 일밖에 떠오르지 않는다. 서릿발이 낀 흙이 붉은 정원에서, 제3과(課)의 그녀도 급사나 속관(屬官)[1] 사이에 뒤섞여 머리를 숙이기도 하고 몸을 돌리기도 하였다. 물론 그녀의 이름을 나는 모른다. 몸집이 작고 둥근 얼굴의 타이피스트로, 점심시간에는 언제나 야위고 히스테리 기미가 있고 키가 큰 중년 여인에게 어리광을 부리듯이 착 달라붙어 걷고 있다. 나를 만나면 놀리듯이 후후후 하고 웃고는 그 여자에게 몸을 밀착시킨다. 아무것도 아니지만 그녀를 만나면 내 가슴에 반짝 불이 켜진다. 제3과의 타이피스트들은 모두 함께 라디오 체조에 나와 있을 것이다. "하나, 둘, 셋, 넷…." 그러나 제1과 전속 타이피스트인 이타쿠라(板倉)는, 답답한 듯이 송곳니를 꽉 물고 자기 타이프라이터를 두들기고 있음에 틀림없다. 대체로 제1과 소속의 타이피스트 두 사람은 극비서류를 치기 때문일까, 급사와 세 사람만이 좁고 긴 방에 격리되어 있다.

  이 방은 대개는 비어 있는 각하의 기자 회견실을 사이에 두고 있기 때문에 가끔 급사에게 차를 부탁하러 그 방에 고개를 들이밀면, 창가의 가장 안쪽에 앉아 있는 이타쿠라는 타이핑을 잠깐 쉬고 조금 광대뼈가 튀어나오고 턱이 긴 날카로운 눈으로 멸시하는 듯이 나를 힐끗 바라보고 입을 일그러뜨린다. 그녀의 등뒤 창에서 광선이 들어와 그늘이 진 탓인지, 그 날카로운 큰 눈이 깊게 빛을 내뿜는 느낌이 든다. 미인이라고 나는 일순 생각한다. 그러나 나는 여기에서는 벽이다. 나의 인간적인 존재를 무시하지 않으면 안 된다. 그러자 이타쿠라는 내가 그녀의 아름다운 존재를 무시했다고 오해하여 마치 도전하는 것처럼 커다란 눈을 반짝반짝 빛낸다. 그러나 나는 제3과에 있는 그녀의 이름도 모르고 알려고도 하지 않는 것처럼, 이타쿠라가 아무리 깊은 눈동자를 가지고 있다고 하더라도 나와는 상관이 없다. 다만 그녀가 금테 안경을 쓴 얼굴이 흰 동료나 일을 건네주러 온 속관인 아키모토(秋元)와 말을 할 때, 흑설탕을 입에 바른 것 같은 달콤한 발음을 하기 때문에 그녀의 날카로운 표정도 무용지물이 되는 것을 알고 있을 뿐이다. 그래서 나는 최근 막 생긴 두세 개 여드름을 짜고 있는 급사에게 "엽차를 부탁해요." 하는 부탁을 하고 또다시 벽이 되어야 할 방으로 사라진다.

내가 어째서 이런 대중행정청(對中行政廳)에 근무하게 되었는지 내 친구들은 이상하게 생각하지만, 나 자신도 어째서 이렇게 되었는지 모르기 때문에 그들이 이상하게 생각하는 것도 당연하다. 물론 나는 사상적인 전과가 없다. 그저 대학의 경제학부를 나와서 2년쯤 실직하고 있는 동안 부업으로 교정을 보기도 하면서, 베이징에라도 가고 싶다고 막연하게 일본 탈출을 꿈꾸었다. 그리고 문득 친구 A의 부친 소개장을 받아 당시 대중행정청의 총무과장이었던 다무라(田村) 중장을 만나러 갔다. 그러자 "A씨의 소개로? 음, 베이징에 가고 싶은가? 공부 좀 하고 가지." 하고 중장은 조금 튀어나온 눈으로 자꾸 고개를 숙이던 나를 날카롭게 한 번 힐끗 보고 옆의 벨을 거칠게 눌렀다. 즉시 매우 뚱뚱한 하야마 서무과장이 허둥지둥 달려왔다. "이봐, 이 서생을 촉탁으로 써 주게. 공부하고 싶다고 하니까." 하고 그 자리에서 결정되어 버렸다.

"내일부터 나오게."

나는 그 후 서무과로 가 은근히 깔보는 듯한 하야마 과장으로부터 "공부하신다고요? 그러면 월급은 80엔이면 되겠죠? 내일 오전 8시까지 출근하십시오"라는 말을 들었다. A의 부친은 군부의 신뢰가 두터웠을 것이다. 그리고 나도 매우 사람 좋은 것 같은 얼굴을 하고 있었을 것이다. 하긴 하야마 과장이 80엔인 대졸 최저 초임을 밀어 부친 것도 그 탓일 것이다. 어쨌든 눈 깜짝할 사이에 채용되어 버렸다.

나에게는 거절할까 말까 생각할 여유도 없었던 것이다. 내 책상과 의자는 그저 넓은 총무과장실—지금은 대중행정청 장관실로 바뀌었지만—베니어 벽을 향해 불쑥 놓여 있었다. 나에게는 아무런 일도 주어지지 않았다. 가끔 복도에서 얼굴을 마주치면 어느 속관이나 고용원도 "부럽네요"라고 얄미움 섞인 인사를 해 온 것처럼, 나는 매일 아침 출근하여 중국 관계 영국 서적을 번역하고 남은 시간에는 계속하여 책을 읽고 있으면 되었다. 처음에는 주임 사무관이나 과장들도 나를 다무라 각하의 비서라고 착각하여 정중하게 인사하였다. 그러나 뒤에서 각하가 "그 친구는 서생이야, 공부중인 서생이야." 하고 커다란 소리로 웃었다. 그러자 머지않아 이 방에 들어오는 누구도 나에게 신경을 쓰지 않게 되었다. 다만 육해군에서 파견되어 있는 과장만이 각하의 출타중에 들어오면, "이봐, 각하가 돌아오시면 알려 주게." 하고 말할 뿐이었다. 그리고 각하의 출타중 직통 전화가 걸려 오면 나는 전화를 받고 "부재중이십니다." 하고 답하였다. 행선지도 돌아오는 시간도 나는 몰랐기 때문에 그 이상 대답하지 않고 전화를 끊어 버린다. 그렇다고 하더라도 그런 직통 전화가 걸려 오는 것은 한 달에 한두 번뿐이었다. 만일 걸려 오더라도 각하가 계시면 내가 받을 필요는 없다.

단지 각하는 아침이 빠르다. 근무 개시인 오전 8시 5분 전에는 반드시 모자를 쓰고 지팡이를 팔에 낀 채 빠른 걸음으로 성큼성큼 방으로 들어온다. 같은 방에 있는 나도 8시 전에는 출근하지 않으면 안 된다. 사변(事變)이 심각해져도 관공서에서는 주임 사무관은 9시 반, 과장은 10시 출근이었다. 매일 열리는 회의는 모두 오후 아니면 밤이었다. 그러나 장관만은 정각 오전 8시 전에 나온다. 하야마 서무과장도 따라서 8시에 출근해야만 되는 것을 투덜대고 있는 듯하다. 정시 출근은 이 두 사람을 제외하면 속관과 고용원과 급사뿐이었다. 판임관 이하는 출근부에 날인해야만 했기 때문에.

그러나 오후라도 되면, 회의, 회의, 또 회의. 각하도 방에 들어갔다 나왔다 바쁘고, 퇴청 시간인 오후 5시가 지나도 각하는 서류를 보거나 그런 잡일이 없으면 『언지록(言志錄)』[2]이나 『자치통감(資治通鑑)』[3]을 낭독하고 있었다. 나는 따라서 6시까지 어둡게 그늘지는 벽이 되어야 했다.

오전 8시부터 오후 6시까지 나는 벽을 향해 있었던 것은 아니다. 벽이 되어 있었다. 그러니까 누가 들어와도 얼굴을 본 적이 없다. 어떤 화제로 각하와 방문객이 요란하게 웃어도 결코 뒤돌아보지 않는다. 물론 각하와도 아침의 "안녕하십니까." 이외에는 한마디도 한 적이 없다. 하야마 서무과장의 사무보고가 끝나고, 제1과장인 해군 대좌(大佐)나 제2과장인 육군 중좌(中佐)가 나타나기까지 약 두 시간은 거의 일도 없고 전화도 걸려 오지 않는다. 오전 10시 이전에는 각하의 상대인 고급관료나 군인도 출근해서 책상 위를 정리중으로, 아직 하루의 활동을 개시하지 않은 듯싶었다. 각하가 방구석에 있는 커다란 책장에서 책을 끄집어내어 낭독하는 것이 들린다. "백성은 내 집 일을 하는 데 쉴 새 없고, 평상시의 산업이 많으므로 나의 덕을 바로잡을 사이가 없고, 다만 욕구를 왕성하게 하여 강(强)으로 약(弱)을 멸시하고, 중(衆)으로 과(寡)를 학대한다. 조수(鳥獸)가 싸우는 것과 다름없다…" 그리고 "역시 평소의 행실이군." 하고 혼잣말을 꽤 높게 중얼거린다. 각하는 양명학파의 황도주의자인 것이다. 상대가 필요한 것이다, 하고 나는 등뒤로 느낀다. 『산록어류(山鹿語類)』를 읽고 있구나, 하고 나는 생각한다. 그렇지만 나는 완고하게 침묵한 채 번역을 계속하고 있다. 그렇지 않으면 벽 속으로 들어가 버린다.

각하는 안락의자에서 일어나 창가로 가서, "음, 시끌벅적하구나. 오늘도 소집인가"라고 혼잣말을 한다. 창 아래로 "이기고 돌아오리라고 씩씩하게…." 하고 되풀이해서 노래 부르며 한 무리의 사람들이 지나가는 것이 나에게도 들린다. 그렇지만 나에게는 그 시전(市電)[4] 앞의 휴업 안내문을 붙인 빵집이 떠오른다. 주인은 삼십 전의 젊은, 좀 호기 있는 남자였는데 부인은 어떤 얼굴이었는지. 어린아이를 업고 있던 것만은 기억하고 있다. 어떤 얼굴을 하고 있는지 모르는 그 부인도 지금은 긴장된 얼굴로 터벅터벅 일행의 뒤를 걷고 있을 테지. 울음을 터뜨리지 않는 것만으로 힘에 부쳐 노래 같은 건 할 수 없을 것이겠지. 창문 위에서 현역 장군이 감개무량하게 바라보는 것도 알아차리지 못하겠지. 나는 각하의 상대를 하지 않고 완고하게 침묵을 계속한다.

내가 상대가 되지 않기 때문에 각하는 심심한 듯 겉옷을 벗고, 책장 그늘에 세워져 있는 목검을 쥐고 "에잇, 얏, 얏" 하고 기압을 넣는다. 오십 번인가 백 번 공기를 가르는 소리. 그것도 나하고는 관계없는 일이다. 나는 더욱더 벽 속으로 들어가 침묵을 굳힌다.

2

이렇게 반년도 지나지 않는 사이에 오전 9시와 오후 2시의 두 차례, 엽차 잔을 가지고 들어와 책상 위에 놓고 가는 여드름이 나기 시작한 스탠드 칼라의 급사 외에는 누구 눈에도 내 모습은 보이지 않게 되었다. 나는 책상, 아니 벽 색깔과 동일하게 되어 버렸던 것이다. 특히 하야마 서무과장의 눈에서 나의 존재는 완전히 소실되어 버렸다는 것을 나는 잘 알고 있다.

우선, 나는 촉탁이라고 하여도 판임관 대우 중 최저인 80

엔이다. 나는 한달쯤 지나고 나서 사전을 빌리러 갔을 때 계단 아래의 한쪽 구석에 역시 십여 명의 촉탁이 진을 치고 있는 것을 알았다. 제3과에 속하는 조사연구원들로 일단 중국학의 전문가로 통하였다. 그중에는 문학가도, 미술사가도 경제사가도 있었는데 모두 전문가이기 때문에 주임대우가 많고 나보다 2년 후배, 즉 올해 막 졸업한 H군은 나와 마찬가지로 판임관 대우였지만 월급은 100엔이었다. 일년에 10엔씩 승급하여 130엔에 달하는 주임관 대우로 바뀐다고 하였다. 그중에서도 최고 급료 200엔을 받고 있는 이케다(池田) 촉탁은 두세 번 장관실에 종종걸음으로 걸어와, 중대한 비밀을 알리는 것과 같은 모양으로 "각하, 이것은 러시아어로 된 소비에트의 대중기본정책을 번역한 것입니다. 이것만 가지고 있으면 스탈린의 속셈은 한눈에 압니다. 힘든 일이었죠, 하하, 조사비가 좀 들었기 때문에…" 하고 무엇인가를 건네주고 나서 "이것으로 충분한가?" 하고 각하로부터 금일봉을 받아 갔다(나는 보지는 않았지만 소리로 들었다). 원숭이 같은 작은 중년 사내인 것을 알아차렸다. 그가 쓴 「소비에트 대중기본정책에 대하여」는 이삼 일 후 이타쿠라 타이피스트에 의해서 엷은 서양 종이 다섯 장의 타이프로 내 책상 위에까지 왔다. '비(秘)'라는 고무인이 찍혀 있었지만, 하숙에 가지고 가 보니 이미 헌 책방에서도 모습을 감춰 버린 레닌, 스탈린 저 ○

○역 『민족문제』의 일부분을 그대로 베낀 것이었다. 오역까지도 그대로였지만 단지 ××가 '혁명' ×××가 '공산당'이라고 메워져 있는 것만이 달랐다. 그 후 안 것이지만 이케다 촉탁은 하얼빈의 신문사에 있었던 러시아어 대가로 알려져 이 관공서에 들어왔지만 러시아어를 전혀 못 읽는 것이 틀림없다. 그래도 주임관 대우로 책상과 의자도 나와는 전혀 달랐다. 하긴 이케다 촉탁의 작은 몸이 안락의자 속에 뽐내며 앉으면 당당한 팔걸이가 달린 책상 사이에 묻혀 보이지 않게 되었지만.

내가 벽이 될 결심을 굳힌 것은 무엇보다도 제3과의 촉탁은 조사비에서 급료가 나오는 데 비해, 내 월급은 물품비에서 나왔기 때문이다. 즉 나는 책상이나 책장과 같은 항목에 속한다.

원래 관공서에는 친임관(親任官), 칙임관(勅任官), 주임관─여기까지가 고등관으로, 그 아래에 속관이라고 칭하는 판임관, 고용원이 있고 더 아래에 타이피스트나 급사가 있다. 그리고 그 신분마다 책상, 의자 등 집기가 달랐다. 들어오면 한눈에 신분을 알 수 있다. 급사의 책상에는 서랍이 한 개밖에 붙어 있지 않지만, 내 책상은 한쪽 팔걸이가 붙어 있다. 주임관인 사무관의 책상은 양팔걸이가 붙는데, 거기다 등뒤에 철제 사물함이 딸린다. 의자도 그것에 맞추어 다르다.

이 방에 내가 들어오던 첫해에 전 장관이 병으로 사직하고 각하가 장관으로 승진했다. 각하가 친임식[5]을 마치고 드물게 육군중장 정복 차림으로 들어와서 대검을 풀고 있는 곳에 하야마 과장이 허둥지둥 뛰어들어와서 축하인사를 늘어놓은 후, "저, 중대한 일이 있어서… 실은 융단이 어느 가게에도 없었습니다. 목하 속관을 동원하여 관계 회사며 상점에 알아보고 있습니다만, 아무튼 사치품목으로 제조가 금지되었기 때문에…." 하고 소리를 낼 정도로 심하게 손을 비비면서 변명하였다. "융단이 어떻다고?" 하는 각하. "예, 이 관공서의 장관은 친임관 대우입니다. 친임관 방에는 융단을 까는 규정이 있습니다만, 시국이 시국인지라 입수하기 어려워서…." "그런 규정이 있었나? 융단 따윈 필요 없어, 그만두게." "그렇지만 친임관이 되신 이상…." 하고 더욱더 장황하게 늘어놓으려고 하였다. "중대한 문제란 그것뿐인가?" "그것이라면 괜찮네. 돌아가게." "예에." 하고 하야마 과장은 풀이 죽어 돌아갔다. 모든 일이 그렇게 움직이는 것을 나는 알고 있다.

내가 각하의 비서가 아니고 서생에 불과한 것은 책상과 의자를 한 번 보면 알지만, 특히 어느 어떤 사건 이후 하야마 과장은 나를 물건 이상으로는 결코 보지 않게 되었다. 그 사건이라고 하는 것은 별것이 아니다. 내가 이 책상 앞에 앉아 있고 나서 5, 6개월 되고 나서 일인데, 하야마 과장이 들어왔을 때 다른 사무관이 각하에게 무언가 설명하고 있었다. 한 쪽다리로 탁탁 소리를 내며 기다리고 있던 과장은 비로소 내 존재를 알아차린 듯, "잘도 공부가 되는군요. 무엇을 공부하고 있습니까?" 하고 처음으로 내 책을 들여다보았다. 공교롭게 나는 소설을 펼치고 있었다. "흥." 하고 하야마 과장이 극도의 경멸로 코를 울리며 상체를 일으키는 것을 나는 들었다. 그리고 그 이후 나를 물건처럼 보기로 결정한 듯, 결코 나에게 말을 걸지 않았고 보려고도 하지 않는다. 물론 정기 진급 때에도 나는 진급되지 않았다. 이것만은 좀 유감이었지만.

나는 자신이 매일매일 투명해져서 벽 색으로 변하여 가는 것을 느꼈다. 점점 입을 열지 않고, 출입하는 누구도 보지 않게 되었다.

내가 이처럼 보호색을 몸에 지니고 싶다고 생각한 것에는, 또 다른 이유가 없는 것은 아니다. 왜냐하면, 극히 드물게 각하가 출타중에 걸려오는 전화상대가 대체로 참모본부 제 몇 과장이라든가 전 수상 하나노모토(花ノ元) 공작이라든가 하여, 그때마다 움찔하지 않으면 안 되었고 또 끊임없이 육군성이나 외무성의 국장, 과장이 이 방에 출입하여 왕(汪)씨라든지 왕커민(王克敏)이라고 하는 시국적인 고유명사가 신문에 나오기 2, 3일 전 은밀하게 오르내리는 것이 다반사였기 때문이다. 나는 이런 중대해 보이는 일에 관계하고 싶지 않았다. 그 밖에 신문기자가 2명, 만주낭인(浪人) 1명이, 정해진 날 정

시에 나타난다. 저널리스트는 정계 정보나 요인의 움직임을 보고하고, 만주낭인은 우익의 동향을 자세하게 보고하고 돌아갔다. 이러한 일도 나는 알고 싶지 않았다.

그것뿐만이 아니라, 때때로 짐짓 점잔을 빼고 위의(威儀)를 갖춘 두세 사람이 방문하여 "하나노모토 공작은 비밀공산당원에게 둘러싸여 있습니다"라든가, "도쿄제국대학 교수 이노다 다쓰기치(猪野田辰吉)는 여전히 천황기관설(天皇機關說)[6]을 신봉하고 있소. 괘씸한 녀석이오. 하나노모토 공작은 이노다의 제자로, 일본을 기관설 일색으로 칠해 버리려고 하니까, 각하도 너무 가까이 하지 않는 편이 좋겠소이다"라는 등, 머리끝까지 쨍쨍 울리는 비명을 지른다. 이 사람은 방공행동대장으로 유명한 인물인 것을 나도 알았다. 또는 혼자서만 유유하게 들어와서, "아시카가 다카우지(足利尊氏)도 마사시게(正成) 공도 동일시하는 교육이 폐하의 대학에서 지금도 행해지고 있는 것을 허락하고 있는 것은 무슨 일입니까?" 하고 각하를 힐문한 것은, 아시카가 군에게 공격받아 멸망한 규슈(九州)의 남조 쪽 자손이라고 자칭하는 자작귀족원(子爵貴族院) 의원임에 틀림없다. 그런데도 역적 반역자의 탄핵연설을 일장 끝내자, 그때까지 "음" "음." 하며 맞장구를 치는 것만으로 자신의 의견을 한 번도 말하지 않았던 각하가 일어나서, 방구석에 책장과 나란히 있는 커다란 금고의 자물쇠를 돌리는 소리가 들린다. 그리고 "수고하셨습니다. 얼마 안 되지만 차비라도." 하면서 건네준다. 그러면 "아아, 이런, 이런." 하고 비열함이 섞인 호걸의 간살스러운 웃음을 흘리고 기분 좋게 물러나는 것이 보통이다.

그들은 누구라도 하나노모토 공작을 정해 놓고 매도하였지만, 이야기를 분석해 보면, 대체로 하나노모토 공작의 사무실에도 출입하는 흔적이 분명하고, 육해군성이나 참모본부, 문부대신 등도 만나 금일봉을 받은 후, 이쪽에도 온 것 같다. 그러니까, 이런 부류의 면회에 각하는 아랫입술을 내밀고 떫은 표정을 한다. 그러나 나는 이런 출입객 속에서 터무니없이 다른 무대로 잘못 들어온 것을 느끼지 않을 수 없었다. 물론, 나는 고등학교에서도 대학에서도 독서회에나 연구회에는 참가하지 않았고, 지금도 어떤 비밀조직과도 상관이 없다. 그렇지만, 내가 대학에서 배운 것은 자유주의 경제학이었다. 여기에서는 내 지금까지의 상식이었던 상식이 가장 흉악한 적으로 철저하게 시커멓게 더덕더덕 칠해지고 있다. 완전히 상황이 다르다.

게다가 나는 최근 이와나미(岩波)문고의 백띠[7]가 점차로 절판되어 가는 것을 보자, 즉시 휴일에 가메이도(龜井戶) 등 변두리 책방을 돌아다니며 닥치는 대로 샀다. 산 이상 읽지 않으면 손해이니까 읽기 시작했다. 그러자 학생 시절에는 거의 타인이었던 마르크스, 엥겔스와 가까워진 것 같은 느낌이 든다. 또 헌 책방에서도 때때로 강제 가택수색으로 좌익의 책이 압수되는 것을 보고 나서 서둘러서 그런 책도 사 모으기 시작했다. 그리고 6시에 관공서를 나와 콩나물시루 같은 전차를 한 번 갈아타고 7시 넘어 하숙 근처로 돌아가 간이 식당에서 저녁을 끝내고 그 동안 사 모은 책을 탐독하였다. 만일 어떤 잘못으로 가택수색이라도 받는다면, 나는 공산당원으로 스파이 활동을 위해 그 방에 숨어 있다는 혐의를 벗어날 수가 없을 것이다. 방첩을 위해 헌병대로 송부될지 모른다. 나는 그런 지경에 처하는 것은 질색이다. 그러니까 이 방에 앉은 첫날부터 이런 정치에 관계되는 일은 일절 나는 상관하지 않겠다는 일관된 신념을 세우고 그리고 지켜 왔다.

　방의 주인인 각하는 사변하의 일본의 정치와 군사를 연결하는 요직에 앉아 있는 것 같다. 그 선에 접촉하지 않는 것이 나의 좌우명인 것이다. 왜 내가 출입하는 사람의 얼굴을 결코 보지 않고, 절대 뒤를 돌아보지 않는가 하는 비밀은 거기에 있다. 뒤를 돌아보면 각하와 눈이 마주친다. 그렇게 하면 몇 번 중 한 번은 그 쪽에서 이야기를 걸어오든가, 이쪽에서 예의로 말을 건네지 않으면 안 될 것이다. 그렇게 되면 언젠가 정치적인 선을 건드리지 않을 수 없을 것이다. 그렇게 되지 않기 위해서 나는 완강하게 벽에 붙어서 그것에 용해되어 버리는 것이다. 지금 나는 거의 완전하게 이 방의 비존재(非存在)가 되는 데 성공했다. '거의'라고 말하는 것은 군복을 입은 방문객이 들어왔을 때만, 각하는 "이봐 잠깐 밖에 나가 있게." 하고 나를 벽으로부터 떼어내었기 때문이다. 눈은 없어져도 벽의 귀가 사라지지 않는 것을 각하가 보기 때문일 것이다.

그런 때 나는 제3과의 촉탁 대기실에 내려갔다. 그곳에는 스탈린, 부하린[8]의 책을 도용해서, 안락의자에 뽐내고 앉아 있기보다는 쏙 파묻혀 있는 이케다 주임 촉탁 외에 아까 이야기 한 것처럼 루신(魯迅)의 친구였던 중국 문학가며 유물론 문고에 예술론을 쓰고 있던 미술사가 등을 상대로 H군이 비트포겔[9] 비판을 넉살스레 지껄이기도 한다. 물론 나는 장관실에서 들리던 소리는 한마디도 하지 않았다. 그렇지만 거기에 있으면 다소라도 얇고 차가운 베니어판인 자신에게 따뜻한 피가 되살아난 듯한 느낌이 들었다. 특히, 러시아에 정통해야 할 이케다 촉탁을 향하여 미술사가가, "그 따위는 극비도 뭐도 아니잖아? 헌 책방에서 스탈린·부하린 전집을 사오면 더 상세하게 씌어 있지"라고 해대는 순간, 이케다 촉탁의 작은 몸이 순식간에 줄어들어 완전히 안락의자 속으로 사라져 버린 때는. 게다가 책장 저쪽은 타이프실로, 때때로 부드러운 소녀들의 웃음이 책장 위의 공간을 넘어 흘러왔다.

그러나 이윽고 급사로부터 "손님이 가셨습니다." 하는 전화 연락이 온다. 그러면 나는 또다시 2층에 올라가서, 어두컴컴해질 때까지 벽이 되지 않으면 안 되었다.

3

그날은 아침부터 차질이 생겼다. 내가 언제나 그러던 것처럼, 만원 전차에서 내려 간신히 8시 1분 전에 그 방에 들어갔을 때, 각하의 모습은 아직 커다란 책상 그늘에 없었다. 각하는 관공서 차로 오니까 5분 전에는 반드시 앉아 있을 터였다. 나는 기지개를 켜고 라디오 체조 흉내를 내어 상체를 돌리고 나서 앉았다. 8시 벨이 울리고, 이윽고 라디오 체조 마이크가 찌직찌직 소리를 내기 시작한다. 각하는 술을 마시지 않는다.

이 관공서의 과장들, 특히 육해군에서 선발되어 온 중좌들은 중요한 회의를 아카사카(赤板)에서 하고 있었다. 물론 나는 그런 회의와 전혀 관계가 없었지만 설영(設營)으로 향하는 제1과의 속관이 아침 일찍 복도에서 동료에게 투덜대는 것을 들었다. "어제도 네모토(根本) 조사관─육군 중좌였다─때문에 애먹었어. 알코올이 좀 들어가면, 바지를 벗고 기생을 쫓아다니니까 말이야. 요정에서는 남근 중좌라고 하지"라고. 또 중국행정소 장관인 모 소장은 연락을 취하려고 비행기로 돌아오면, 도쿄 체재중에는 쭉 아카사카에서 다녔다. 그러나 이 방의 각하는 아카사카에서의 회의에는 얼굴은 내밀지만 인사를 끝내면, 곧 귀가해 버리는 것이 보통이었다. 어떤 젊은 군인이나 혁신 관료도 왠지 각하를 존경하고 있는 것처럼 느껴지는 것 중의 하나는 각하의 그런 도덕적 실천력 때문인 듯싶다.

"내가 있으면 답답할 테니까 실례하네. 집에 돌아가서 마누라와 바둑이라도 두겠네"라고 말하고 각하는 일어선다는 것이다. 어젯밤도 대중경제정책의 기본방침수립을 위한 중요회의가 아카사카에서 열렸을 것이다. 나는 들을 마음이 없었지만 귀에 들어왔다. 과장과 남근 중좌는 11시나 넘어서 출근할 것이라고 속관은 예언하고 있었다. 그러나 각하는 언제나처럼 일찍 자리에서 일어났을 것이다.

그날 아침따라 하야마 서무과장이 정각 8시에 바삐 걸어와 문을 열었다. 각하가 없어서 곧 돌아갔지만, 5분마다 네 번쯤 급히 와서 문을 열고는 되돌아갔다. 다섯 번째에는 1년 만에 나에게 "각하는 아직 안 오셨습니까"라는 질문을 하고 싶은 듯한 모습을 했다. 그렇지만 나는 이미 벽이 되어 있었기 때문에, 과장은 양복이 터질 듯한 늠름한 어깨를 잠깐 으쓱하고 문을 닫았다.

그러나 이번에는 복도에서 각하를 만난 듯 큰 걸음으로 서

두르는 발소리와 무겁고 허둥지둥 하는 발소리가 연이어 가까워져 왔다. 각하와 과장이 나란히 들어왔다. 들어오면서,

"좀, 말이야."

하고 각하는 말했을 뿐이었지만, 나에게는 언뜻 묘하게 쑥스러운 듯한 말투가 섞여 들렸다. 각하는 오늘 아침은 부인과 바둑을 두어서 지각한 것이라고 나는 생각하였다. 그러나 하야마 과장은 그렇지 않았다. 각하가 의자에 털썩 앉자마자, 즉시 테이블 너머로 몸을 내밀고 소리를 낮추어 말했다.

"터무니없는 이야기입니다만…."

"무언가?"라고 각하는 양손을 끼어 아랫배에 놓고 눈을 감고 있는 것 같다. 이것이 부하로부터 보고를 들을 때의 각하의 자세이다.

"예, 실은 투서가 있어서."

"으음."

"제3과에 오사가타(幼方)라고 하는 촉탁이 있습니다(나는 미술사가의 창백한 귀족적 얼굴을 생각해 냈다. 그와 동시에 오사가타 촉탁에게 당하고 원숭이와 같이 으르렁거리며 의자 속으로 줄어들던 이케다 고급 촉탁의 절망적인 반항을 실험하는 표정을). 이 오사가타라고 하는 사내는 변증법연구회라고 하는 좌익단체와 관계가 있다고 합니다.

"조사했나?"

"예, 조사했더니 그대로여서…."

"지금도 나쁜 일을 하고 있나?"

"아니요. 현재는 충실히 조사 연구를 하고 있습니다."

"으음, … 그렇다면 상관없어."

"그렇지만 신원조회가 불충분해서… 대단히 죄송합니다."

"으음 할 수 없지. 만일 조금이라도 이상한 것 같으면 붙잡아 버려."

"옛." 하고 하야마 과장은 대답하고 땀을 닦는 것 같다. 나는 어쩐 일인지 땀이 나기보다는 추워졌다. 내 자리는 창에서 멀어 해가 전혀 쪼이지 않는 탓만은 아니다. 그렇지만 각하의 다음과 같은 말은, 나를 거의 얼어붙게 했다.

"그 밖에도 빨갱이가 숨어 있을지도 몰라. 잘 조사해서 붙잡아 내."

손수건으로 기름이 번지르르한 이마를 닦으면서, 하야마 과장이 나가 버렸을 때, 내 몸은 여전히 꽁꽁 얼어 있었다. 벽이 되어 있던 것은 다행이었다.

그와 엇갈려 각하 전속 속관인 아키모토가 종종걸음으로 들어왔다. 면회신청이었다. 각하는 그 이름을 듣자 잠시 대답을 머뭇거렸지만, 결국 "곧 오라고 하게." 하고 말했다.

"예, 이미 복도에 와 계십니다"라고 아키모토가 대답했다. 이런 아침부터 면회하러 오는 것은, 정치에도 사무에도 관계가 없는 혁신파의 재계 인사거나 황도주의자임에 틀림없다. 각하는 사택에서는 누구도 만나지 않는 것을 원칙으로 하고 있었기 때문에, 오전 8시부터 주임관이 등청하는 10시까지의 두 시간이 비공식적인 손님과의 면회시간으로 정해져 있었다. 내가 면회한 것도 이 시간이었다. 그렇다고는 하지만, 그런 이른 아침의 방문객은 한 달에 두세 번밖에 없었다.

이날 아침의 손님도 극우인 것을 곧 알아차렸다. 그러나 문을 열고 나의 벽 옆을, 지금까지의 일본주의자들에게 없는 이상한 분위기를 그다지 청결하지 않는 하오리하카마(羽織袴)[10]로 풀풀 날리며 지나갔다. 얼굴은 보지 않았지만, 몹시 노해서 눈이 한곳을 응시하고 있음에 틀림이 없었다. 그 남자는 각하와 마주보고 앉았지만 입을 열지 않는다. 각하도 입을 열지 않는다. 4, 5분 두 사람 다 서로 응시하고 있었다. 그러나 그 긴박한 긴장은, 손님의 돌연한 낭송에 때문에 깨졌다.

"만세, 만세… 깨끗하구나. 얼쑤."

"그런데 오늘의 용건은?" 하고 각하도 정중한 어조.

"황국의 흥망에 관한 중대한 문제를 들어 주셨으면 해서요."

"음."

"지금은 어떤 때요? 한 번도 외국 침략을 받아 본 적이 없는 우리 황국의 흥망이 걸려 있는 역사적인 순간이오. 북중국에, 남중국에 그리고 남중(南中)에, 이천 리에 이르는 대륙

전선에서 보국 충심에 불타는 수백만의 황군이 고결한 피를 흘리고 있소. 이런 건국 이래의 중대한 때에, 후방의 일본, 지배 계급에는 천인공노할 유물사상, 마르크스주의, 자유주의가 충만해 있소…"

"으음." 하고 각하는 언제나처럼 신음한다.

"특히 도쿄대학은, 빨갱이 공비의 근원지요. 이 대학에 소굴을 이루고 있는 학교 공비들은…"

지금까지 저승에서 나올 것 같은 어둡고 칙칙한 어조였다고 한다면, 이 학교 공비를 언급한 순간, 완전히 흥분해서 높은 어조로 일변했다. 반공행동대장의 카랑카랑한 목소리도 턱없이 높았지만, 그것은 이마에서 통통 퉁겨 나가는 소리였다. 그렇지만, 이 손님은 더욱 열정적이고 영탄적이었다. 이것이 '재야민초(在野民草)의 통곡'이라는 것이구나. 나는 이 아침의 손님이 어떤 자인지 곧 깨달았다. 유명한 이나다 교키(稻田兇氣)임에 틀림이 없다. 도쿄대 법학부와 경제학부의 교수, 조교수의 이름을 한 명 한 명 들추고, 그 저서의 한두 줄을 인용하여 자유주의자, 유물론자, 말하자면 학교 공비인 것을 계속 증명했다. 그것은 내가 2, 3년 전, 대학의 식당 출구에서 어떤 마음 약해 보이는 학생으로부터 받은 팸플릿과 동일한 것이었다. 아니 뜻하는 바는 같더라도, 오늘 아침의 통곡 섞인 탄핵 연설은 내용이 매우 상세하다. 메모라도 보면서 말하고 있지 않은가라는 의심이 들 정도였다. 그러나 학교 공비, 공비로서 사형선고를 받은 교수들은 거의 모두 내가 수업을 들은 교수들이었다. 토끼처럼 시국의 변화에 긴 귀를 쫑긋쫑긋하고 있는 겁쟁이 교수들이 흉악 무참한 요물로서 천벌을 받고 있다. 벽이 되지 않았더라면, 나는 그 이름이 들려올 때마다 웃음을 터뜨렸을지도 모른다. 아니, 방의 공기는 웃음은커녕, 오히려 요상하고 이상한 냄새로 차 있었다. 각하조차도 "음"을 그쳐 버렸다. 눈을 감고 좌선을 하고 있겠지.

그 연설은 한 시간 가까이 높은 톤으로 쉴새없이 계속되었다. 그리고 도쿄대학의 학교 공비 리스트가 끝나자 하나노모토 공작의 자유주의가 언급되고, 바야흐로 교토대학 교수진에게 옮겨가려고 하는 순간, 돌연 직통전화 벨이 시끄럽게 울리기 시작했다.

"아"라고 각하가 대답한다. "뭐? 응. 응. 곧 가지."

각하는 수화기를 내려놓더니 "갑자기 중대한 사건이 생겨서 외출합니다. 다음 기회에 천천히… 하야마 서무과장에게 말해둘 테니까." 하고 말했다. 그리고 벨을 두 번 눌렀다. 아키야마 속관이 종종걸음으로 들어오자 "이봐, 자동차. 육군성이다." 하고 곧 일어나서, 큰 걸음으로 걷기 시작한다. 문 있는 곳에서 달려온 하야마 서무과장과 부딪칠 듯이 마주치자, "이나다 선생에게 그것을 드리게." 하고 말한다. "얼마쯤이나?" 과장이 되물었을 때는, 각하는 이미 문 밖으로 나가 뒤돌아보며 "적당히, 부끄럽지 않게 말이야"라는 말을 남기고 멀어져 갔다.

4

 혼자가 되자 나는 벽에서 나와 그저 넓기만 한 방안을 걸어 다닌다. 내가 점심을 마치고 돌아왔을 때도 각하는 아직 돌아오지 않았다. 하긴 우리들 촉탁은 속관이나 고용원처럼 정오의 사이렌이 울릴 때까지 관공서에서 나갈 수 없다는 제약은 없다. 요즘은 좀 맛있다고 평판이 난 식당은 조금 늦게 가면 음식이 동나 버린다.
 촉탁들은 11시 반이 되면 자리를 일어서는 것이 보통이다. 일본 정신의 소유자로 근실한 오사가타 촉탁에게 본능적 반감을 가지고 있고, 반년에 한 번 각하를 만나러와서, 황도의 대의를 십분간만 듣고 가는 오쓰카(大塚) 촉탁조차도 정오까지 자리에 앉아 있는 법이 없다. 촉탁 중에서 사이렌이 울릴 때까지 앉아 있는 것은 나 혼자뿐일 것이다. 그렇지만 오늘은 나도 해방된 것처럼 11시 반에 촉탁 대기실로 내려갔다. 누군가와 점심을 먹기 위해서이다. 그때 십 여명의 촉탁들은 각자의 호주머니에서 1엔 짜리 은화나 50엔 짜리 은화를 내는 참이었다.

"타이피스트가 시집을 가서 선물이라도 하려고 말이야."
하고 연장자인 하타케야마(畠山) 촉탁이 말했다. 타이피스트실은 촉탁 대기실과 책장을 사이에 두고 저쪽에 있었다. 조사 연구 관계는 특히 타이프 신세를 많이 지고 있었을 것이다. 그때, 시집을 가는 것은 그녀라고 직감했다.

나는 방의 차가운 창문 유리에 얼굴을 댈 듯이 하고 아래를 보았다. 창문 바로 앞에는 연기로 그을리고, 생채기에서 황갈색의 봉오리를 피우기 시작하고 있는 벚꽃 가지가 뻗어 있었다. 아직 싹은 딱딱한 봉오리로 피려는 기미조차 보이지 않았다. 그리고 눈 아래에는, 무언가 새로운 관공서라도 서는 듯 가건물 건축이 진행되고 있는 공터 사이에, 버스길로 빠지는 도로가 있고, 점심시간을 즐기는 샐러리맨들이 오가고 있다. 이미 한 시가 가깝다. 그러니까 흐름의 방향은 관공서 쪽으로만 향하고 있다. 저 아래를 제3과의 타이피스트들의 감독이라고 내가 생각하는 여위고 키가 큰 중년 여인을 둘러싼 한 무리가 지나간다. 그렇지만, 나의 가슴에 반짝 불을 지피는 둥근 얼굴의 소녀는 없다. 이 일주일 동안 나는 그녀를 보지 못했다. 촉탁실의 돈 이야기를 들었을 때, 문득 결혼하는 것은 그녀가 아닐까 하고 생각했었는데, 역시 직감은 적중하였던 것이었다. 앓던 이가 한 개 마침내 빠져 버렸을 때 혀끝을 둘 데가 없는 것처럼, 이 여인들의 무리에는, 커다란 공허가 뻥하니 뚫려 있어 나의 시선을 모을 점이 없다. 중년 여인의 옆에는 나를 놀리는 듯이 웃는 그녀가 완전히 빠져 있다. 지금까지 이 무리를 만나면, 어렴풋이 향기 나는 작은 꽃잎을 싸고 있는 꽃받침들이 희미하게 빛의 반사를 받고 있는 것처럼 내 속에 친밀감이 번져 왔는데, 오늘 나에게는 낯선, 빛도 색깔도 없고 생명이 없는 차갑고 보기 흉한 여인들의 지루한 무리에 불과하다.

  그 흐트러진 일행이 지난 뒤, 자세가 바른 한 여인이 다가온다. 윤곽이 매우 선명한 얼굴을 똑바로 세우고, 스쳐 지나가는 남자들과 앞질러 가는 남녀의 어느 정도의 감탄 섞인 시선을 전혀 무시하고 보조를 맞추듯이 척척 앞으로 다가오고 있는 것은, 내 기대대로 이타쿠라임에 틀림없었다. 그 길의 막다른 곳은 도랑으로, 물 저쪽으로는 하얀 벽 아래의 제방 잔디가 어렴풋이 녹색을 띠기 시작하고 있겠지만, 그녀는 그런 것을 보는 것은 아닐 것이다. 물론, 내가 2층 창문에 얼굴을 대고 그녀를 관찰하고 있는 따위는 알 수 없을 것이다. 멀리서 그런 나의 모습이 시야에 들어왔다고 하더라도 신경도 쓰지 않았을 것이다. 가까이 오자 그녀의 굳게 다문 입술은 색이 좀 엷은 듯한 느낌이 들었다. 그러나 비스듬히 옆에서 바라보는 선은, 누구였던가 미국의 영화배우 같다. 스물 두세 살이라고 생각하고 있었더니 열 여덟이라고 아키모토 속관이 말했었다. 아키모토는 틈만 나면 타이프실에 들어가 그녀들과 노닥거렸는데, 속셈은 이타쿠라인 것을 급사조차도 알고 있다. 나도 이제부터 때때로 일을 만들어서 그녀에게 가 볼까. 그렇지만 그 응석부리는 듯한 말투가 마음에 안 든다. 여느 때와 다르게 쓸데없는 생각이 마음에 떠오른다. 그러나 그녀가 내 눈 밑을 지나가는 것을 내가 물끄러미 내려다보고 있자, 그녀는 시선을 느낀 듯이 우뚝하고 멈춰서서, 이쪽을 올려다보았다. 그러나 내가 있는 2층까지는 시각이 미치지 못했기 때문에, 물론 나를 알아차리지 못했다. 그리고 어깨를 움찔하고 떨었다. 위에서 내려다본 그녀의 어깨는 강하게 느껴지지도 않았고, 오히려 어리고 가냘픈 좁은 어깨에 억지로 힘을 주고 있음이 역력했다. 사람을 가까이하지 않는 교만함과 당당한 자세와 표정을 지니고 있다고 하더라도, 과연 그녀는 열 여덟의 소녀인 것을 감출 수는 없는 것이다. 그녀는 아무도 없다고 느꼈는지 걷기 시작하였다. 갑자기 힘이 빠져 버린 그녀의 뒷모습이 유리 창문의 시계(視界) 밖으로 사라져 버리자 나는 창가를 떠났다. 아무도 없는 방이니까 허무한 기대와 실망이 생긴 것이었다. 그렇지만 그런 것은 모두 나와 관계 있는 일이 아니다. 각하가 돌아와서 고급 정치회담이나 훈계가 시작되기 전에, 나는 벽으로 바뀌어 있지 않으면 안 된다.

그런데 이날은 오후에도 각하는 쭉 돌아오지 않는다. 제1과장이 두세 번 문을 조금 열고 들여다보고 갔을 뿐이다. 각하가 돌아온 것은 3시가 이미 지나서였다. 이것이 나의 일상적 긴장을 잃어버리게 했다. 더욱이 최초의 면회는 한 번도 방에 들어온 기억이 없는 모 신문 기자였다. 하긴 이 사람의 목소리는 다소 들은 적이 있다. 매주 월요일 오후 1시에는 옆의 응접실에서 장관의 정기 기자회견이 행해졌는데, 그가 특징 있는 발언을 했기 때문이다. 나는 칸막이 베니어판과 하나가 되어 있었기 때문에, 그 회견 상황을 듣고 싶지 않아도 들어야만 했다. 각하가 대중(對中)교육 문화정책 기본 요령에 관한 프린트 등을 낭독하고 약간의 질문을 받은 후에는 대개 잡담으로 들어가는데, 내가 기억하고 있는 화제가 두 가지 있다. 하나는, "어떻습니까? 하나노모토 씨는 아직도 요시마루(吉丸)에게 열중하고 있습니까?"라는 질문이었다. 전 재상 하나노모토 공작은 나이 많은 미인 기생가수인 요시마루를 정부로 두고 있다는 소문이 있었다. "글쎄, 모르겠는걸." 하고 각하는 쓴웃음을 지었다. "그렇지만, 장관님은 하나노모토 씨와 친하지 않습니까?" "나는 그런 개인적인 일에는 관여하지 않아. 그런 일에는 여러분이 자세하지 않소?" 웃음 소리로 그날의 회견을 끝낸 것을 기억하고 있다.

또 한 번은, 젊고 다부진 목소리가 "어젯밤, 경시청이 불필요한 자동차 단속을 했는데, 주의를 받은 것은 대부분 관공서 차였습니다. 기름 한 방울은 피 한 방울이라고 하는데 한심스러운 일입니다"라고 말했는데, 그 말에는 비꼬는 어투가 조금 섞여 있었다 "음. 그렇군." 하고 각하도 응수했다. "그런데, 아카사카의 요정 앞에 이시(石) 상공 차관의 차가 세워져 있었습니다만," 턱과 수염이 없이 매끈매끈하고 늘씬한, 키가 큰 이시 신키치(石新吉) 상공 차관은 혁신 관료 중의 혁신파로, 지금은 사십 안팎으로 상공 대신이 되었다. 그때는 차관이었다. 각하와는 만주 시절 이후 쭉 동지였던 것 같다. 지금도 가끔 연락하고 있다. 어쨌든 각하는 조금 당황하여 "아니, 다른 곳에 볼일이 있어 자동차만 거기에 세워 두고 있었던 것이겠지. 주차장이 별로 없으니까 말이야"라고 이시 동지를 위해 변명하였다. "아니오"라고 젊은 기자는 심술궂게 반론했다. "이시 씨는 오전 2시에 요정 '이쿠요(幾代)'에서 나와 그 차로 돌아가셨습니다." 폭소가 들렸다. 각하는 "음 그래? 이시는 그런 일을 하지 않는다고 생각하는데, 특별한 회의라도 있었던 건 아니겠소?"라고 이번에는 자신없이 중얼거렸다. 그러자 젊은 기자는 한층 기세 좋게 "어젯밤 '이쿠요'에 출입한 것은, 이시 씨 외에는 히메코(姬子)라는 기생뿐이었습니다만. 후후후"라고 최후의 일격을 가하였다.

아주 오래 전의 일이기 때문에 목소리를 정확하게 기억하는 것은 아니지만, 이날의 손님은 그 적신문(赤新聞)[11]과 비슷한 신문 기자와 같은 기분이 든다. 무엇보다도 인사가 끝나자마자, 즉시 그 턱이 없는 이시 상공 대신에 관한 이야기를 꺼낸 것이니까.

"이시 씨의 따님 결혼식은 내일이죠?" "그랬었나?"라고 각하는 알고 있으면서 시치미를 떼었다.

"물론 각하도 출석하시겠죠?"

"응, 초대장이 와 있다면, 될 수 있는 대로 시간을 내서 가려고 하고 있어."

"그러시겠죠. 그런데 이시 상공 대신의 따님 혼례 비용에 얼마나 들었다고 생각하십니까?(각하는 말꼬리를 잡힐 것을 두려워한 탓인지 대답이 없다) 의상비만 이십만 엔이 들었습니다.(각하는 이의를 제기하려고 했던 듯하다) 아뇨, 아뇨, 확실한 정보입니다. 의료 티켓제가 된 지 일년 남짓, 일반 국민은 점수를 가지고 있어도 값싼 인조견밖에 구하지 못합니다. 그런데 그것을 통제하는 상공 대신 따님이라도 되면 이십만 엔의 의상, 오동나무 장롱 열 짝에 가득한 의상이 손에 들어오니까, 말이 안 되죠. 오비(帶)[12]는 니시진(西陣)[13]에다 금사은사가 든 굉장한 것입니다. 금은의 사용금지령이 나와 있을 터인데, 상공 대신만은 예외일까요? 더욱이 그 이십만 엔은 모 백화점에서 선물했다고 합니다."

"설마"라고 각하는 궁지에 몰린 듯이 말했다.

"정말입니다. 이것도 확실한 증거가 있습니다. 이 비상시국에, 상공 대신의 감독 아래 있는 백화점에서 딸의 결혼 의상비로 이십만 엔을 받다니, 세상 민심이 땅에 떨어지겠죠?"

"음 사실이라면 탐탁지 않군."

"탐탁지 않다가 아닙니다. 괘씸합니다. 그것만 각하가 알아 주셨으면 합니다. 그러면 실례"라고 그 젊은 기자는 완전히 각하를 제압하여 기분이 좋은 듯이 일어났다.

이 기세 좋은 기자가 나가자마자 들어온 것은, 역시 신문기자인 가미야마(神山) 씨였다. 가미야마 기자는 조금 전 기자와는 달리, 중도 온건파로 소문난 일류 신문사에 속해 있었는데, 늘 이 방에 예고 없이 출입할 정도이니까 각하와 개인적으로 꽤 친밀한 관계인 듯싶다. 가끔 각하의 집에도 출입하는 것을 두 사람의 이야기로 알 수 있었다. 그렇지만 가미야마 씨는 이 방에 출입하는 누구와도 달리 상식이 풍부하다.

"다녀왔습니다. 어쨌든 큰 실책 없이 임무를 완성했습니다"라고 가미야마 기자는 웃으면서 자리에 앉은 듯.

"이야, 수고했네. 어때? 훌륭했었나?"

"예. 훌륭했었습니다. 머리는 좋지 않지만, 그분은 천재적으로 재빠르기 때문에, 방심도 빈틈도 보일 수 없었으니까요"

"부모를 닮은 게야." 하고 각하는 웃었다.

나도 누구 일인지 알아차렸다. 하나노모토 공작의 장남 요시마로(芳麿) 군이다. 미국 대학을 졸업한 것인지 중도 퇴학을 한 것인지, 귀국해서 곧 각하에게 인사를 하러 온 적이 있다. 확실히 본 것은 아니지만, 내 느낌으로는 섭정관백(攝政關白)[14]의 직계 자손이라기보다 권투선수 같았다. 그날도 마이아사신문(每朝新聞)의 가미야마 기자가 이 방에 들어와서 요시마로 군과 함께 나갔다. 그리고 다음날 아침, "꽤 총명한 아드님이던데요. 매우 서민적이예요"라고 칭찬했다. 그렇지만 그 후 얼마 지나지 않아 아시아 청년동맹이라든가 하는 발회식(發會式)이 히비야(日比谷) 공원에서 개최되었고, 어깨띠를 걸친 요시마로 군이 가두에서 통행인에게 참가를 호소하는 전단을 나눠 주고 있는 이단(二段) 사진이 석간에 실렸다. 그러자 다음날 각하는 가미야마 기자에게 전화로, 아시아 청년동맹의 주요 구성원의 신원을 자세히 조사하도록 의뢰했다. 2, 3일 후 가미야마 씨는 들어오자마자 "그거 안 되겠던데요. 건달들뿐이던데요"라고 말했다.

"요시마로 씨도 만났는데, 추대받았을 뿐 지금은 그다지 깊이 관여하지 않는 것 같습니다. 요시마로 씨는 머리가 좀 모자란 것 같더군요. 인사를 매우 잘하기 때문에 처음 만난 사람에게는 꽤 총명해 보입니다만."

"그렇지?"라고 각하도 끄덕였다. "좀 속았지, 그러나 어수룩한 도련님으로, 잘못 선동되면 쓸데없는 정치 단체와 악연이 생기지는 않을지 공작도 매우 염려하고 계셔. 이제 반년만 있으면 입대하니까, 그때까지 흠이 생기지 않도록 도쿄에서 떨어뜨려 놓고 싶은데… 내가 지키고 있을 수도 없고 자네, 우선 3개월간 잘 꾀어 온천순례라도 보내 주지 않겠는가?"
"화려한 관광 여행이 될 것 같네요"라고 가미야마 씨는 간단하게 승낙했다. "음." 하고 각하는 쓴웃음을 지은 듯했다. "다만 주의할 것은, 부모를 닮아 여자 버릇이 좋지 않은 것 같아. 미국에서도 코쟁이 유부녀와 관계를 맺어 복잡한 일이 생겼다니까. 그 후에 사토(佐藤) 대신이 뒷처리에 굉장히 고생했다는 것 같지. 인사는 능숙해, 외모는 나쁘지 않아, 무엇보다 하나노모토 공작의 자제라고 하니까 화류계에서도 인기가 있다고 하지. 신바시(新橋)에서는 빗자루 공작이라고 하는 좋지 않은 별명이 붙어 있다고 하는데, 그래도 요상한 일은, 오십만 엔을 줘도 부자와는 자지 않는다는 기생도 공작 자제라고 하면 홀딱 반해 버린다는 거야. 공작도 자신이 그러니까 아들에게 이야기를 할 수도 없어 처리에 곤란해 하는 것이겠지."

"정말로 가정교육이 되어 있지 않은 것 같아요. 겸사겸사 조사한 것입니다만, 공작 가문에서는 아이들 모두 어릴 때부터 내버려두어서, 가정교육은 전혀 빵점이예요. 요시마로 씨의 누님으로 히로시마(廣島) 후작부인이 된 사람도 가정에서는 시어머니 앞에서 책상다리를 하고 앉고, 기미(너)라든가 보쿠(나)¹⁵⁾로 이야기한다고 합니다. 그녀도 공식 석상에서의 예의 범절은 몸에 잘 배어 있었기 때문에, 감쪽같이 속았어요. 가정교육을 받는 것은 우리들 중산계급뿐이죠."

"그래. 골치 아픈 일이야. 그런데 그 젊은 도령 말인데, 여행중에 여염집 여자에게 손을 대지 않도록 경계했으면 해. 공작도 그 점을 신신 당부하셨어. 그 대신 기생이나 하녀는 얼마든지 사도 상관없어. 도저히 금욕 따위는 할 수 없을 테니까, 장사꾼으로 참아야지."

"간단하게 승낙했더니, 만만찮은 역할이군요."

가미야마 기자는 그때부터 쭉 모습을 보이지 않았다. 때때로 각하가 하야마 과장을 불러 봉투를 건네주면, 그 뒷면을 보고 과장은 "이자카(飯坂) 온천입니까?"라든가 "야마나카(山中)입니까?"라든가 "이번에는 운젠(雲仙)이군요"라든가, 분노가 치미는 것을 감추지 못하고 공손하게 중얼거리는 것이 보통이었다. 그쪽으로 송금을 명령받은 것이겠지.

그 가미야마 기자가 3개월의 임무를 끝내고 돌아온 것이다.

"좀 여위었죠?"라고 가미야마는 볼을 만지고 있는 것 같앉다.

"응 그러고 보니 여윈 것 같군. 수고, 수고."

"뼛속까지 피곤해졌습니다. 한 장소에 오래 계시지 못하니까 난감했습니다. 방심하면 곧 숙소 여주인이나 딸에게도 손을 댈 것 같았으니까요. 정말이지 우리들 평민으로서는 감당할 수 없어요. 외관은 머리와 달리 훌륭하지요, 거기다 예의범절이 바르죠, 귀족과 미국 신사 양쪽의 중후함을 지니고 있죠. 좀 세련된 여자가 있으면, 그리로 가서 싱글거리며, "저는 하나노모토입니다. 아가씨, 당신은 정말로 아름답군요. 당신 같은 아름다운 여성은 태어나서 본 적이 없어요. 미국에도 유학했습니다만, 당신의 심연과 같은 눈동자를 만난 적은 없어요. 훌륭합니다. 오늘 밤 시간 있으면 제가 이야기하러 와도 괜찮겠습니까?" 하고 듣기 좋은 말을 술술 합니다. 조금도 쑥스러워하지 않고 경박하게, 상대방을 사로잡는 말을 늘어놓으면 지긋지긋해집니다. 여자는 대개 홀딱 빠져 버리는 것 같습니다. 천의무봉이라 할까, 뻔뻔스럽다고 할까, 전혀 타인을 부끄러워한다든가 꺼려한다는 것을 모르는 듯해요. 그러니까 옆에 남편이 있든지, 아버지가 있든지, 아무렇지도 않게 꼬십니다. 여자도 여자지, 하나노모토 씨라는 신분 높은 사람이 이렇게 상냥하게 민주적으로 자기를 찬미해 주는 것에 녹아 버리니까 참을 수 없어요. 도착해서 20분만 지나면 여자는 거리낌없이 산책에 따라온다니까요. 위험하다고 생각하면 능숙하게 지역을 바꾸지 않으면 안됩니다. 고집을 부리며, "나는 같이 안 가"라고 하지만 그래서는 임무를 완성할 수 없기 때문에, 이동이 힘들었어요. 산책 도중에 입맞춤 정도는 두세 사람과 하지 않았다고는 보증할 수 없지만, 여염집 여자하고는 그 이상의 일은 없었다고 생각합니다."

"그것 잘됐네. 입맞춤 정도는 어쩔 수 없지. 피해자 없이 3개월간 지낸 것을 공작도 기뻐하실 거야. 허긴 공작은 지금 교토에 체류중으로 4, 5일은 귀경 안 하실 거야. 어쨌든 총리 대신을 그만두고 나서 그쪽 일이 점점 바쁜 듯, 일년의 반은 이번에는 선조의 성묘, 이번에는 참배 등으로 교토에 계시지. 교토에만 별채가 세 채나 있다고 하니까, 바쁜 것도 어쩔 도리가 없겠지. 방탕한 자식을 감독할 수 없는 처지야."

"부친도 그 방면은 천재이겠죠?"

"글쎄 어떨지"라고 각하는 후후후 하고 웃었다. "그렇지 않다고는 할 수 없겠지만."

"그들은 태어나자마자 공작이니 그 이상 출세하는 일도 없고, 월급이 오르는 것을 기다릴 일도 없고, 대대로 그쪽만을 공부해 왔으니까요, 부럽습니다."

나는 오늘 이야기만으로는 그다지 부럽지 않았지만, 확실히 나와는 신분이 동떨어진 사람이라는 느낌이 들었다. 과연 하나노모토 요시마로군을, 쌓아 올린 고서(古書)의 무게로 약간 기운 먼지투성이의 하숙 2층에 있는 나의 세계와도, 아침저녁으로 서로 저주하며 서로 밀치며 끼어들고 매달려서 전철을 몇 번 갈아타고 통근하는 나의 생활과도 연결시키는 것은 불가능했다. 과연 그는 어떤 여자라도 4, 5분이면 포로로 만들 수 있지만, 나는 2년 가까이 얼굴을 마주하고 있어도 이타쿠라와 말을 나눈 적이 없고, 제3과의 둥근 얼굴의 아이는 이름도 모르는 사이에 시집을 가 버렸다.

그러나 나는 요시마로 군을 부럽다고 생각할 이유가 별로 없다. 세계가 전혀 다르다. 지금쯤 그는 온천순례에서 돌아와, 시골 때를 벗길 만한 신바시(新橋)에라도 행차하는 중이겠지. 나는 오늘 밤도 돌아가면 먼지 속에서『포이에르 바흐론』[16]을 읽고,『반(反)듀링론』[17]으로 1시 넘어서까지 잠자지 않겠지. 다만 그때 한 순간만은 어째서인지 자신이 땀 냄새나는 모포 속에서 엎드려 책을 읽고 있는 모습을 벌레 유충 같다고 느꼈다. 그렇게 자신이 슬퍼 보이는 것은 역시 하나노모토 요시마로 군의 탓일까. ―나는 어느 사이에 자신이 벽 밖으로 불거져 나와 있는 것을 깨닫고 깜짝 놀랐다.

왜냐하면, 마침 그때 문이 열리고 해군 대좌인 제1과장이 기세 좋게 뛰어 들어왔기 때문이다. 나는 낭패하여 벽으로 되돌아가려고 했었다. 그러나 제1과장은 여느 때의 습관으로 나를 쳐다보지도 않고, 가미야마 기자의 고생담에 유유자적하고 있는 각하 앞으로 다가갔다.

"저 잠깐." 하고 제1과장은 말한 채로 서 있다.

"이만 실례하겠습니다." 하고 기밀을 요하는 건이라고 알아차린 가미야마 기자가 일어섰다. "아주 오랫동안 실례했습니다, 조금 마음이 편해졌습니다."

"아니, 기다리게"라고 각하는 제지했다. "오늘밤은 함께 식사라도 하지." "그럼 잠시 자리를 비우겠습니다." 하고 역시 선 채로 가미야마 기자가 말했다.

"그러지 말고 기다리게"라고 각하는 말하고 이번에는 과장에게 말했다. "그것 때문에 그래? 상하이(上海) 시장에 관한 일?"

"예, 그렇습니다." 하고 과장은 조금 힘이 빠진 듯이 대답했다. "상하이 시장 선바이린(沈栢林)이 오늘 아침 오전10시, 스촨루(四川路)에서 충칭(重慶)측 테러 단원에게 암살되었다는 전보가 각하의 부재중에 들어왔습니다. 알고 계셨습니까?"

"알고 있네." 하고 각하는 퉁명하게 말했다. 가미야마 씨는 저널리스트 의식으로 되돌아갔는지 열심히 과장에게 질문했다.

"범인은 잡혔습니까?"

"범인은 우연히 근처를 순찰중인 헌병에 의해 그 자리에서 총살. 게다가 헌병대는 순식간에 수비대와 협력하여 범행 현장부근을 봉쇄, 목하 공범자를 엄중하게 조사중이라고 합니다." 하고 신문 기자에게가 아니라 각하에게 보고했다.

"응, 알고 있네." 하고 각하는 끄덕였다.

"그 건이라면 이제 됐네."

"알고 계셨습니까?" 하고 과장은 곧 물러갔다.

가미야마 기자가 다시 앉자, 각하는 "쓰키가오카(月ヶ丘) 찻집이 편안해서 좋겠지." 하고 혼잣말을 하면서, 수화기를 들고 아키모토 속관을 불러 저녁 식사준비를 명했다. 그러나 가미야마 씨는 직업상 상하이 시장 암살사건에서 벗어날 수가 없는 듯싶다.

"선바이린이라면, 친일파 거물이죠?"

"음." 하고 각하는 애매하게 대답했다.

"마침내 당했군요. 장(蔣) 씨, 꽤 잘했네요. 다른 요인들도 부들부들 떨고 있겠죠?"

"그런 일은 없겠지." 하고 각하는 감정을 죽인 낮은 목소리로 말했다. "선(沈)은 최근에 충칭과 연락을 취하고 있다는 확실한 정보가 입수되어 있었어. 중국 놈은 겉으로 복종하고 뒤로 배신하기를 잘하니까 신용할 수 없어. 암살을 지령하는 것은, 충칭뿐만이 아니지."

가미야마 기자가 "우." 하는 작은 신음 소리를 냈다.

나도 갑자기 온몸이 떨리기 시작했다. 이미 실내는 어둑어둑해지고 서쪽 창으로 들어오는 빛이 미미하여 글자도 보기 어려운 데다 밤의 냉기가 차 있었기 때문만은 아니다. 오늘 아침, 육군성의 전화로 바삐 일어섰던 긴박했던 순간이 생생하게 떠올랐기 때문이다. 이 암살사건 배후의 검은 안개 속에는 각하의 손도 움직이고 있었던 것은 아닐까. 내 귀가 쫑긋하고 일어서는 것을 억누를 수가 없었다. 나는 책상에 매달리듯이 앉아 있었지만, 각하의 눈이 어둠 속에서 힐끗 번뜩이며 나의 등을 찌르는 것을 느꼈다.

그 순간, 각하가 세게 누른 벨이 두 방 건너의 속관실에 찌링찌링 하고 울리는 것이 들렸다. 이미 5시 반이 지나 건물 전체가 조용한 탓인지도 모른다. 퉁기듯이 아키모토가 뛰어들어오자, 각하는 "자동차." 하고 외쳤다. 그리고 재빨리 한 손으로 모자, 한 손으로 지팡이를 잡고 일어섰다.

"저쪽에서 천천히 이야기하지." 하고, 가미야마 씨가 일어나기 전에 큰 걸음으로 방을 가로질러 밖으로 나가려다가, 갑자기 멈추어서서 "돌아가네"라고 나에게 고함치듯이 말했다. 이미 1년 이상, 각하는 퇴근할 때 내가 있는 것을 알아차리지 못하는 것 같았는데, 오늘은 요시마로 군의 이야기에 끌려 나와 나는 벽 밖으로 모습을 노출하고 있었던 것이다.

아키모토 속관이 "차가 왔습니다"라고 뛰어왔을 때에는,

각하의 힘찬 발소리는 복도를 가로질러 계단을 두 계단씩 뛰어 내려가는 참이었다. 숨죽은 듯이 조용한 건물 속에, 그 소리만 크게 울렸다. 아키모토의 작은 가벼운 몸이 종종걸음으로 뒤따라가는 소리를 듣고, 나는 픽 하고 웃었다.

나는 텅 비고 갑자기 빛이 사라진 방에서 책상 위의 책을 꽂고 돌아갈 준비를 시작하였다. 어째서인지, 오늘은 실수를 한 것 같은 앙금이 가슴속에 응어리져 있다. 내가 벽에서 떨어지는 것을 들킨 바에는, 이 방에서 숨을 죽이는 생활도 이제 오래 계속되지는 않을 것이다. 그렇다고 해서 베이징의 연구소로 가는 일도 없을 것이다. 어떻게 될지 아무런 예견도 할 수 없지만, 이렇게 온몸이 꽁꽁 얼어붙는 나날이 오래오래 계속되는 것만은 틀림이 없다. 그럴 때, 나는 더욱 딱딱한 돌이 되어 아무것도 보지 않고 듣지 않고 말하지 않고 지내지 않으면 안 될 것이다.

그러나 그런 염려는 좀더 후의 일이다. 오늘밤에는 이 차가운 방을 나가 조금이라고 빨리 아무에게도 아직 들키지 않은 독서중인 자신으로 돌아가고 싶었다.

나는 수위밖에 없는 건물을 뛰쳐나와 정류장을 향하여 달리기 시작하였지만, 차갑고 어두운 물을 담은 도랑가로 이따금 불꽃을 내면서 연이은 두 대의 전차가 기울어지면서 커브를 돌아, 이쪽으로 느릿느릿 올라오는 것이 보였다. 아직 러시아워가 끝나지 않은 듯, 전차마다 밝은 불빛 아래 인간의 머리가 서로 빼곡이 겹쳐 있는 것이 보였다. 이런 상황이라면 타고 내리는 데 시간이 걸릴 테니까, 매달려 갈 것 같으면 서둘 일도 없을 것 같다고 생각하여 나는 달리던 걸음을 멈추고 천천히 걷기 시작한다.

(1964년 6월)

註

1) 속관(屬官) : 하급 관리
2) 『언지록(言志錄)』: 1846년에 나온 윤리서. 수신(修身)과 구도(求道)를 서술하였다.
3) 『자치통감(資治通鑑)』: 중국의 역사서. 정치를 하는 데 거울로 여겨졌다.
4) 시전(市電) : 시가 운영하는 전차.
5) 친임식 : 친임관(親任官)을 임명하는 의식.
6) 천황기관설(天皇機關說) : 주권은 천황이 아니라 국가에 있고 천황은 국가를 대표하는 최고 기관에 지나지 않는다는 설.
7) 백띠 : 주로 사상적인 분야의 책.
8) 부하린 : 소련의 정치가, 철학자, 경제학자(1888~1938). 스탈린과 대립하여 숙청당함.
9) 비트포겔 : 독일 태생의 중국 연구가.
10) 하오리하카마(羽織袴) : 일본 옷인 하오리와 하카마를 갖추어 입은 정장 차림.
11) 적신문(赤新聞) : 흥미 본위의 폭로 기사나 성적(性的)인 기사를 볼거리로 하기도 하고, 회사의 사정이나 비리를 폭로하여 등치는 신문.
12) 오비(帶) : 기모노 허리를 묶는 띠.
13) 니시진(西陣) : 교토(京都) 니시진(西陣)에서 나는 비단의 총칭. 일본

의 대표적 고급 직물.
14) 섭정관백(攝政關白) : 천황을 보좌하여 정무를 수행하던 요직.
15) 보쿠(나) : 기미나 보쿠는 남성 전용어이다.
16) 『포이에르 바흐론』 : 포이에르 바흐는 독일의 유물론 철학자(1804~1872). 그의 기독교 비판은 마르크스·엥겔스에 많은 영향을 주었음.
17) 『반(反)듀링론』 : 종교, 군국주의, 마르크스주의 등을 비판한 독일의 철학자이며 경제학자인 듀링을 반박한 엥겔스의 저서. 1878년 간행. 마르크스주의 세계관을 전개하고 그 필요성을 논한 책.

작품 소개

이 작품은 『전후단편소설선』(戰後短篇小說選, 岩波書店編輯部, 2000. 4) 제4권에 수록된 스기우라 민페이(杉浦明平, 1913~2001)의 「壁の耳」(1964. 6)를 번역한 것이다.

작가인 스기우라 민페이는 도쿄대학 국문과를 졸업, 중학교 교사를 거쳐 소설을 쓰는 한편 평론활동도 했던 작가이다. 그는 일본공산당의 일원으로 일한 적이 있고, 대학 시절에는 도쿄외대 야간학부에서 이탈리아어를 배우기도 했다.

「벽의 귀(壁の耳)」는 대중행정청(對中行政廳) 장관실의 촉탁(일종의 수습 사원)으로 근무하는 '나'가 긴박한 시국 이야기가 오가는 장관실에서 이루어지는 일에 전혀 상관하지 않고, 숨을 죽이고 지내며 벽이 되기를 갈망하는 이야기이다. 그러는 사이에 장관을 비롯한 주위 사람들도 마침내 '나'의 존재를 느끼지 못하게 되나, 하나노모토 공작 아들과 상하이 시장 암살사건을 계기로, '나'는 벽과 분리되어 장관에게 그 존재를 발각당한다. '나는 더욱 딱딱한 돌이 되어 아무것도 보지 않고 듣지 않고 말하지 않고 지내지 않으면 안 될 것이다'라는 '나'의 고백은 시국을 현명하게 살아가려는 소시민적인 암울함을 느낄 수 있다. 그리고 「벽의 귀」에 등장하는 사상가나 책의 인용은 공산당에서 활동했던 작가의 지식을 다분히 살린 것이라 할 수 있겠다.

작은 깃발

미야모토 데루(宮本輝) 지음
이일숙 옮김

작은 깃발

아버지가 정신병원에서 돌아가셨다. 위독하다는 소식을 듣고 나서도, 나는 우메다신도(梅田新道)에 있는 커다란 빠찡코점에서 폐점까지 구슬을 퉁기고 있었다. '그래, 아버지는 죽는 것인가'라고 몇 번이나 같은 생각을 했다. 임종을 지키고 싶다고는 생각하지 않았다. 나는 빠찡코점에서 나오자, 가끔 친구와 들어간 적이 있는 오뎅집으로 갔다. 돈은 조금밖에 없었지만, 맥주 한 병에 오뎅 두 접시 정도 값은 지불할 수 있을 것 같았다. 가게 주인은 내 얼굴을 기억하고 있었던 듯,

"대학에 잘 다니고 있겄제? 좋은 곳에 취직해서 월급을 받을

수 있게 되면, 원하는 대로 먹고 마실 수 있을 테니까 말이여"
라고 다소 잔소리 같은 말투로 웃었다.

"요전에 취직 시험에서 떨어졌어요."
하고 내가 말하자,

"당연하제. 졸업할 수 있을지 없을지 모르는 학생을 고용하는 회사가 어디 있겠누?"

주인은 빈 접시 위에다 무와 문어를 얹어 주었다. 아마 주인이 선심 쓰는 것 같았지만, 나는 아무 말도 하지 않고 접시에 놓아 준 것을 먹었다. 나와 어머니는 우메다신도에서 동쪽으로 조금 간 다이유지(太融寺)에 있는 비즈니스 호텔에서 일하고 있었다. 어머니는 지하의 종업원 식당에서 일하고, 나는 보이로서 밤 7시부터 11시까지 일하고 있다. 어머니는 정식 직원이었지만, 나는 아르바이트로, 4교시까지 수업을 듣는 금요일은 쉬기로 되어 있었다. 그날은 금요일이었지만 학교는 가지 않고 낮부터 우메다(梅田)의 환락가를 헤매고 돌아다니고 있었던 것이었다.

나는 오뎅집 주인에게 아버지가 위독하다는 것을 말할까 하고 생각하였지만, 아마도 소리를 버럭 지를 것이 틀림없다고 생각하여 입을 다물었다. 주인은 광대뼈가 튀어 나온, 거의 마름모꼴이라고 말해도 좋을 정도의 얼굴로 나를 보며 줄곧 담배를 피고 있었다. 회사원으로 보이는 한 무리가 사라져 버리자, 가게는 나와 주인 둘만이 되었다. 혹시 아버지는 이미 숨을 거두었을지 모른다고 생각하면서 돈을 내고 나는 우메다신도의 교차점을 서쪽으로 걸어, 버스 정류장에 섰다. 길에는 손님을 기다리는 택시가 줄지어 서 있고 취객이나 일을 끝낸 호스테스들이 택시를 타고 갔다.

마지막 버스가 몇 시에 지나가는지 알 수 없었다. 혹은 벌써 지나가 버렸는지도 몰라서, 나는 5분 정도 있다가 포기하고 걷기 시작했다. 아파트는 우메다신도에서 똑바로 서쪽으로 걸어서 30분쯤 되는 곳에 있었다. 관리인 아주머니가 자지 않고 나를 기다리고 있었다.

"어머니한테 몇 번이나 전화가 왔었수. 아버님이 돌아가셨다고 하잖아."

병원 전화번호를 적은 쪽지를 나에게 건네주면서,

"뭐라더라? 먼 곳의 병원인 것 같은데."

라고 말했다. 틀림없이 위로의 말을 하려고 했겠지만, 내가 무뚝뚝하게 등을 돌리고 방에 들어가 버렸기 때문에, 그대로 아무 말도 하지 않고 자신의 방으로 돌아갔다. 혼자서 쓸쓸히 주검 옆에 있을 어머니를 생각했다. 돌아가셨다는 것을 알자 나는 아버지 곁에 가고 싶어졌다. 그렇지만 아버지가 있는 S병원에 가려면 나니와(難波)에서 난카이(南海)전차로 40분 정도 간 G역에서 내려 거기에서 또 버스로 20분 가까이나 흔들려야만 한다. 그런 먼 거리를 택시를 타고 갈 만한 돈은 없었다. 찬장 서랍과 책상 구석을 뒤져 10엔짜리 동전을 모두 거머쥐자 나는 아파트를 나와 공중전화박스로 가서 종이쪽지에 적힌 전화번호를 돌렸다. 전화를 받은 병원 여직원이 빠른 걸음으로 어머니를 부르러 가는 소리가 들렸다.

"어째서 병원에 안 왔니?"

하고 어머니는 말했다. 나는 응 하고 중얼거린 채 잠자코 있었다.

"아버지는 저녁 6시에 숨을 거두셨어. 조금도 괴로워하지 않은 죽음이었단다."

"지금 가려면 택시로 갈 수밖에 없는데, 엄마 돈 가지고 있어요?"

어머니는 잠시 생각하다가,

"내일 와도 돼. 내일 아침 첫차를 타고 오너라. 엄마가 혼자 있을 테니까. 교코(京子)와 스미오(澄夫)도 내일 오기로 했어."

어머니는 친척 이름을 대고 그렇게 말했다.

나는 전화를 끊고 나서 S병원까지 택시로 간다면 만 엔은 들 것이라고 생각했다. 우리들 모자에게는, 만 엔은 큰 돈이었다.

나와 아버지는 이미 4년 가까이 따로 살고 있었다. 아버지는 마지막 기회로 생각하여 손을 댄 사업에 실패하자 그대로 모습을 감추었다. 채권자들이 몰려와 경찰에 고발한다고 으름장을 놓았다. 아버지는 그때 예순 여섯이었기 때문에 이미 재기를 생각할 수 없었다. 수상한 사내들이 아버지가 발행한 어음을 가지고 한밤중에 찾아와, 아침까지 있는 곳을 알려 달라, 돈이 될 만한 물건으로 보상하라고 어머니를 추궁했다. 그런 일이 날마다 계속되었다. 몇 번이나 사업을 하여 그때마다 실패해 온 아버지에게는 반드시 그와 비슷한 일이 있었기 때문에, 어머니는 이미 몸도 마음도 지쳐 버려 그렇게 원한다면 목숨을 가지고 가라고 정색을 하고 말했다. 사내들은 어머니의 고급 하오리(羽織) 옷을 가지고 사라진 뒤로 얼굴을 내밀지 않았다. 어느 날, 아버지로부터 편지가 날아왔다. 날짜와 장소를 정해 주고 나에게 나오라고 했다. 그것은 아파트 근처의 건널목으로 내가 기다리고 있자 머플러로 얼굴을 감싼 아버지가 건널목 저쪽에서 손짓을 했다. 찻집에 들어가자, 아버지는 머플러를 풀며 말했다.

"엄마는 안녕하시냐?"

"왜 그런 이상한 모습을 하고 있어요?"

내가 묻자,

"추워서."

라고 아버지는 대답했다. 콧물로 수염이 반짝거렸다. 아버지는 젊었을 때부터 콧수염을 기르고 있었다.

"나는, 이미 버렸어."

내가 잠자코 아버지의 얼굴을 보고 있자,

"너도 내년에는 고등학교를 졸업하지? 옛날이었으면 벌써 성인이 되었을 나이다. 이제 혼자서 살아갈 수 있겠지?"
하고 말했다. 나는 아버지의 외아들로 그것도 아버지가 쉰에 얻은 자식이었다.

"저 대학에 가고 싶은데…."

그러자 아버지는,

"보내 주고 싶지만, 이미 나에게는 그런 힘이 없단다. 용서해라."

그렇게 말하고, 일찍이 보인 적이 없는 연약한 웃음을 띠었다. 아버지의 얼굴은 작았다. 그 작은 얼굴이 목 아래의 건장함을 한층 눈에 두드러지게 하는 것이다. 얼굴은 작았지만 살집이 좋고, 짙은 눈썹에다 눈이 날카롭고, 들창코는 긴 수염을 언제나 작게 보이게 했다. 그렇지만 그때 아버지의 풍모는 이미 뚜렷이 노쇠의 그림자가 배어 있었다. 얼굴 살은 빠지고 눈 밑은 처지고, 들창코에 광택은 없었다. 나는, 아버지가 대체 무엇을 버렸는지 어렴풋이 알 것 같은 느낌이 들었다.

아버지는 만 엔짜리를 다섯 장 내 손에 쥐어 주었다.

"좀더 시기가 지나면 또 연락하마. 엄마에게 그렇게 말해 둬. 이미 그런 되먹지 못한 남편과는 헤어졌습니다, 빚쟁이에게는 그렇게 말하면 되겠지."

"정말 우리들과 헤어져요?"

"헤어지든 말든, 부자(父子)는 부자겠지."

아버지는 일어서서, "나도 머지 않아 일흔이야"라고 중얼거리고 찻집을 나오자 다시 머플러로 얼굴을 감싸고 빠른 걸음으로 멀어져 갔다. 아버지의 뒷모습은 매우 초조해 보였다. 대체 아버지는 어디로 가는 것일까 하고, 나는 찬바람이 휘몰아치는 먼지투성이의 저녁 길을, 아버지의 뒤를 따라서 걷기 시작하였다. 아버지는 한신(阪神)전차의 F역 앞을 지나 상점가를 빠져 국도로 나갔다. 한참 걷자 길은 완만하게 굽어지고 운송회사의 커다란 주차장이 보이기 시작했다. 옛날, 그곳은 공터였다. 어렸을 적 나는 친구와 함께 그 공터에서 늦도록 놀았다. 아버지는 주차장 앞의 길을 돌아 여전히 걸어갔다. 비슷한 모양의 아파트들과 문화주택이 다닥다닥 붙어 막다른 골목이 되어 있는 그 가장 안쪽의 아파트 계단을 올라가, 오른쪽에서 두 번째 방으로 사라졌다. 나는 그것을 보자 땅바닥에 눈을 떨어뜨리고 떨면서 집으로 돌아갔다. 어머니에게는 아버지의 말을 그대로 전하고 받은 돈을 건네주었지만, 아버지가 E마을의 운송회사 뒤쪽 아파트로 들어간 것은 말하지 않았다.

그로부터 2개월이 지난 저녁 무렵, 어머니가 창백한 얼굴을 하고 돌아오자마자 파며 두부가 들어 있는 시장바구니를 다다미에 내팽개쳤다.

"아버지는 여자와 살고 있었다."
라고 말했다. 언제나 가는 마켓이 휴점이었기 때문에, 어머니는 E마을의 공설시장까지 갔었다고 한다. 거기에서 아버지의 모습을 발견하였다. 서른 대여섯의 약간 통통한 여자와 함께 라면집에서 나오던 참이었다. 어머니는 잠시 정신이 아뜩하여, 그대로 뒤도 보지 않고 집으로 되돌아가려고 하였지만, 생각을 고치고 두 사람의 뒤를 쫓아갔다. 그리고 두 사람이 사는 운송회사의 뒤쪽 아파트를 찾아낸 듯싶었다.

"다리가 떨려서 걷기는커녕, 설 수도 없을 정도가 되었어."
라고 어머니는 말했다. 어머니는 근처 사람의 소개로, 아베노(阿倍野)에 있는 식당에서 근무하게 되었다. 빚쟁이는 여전히 아파트로 왔다. 마침내 한 사람이 포기하고 모습을 보이지 않으면, 다른 빚쟁이가 찾아오는 것이었다. 그렇게 새해가 되고 2월 말이 되었다. 나는 어떻게 해서든지 대학에 가고 싶었지만, 공립대학 입시에 합격할 실력은 없었다. 그래서 일단 시험을 쳐보기만 할 것이라고 어머니를 졸라, 어느 사립대학 시험을 쳤다. 분명히 떨어졌을 것이라고 생각하고 있었는데 어쩐 일인지 합격해 버려, 10일 이내에 입학금과 그 밖의 비용을 납부하라는 통지를 받았다. 나는 생각다 못해 그날 밤 아버지가 있는 E마을의 아파트를 찾아갔다. 내가 방문을 노크하자, 옆의 작은 창문이 열리고 아버지가 얼굴을 내밀었다. 아버지의 놀람은 우스꽝스러울 정도로, 허둥지둥 작은 창을 닫고 밖으로 나왔다. 문을 서둘러 닫아 내가 안을 들여다보지 못하게 했다. 나와 아버지는 계단을 내려와 길모퉁이의 전봇대 옆에 선 채로 오랫동안 이야기했다. 나는 어떻게 해서라도 대학에 가고 싶다는 것과 입학금만 내주면 나머지 수업료는 아르바이트를 해서 혼자 마련할 것을 아버지에게 이야기했다.

"내가 이곳에 있는 것, 엄마도 알고 계시냐?"

하고 아버지는 물었다.

"이미 오래 전부터 알고 계세요"

아버지는 의외로 쉽사리 승낙해 주었다. 누군가에게 빌릴 수밖에 없지만 어떻게 해서든 돈을 만들어 주겠노라고 아버지는 말했다. 지금의 아버지에게 그것이 얼마나 큰돈이었는지 나도 잘 알고 있었다. 아버지가 입을 열 때마다 마늘 냄새가 났다.

닷새 후, 아버지로부터 전화가 걸려왔다. 돈이 마련됐으니까 가지러 오라는 것이었다. 전에 들어간 적이 있는 건널목 근처의 찻집에서 만나기로 했다. 아버지는 봉투에 든 지폐를 나에게 건네주며,

"이 정도의 돈조차도 다른 사람에게 빌리지 않으면 안 되

게 되어 버렸다."

라고 쓸쓸한 눈으로 중얼거렸다.

"엄마는 안녕하시냐?"

"아베노까지 일하러 가세요."

"빚쟁이들 아직도 이러쿵저러쿵 말하러 오냐?"

"요새는 아무도 안 와요."

아버지는 그날도 마늘 냄새를 풍기고 있었다. 그 냄새가 아버지를 딴 사람으로 바꾸고 있었다. 나는 봉투를 포켓에 넣었을 때, 이제 두 번 다시 아버지와는 만나고 싶지 않다고 생각했다.

아버지는 일년에 두세 번 어머니와 내가 있는 아파트에 찾아와서, 아주 짧은 시간 아무 말 없이 앉아 있다가 사람 눈을 피하듯 돌아갔다. 아버지는 올 때마다 더 초라한 모습이었다. 휘청거리는 발걸음을 보고,

"이미 늦었으니까 주무시고 가세요"라고 내가 말해도, 아버지는 반드시 여자가 있는 아파트로 돌아갔다

4개월 전의 추운 밤, 그때까지 반년 가까이 모습을 보이지 않던 아버지가 찾아와서, 나와 두세 마디 말을 나누고 나서 쓰러졌다. 구급차가 도착하기까지 나와 어머니는 코를 크게 골고 있는 아버지 옆에 앉아 그저 어쩔 바를 몰라 당황할 뿐이었다. 아버지는 뇌일혈이었다.

혼수상태인 아버지 간호를 위해 나와 어머니는 병원 대합실에서 지냈다. 어머니는 나에게 여자의 아파트 이름을 알고 있는지 물었다. 아마 나카야마장(中山莊)이라는 이름이었다고 내가 대답하자,

"역시 알리는 편이 낫겠지?"

어머니는 생각하면서 말했다. 전화국에 문의했지만, 전화번호는 알 수 없었다. 혹시 각 방마다 전화를 끌어쓰는지 몰라, 내가 택시로 아파트까지 가기로 했다.

새벽 2시가 지났지만, 방에는 불이 켜져 있었다. 여자는 아버지를 아빠라고 불렀다.

"아빠는 혈압이 높아서 주의해야 된다는 말을 의사가 했어요."

대기시켜 놓았던 택시를 타자, 여자는 얼굴 한쪽을 덮듯이 늘어뜨린 긴 머리를 몇 번이나 쓸어올렸다. 머리카락 밑으로 커다란 화상 흔적이 드러났다. 관자놀이에서 턱까지의 화상을 감추기 위해 머리를 길게 늘어뜨리고 있었던 것이다. 여자는 병원에 도착하자 곧 아버지의 침대 있는 곳까지 가서 의자에 앉아 자는 얼굴을 들여다보았다. 그러고 나서 대합실로 와 어머니에게 머리를 숙였다. 어머니와 여자는 오랫동안 작은 목소리로 이야기하고 있었지만, 나는 그 동안에 아버지 옆에 앉아 창 밖만 응시하고 있었다. 그날 밤은 여자가 아버지를

간호하게 되어, 나와 어머니는 택시를 잡아 아파트로 돌아갔다. 택시 안에서 어머니는 말했다.

"그 사람은 소에몬(宗右衛門) 마을 고기쿠(小菊)라는 바에서 일하고 있었다는구나. 술장사가 싫어서 뭔가 다른 직업을 갖고 싶다고 아버지에게 의논하자, 재봉을 배우는 것이 좋을 것이라며 여러 가지로 도와주었던 모양이야. 그것이 관계의 시초인 듯해…." 고기쿠란 아버지가 자주 다니던 술집 이름이었다. 여자는 아파트에 재봉틀을 한 대 놓고 지금은 재봉일로 생활하고 있는 것 같았다.

"늙은 제비를 키우다니, 그 사람도 운이 없어."
하고 어머니는 웃었다.

아버지는 3일 후에 의식을 회복했지만, 오른쪽 반신이 마비되어 버렸다. 아버지 간호는 처음에는 거의 여자가 하고 있었지만, 그러는 사이에 점점 여자의 발이 뜸해졌다. 여자는 일을 핑계 대고 좀처럼 병원에 얼굴을 내밀지 않게 되자, 어머니와 내가 부자유스런 아버지를 간호했다. 아버지는 혀가 잘 돌아가지 않는 말로 고함을 치거나, 성한 쪽 팔로 물건을 집어, 같은 병실 환자에게 던졌다. 대체 무엇 때문에 화내는지 내가 물으면 아버지는,

"삼각(三角)이야, 삼각이야"라고 불분명한 목소리로 소리쳤다. 삼각이란 대체 무엇을 말하는지 나는 알 수 없었다. 아

버지는 눈물을 글썽이며 삼각이야, 삼각이야라고 울부짖었다. 어느 날 여자가 불쑥 병원으로 와서 커다란 과일 바구니를 놓자,

"매일밤 일이 많네요. 아빠 또 올게요."
라고 말하고 바삐 나갔다. 이전에 여자가 깜박 잊고 놓고 간 빈 지갑을 건네주려고, 나는 뒤를 따라 병원 현관에 내려갔다. 현관 입구에 본 적이 있는 남자가 서 있었다. 마흔 대여섯 살의 키가 큰 남자로 일주일 전까지 아버지와 같은 병실에 입원하고 있었다. 여자는 그 남자와 함께 병원을 나갔다. 나는 너무 괴로워서 그대로 외래대합실에 앉았다. 사내는 규슈(九州)에 처자를 남겨두고 일하러 나와 있었는데, 급성 간염으로 이 병원에 실려온 것이었다. 나는 여자와 사내가 어느 사이에 그런 관계가 되었는지 알 수 없었지만, 틀림없이 아버지는 알고 있었던 것이라고 생각했다.

"삼각인가…."

나는 한숨 섞인 목소리로 중얼거리고 언제까지라도 어수선한 대합실에 앉아 있었다. 그 이후 아버지는 점점 더 난폭해져서, 병원으로서는 다른 환자를 배려하여 더 이상 받아 줄 수 없다고 했다. 이런 상태의 환자를 돌봐 주는 좋은 병원이 있으니까 그곳으로 옮겨 달라고 말했다. 조금 멀지만 완전 간호제로 비용도 나라가 지불해 준다고 한다. 그렇지만 그곳은

정신병원이었다. 병원측에서 제공한 차에 아버지를 태우고 우리들은 S병원으로 옮겼다. 나도 어머니도 S병원에 도착하고 나서, 비로소 그곳이 정신병원인 것을 알았다. 그렇지만 우리들에게는 다른 적당한 방법이 떠오르지 않았다. 무엇보다도 우리들에게는 돈이 없었던 것이다. 어머니로부터 아침 첫차로 오라는 말을 들었지만, 내가 눈을 뜬 것은 점심 가까이였다. 나는 빵 한 조각을 우유로 삼키고 오사카(大阪)역까지 갔다. 거기에서 지하철로 나니와까지 와서 난카이 전차로 갈아탔다. 철로 변 군데군데에는 빛을 받아 꽃잎이 떨어지고 있는 만개한 벚꽃이 줄지어 있었다. 학교 같은 건물이 보이면, 반드시 교정의 벚꽃이 눈에 띄었다. 나는 전차 창문으로 봄 햇살과 벚꽃을 보고 있었다. G역에 도착한 것은 1시 전이었다. 역에서 버스를 타고 번화가를 빠져 나가 차가 많은 국도를 서쪽으로 향했다. 버스는 붐벼서, 나는 운전대 옆의 손잡이를 잡고 선 채로 멍하게 앞쪽을 바라보고 있었다. 논이 많아지고 유채 밭이 보이기 시작했다. 커다란 연못을 돌아 버스는 오르막길로 접어들었다. 길은 완만한 곡선을 그리며 올라갔다. 나의 시야에 빨간 작은 깃발이 들어왔다. 작은 깃발은 힘차게 흔들리며 버스의 정차를 지시했다. 작은 깃발을 흔드는 사람은 버스 운전사와 같은 제복을 입은 젊은 남자였다. 청년은 버스를 정차시켜 두고 재빠른 동작으로 아까 있던 장소로 뛰어 돌아가 반대 방향에서 오는 차를 정지시켰다. 길은 그 부분만 한 곳이 좁아서 버스가 지날 때에는 반대쪽 차가 멈추지 않으면 안 되었던 것이다. 청년은 그 때문에 손에 빨간 작은 깃발을 들고 서 있었다. 청년은 반대쪽 차가 멈춘 것을 확인하자, 버스를 향해 깃발을 흔들었다. 버스는 경적을 한 번 울리고 발차했다. 청년은 부동자세로 길에 서서, 웃는 얼굴로 버스 운전사에게 경례했다. 입고 있는 제복은 너무 커서 소매가 길고 손등이 반쯤 감추어져 있었다. 하루 종일 길에 서서 교통정리를 하고 있는 듯, 새까맣게 햇볕에 그을려 있었다.

  언덕을 내려온 곳에서 나는 버스에서 내렸다. 낮은 구릉이 밭 저쪽으로 이어졌다. S병원은 구릉 위에 있었다. 걸으니까 땀이 나 스웨터를 벗었다. 병원은 푸른 울타리로 둘러싸여 있었다. 건물의 창이라는 창에는 철창이 쳐지고, 환자의 작업용으로 만들어진 텃밭이 병동 뒤쪽까지 이어졌다. 입구의 접수처에 이름을 말하자 곧 간호부장이 나왔다. 나는 긴 복도를 안내 받아 막다른 곳의 작은 방 앞으로 갔다. 간호부장이 걸을 때마다 허리에 찬 열쇠꾸러미가 울리고 쥐죽은 듯이 조용한 건물 안에 차가운 소리를 울렸다. 왼쪽은 일반 병동으로, 안으로 들어가기 위해서는 자물쇠를 벗겨야만 했지만, 아버지의 시체는 오른쪽의 자물쇠가 채워지지 않은 방에 안치되어 있었다. 어머니가 방구석의 긴 의자에서 꾸벅거리고 있었다. 나는 천을 들추고 아버지의 얼굴을 보고 나서 곧 어머니의 어깨를 흔들었다.

"시청에 가서 화장(火葬) 허가장을 받아 와야만 해."
하고 어머니는 빨간 눈으로 말했다. 고심한 끝에, 화장은 여기에서 하고 장례식은 집에 돌아가서 하기로 결심했다고 한다. 시체는 사후 24시간 동안은 화장할 수 없는 게 법칙이었기 때문에, 다음날 아침까지 기다려야만 했다.

"아무튼 돌아가신 것이 어제 저녁 6시잖아? 오늘 6시 이후는 화장터도 문을 닫으니까."

그러면 하룻밤 더 우리는 아버지의 유체와 함께 보내지 않으면 안 되는 것이다.

"곧 장의사가 와서 우선 입관하기로 되어 있단다. 너는 이곳 시청에 가서 장례 허가장을 받아오지 않겠니?"

어머니는 밤새도록 일어나 있었던 듯, 초췌한 어조로 말했다. 나는 병원 사무실로 가서 사망증명서를 받자, 시청으로 가는 길을 물어 병원 앞 내리막길을 내려갔다.

버스를 타고 다시 G역까지 가는 것이다. 시청은 G역에서 걸어서 금방이었다. 버스에 흔들리고 있자, 조금 전의 빨간 작은 깃발이 보이기 시작했다. 텅 빈 버스 좌석에 앉아 이번에는 창문 너머로 버스 회사 제복을 입고 모자를 쓴 청년의 얼굴을 가까이서 응시하였다. 청년은 나와 비슷한 또래였다. 통통하고 살찐 몸 위에 호떡 같은 얼굴이 실려져 있었다. 그는 도로에 똑바로 서서, 한시도 방심하지 않고 버스가 오는 것을 보고 있었다. 버스를 보자 즉시 반대쪽 차를 향하여 작은 깃발을 흔들었다. 그것도 무슨 일이 일어났나 싶을 정도로 매우 열심히 찢어질 듯이 작은 깃발을 흔드는 것이었다. 버스가 좁은 길을 지났을 때 나는 뒤쪽 자리로 옮겨 멀어져 가는 청년의 모습을 좇았다. 청년은 버스가 무사히 통과한 것을 확인하자 정지해 준 몇 대의 차에 깊숙이 고개를 숙였다.

시청에서 화장 허가장을 받자 나는 다시 버스를 타고 S병원으로 돌아갔다. 나는 버스 회사의 그 청년을 보기 위해서 일부러 버스 오른쪽 자리에 앉았다. 나는 한 인간에게, 일찍이 그렇게도 끌린 적은 없었다. 그렇게도 열심히 일을 하는 사람을 본 적이 없었기 때문이다. 버스가 비탈길로 접어들자 나는 허리를 반쯤 들어올리고 빨간 깃발을 찾았다. 작은 깃발이 보이고 청년의 둥근 단신(短身)이 보이기 시작했다. 청년의 우스꽝스러운 표정 속에서 가는 눈은 강렬하게 빛나고, 한순간이라도 마음을 놓지 않고 있는 준엄한 동작으로 깃발은 격렬히 흔들리고 있었다.

병실로 돌아오자, 입관을 위해 남자 두 명이 한창 아버지의 몸을 닦고 있었다. 나는 처음에는 남자들을 장의사라고 생각하고 있었는데, 그 사이에 환자들인 것을 알아차렸다. 간호사가 남자들 각각에게 해야 할 작업의 순서를 가르쳤다.

"어머, 이토(伊藤) 씨는 꼼꼼하게 닦네요."

말을 들은 노인은 쑥스러운 듯이 웃고 한층 열심히 아버지의 굳어진 몸 구석구석을 수건으로 닦았다.

"데라다(寺田) 씨는 힘이 세니까 입관 때 잘 부탁해요."

도수가 높은 안경을 쓴 쉰이 넘은 남자는 간호사의 말에 끄덕이고 너무나도 공손한 표정을 지어 보였다. 두 사람 다 일이 주어진 것이 기쁜 모양으로, 보통 사람이라면 결코 받아들이고 싶지 않을 작업에 기쁘게 일을 하고 있는 것이다. 나는 문 쪽에서 어머니와 나란히 선 채로 아버지의 여윈, 군데군데 검푸른 반점이 돋아난 몸을 보고 있었다.

"여기는 우리들이 할 테니까, 어디서 좀 쉬세요. 어제는 밤을 새서 피곤하시죠?"

간호사가 그렇게 말했기 때문에 나와 어머니는 병원 뜰로 나왔다. 화단에는 환자들이 심었다고 생각되는 봄꽃이 피어 있고 꿀벌의 붕붕 소리가 여기저기서 들리고 있었다. S병원은 구릉 위에 세워져 있었기 때문에 뜰의 벤치는 전망이 탁 트여, 봄 안개 저쪽으로 이름 모를 산 능선이 보이고 연분홍색의 평야라든지 강이라든지 민가 등이 보였다.

"어째서 밭이 빨갈까?"

하고 나는 누구에게라고 할 것도 없이 중얼거렸다.

"연꽃이 피어 있잖아."

어머니가 대답했다. 그리고 느긋한 목소리로,

"좋은 날씨야."

라고 말했다. "설마 이런 변두리 정신병원에서 죽으리라고는 아버지도 생각해 본 적이 없겠지…."

나도 같은 것을 생각하고 있었기 때문에 "네, 그러네요"라고 대답을 하면서 웃는 얼굴을 하고 화단 쪽으로 눈을 옮겼다. 나와 어머니는 오랜 시간 말없이 햇볕을 쪼이고 있었다. 그러자 병원 현관에서, 간호사가 인솔하는 몇 명의 환자들이 나왔다. 가벼운 증상이거나 온순한 환자들뿐인 듯, 간호사가 앞뒤에 두 사람 따라붙어 산책하러 가는 참이었다. 그중에는 아버지의 몸을 닦아 주던 두 남자도 섞여 있었다. 환자 중 한 명이 들뜬 소리로 말했다.

"이 병원은 꽤 현대적인 건물이지?"

그러자 다른 환자가 응수했다.

"그렇지만 정신병원이니까 말이야. 이런 곳에 입원했다고 생각하면, 체면이 말이 아니지. 병원 간판에서 정신과라는 글자를 안 지워 주나?" "할 수 없지, 우리들은 머리가 이상하니까."

"자, 한 줄로 서세요." 하는 간호사의 말에 환자들은 초등학생이 소풍이라도 가는 듯이, 얌전하게 줄을 서서 병원 문을 나갔다.

"무사태평한 말을 하네."

어머니는 그렇게 중얼거리고 언제까지나 그 왁자지껄한 무리의 뒤를 보고 있었다. 나는 문득, 빨간 깃발을 흔들고 있던 청년은 혹시 광인(狂人)이 아닐까 하고 생각했다. 버스회사의 제복을 입고 있었기 때문에 교통정리를 위해 배치된 경비회사의 안내인은 아닌 듯했다. 그러면 청년은 버스를 무사히 통과시키기 위해서만 버스회사에 고용되어 있는 것일까.

어머니가 배가 고프다고 했지만 병원 안에는 식당이 없고 이 근처에도 식당 같은 것은 없었다. 나는 버스길 비탈길 앞쪽에 작은 초밥 집이 있었던 것을 생각해 내고, 어머니에게 돈을 받아 혼자 터덜터덜 길을 내려갔다. 버스길로 나오자 조금 앞쪽에 초밥 집 간판이 보였다. 나는 김 초밥과 유부 초밥을 사서 병원 가는 반대 방향인 비탈길로 향했다. 청년이 일하는 모습을 옆에서 바라보고 싶었기 때문이다. 나는 한쪽 손에 김밥을 들고, 다른 손에 벗은 스웨터를 들고 자동차 통행이 많은 도로로 올라갔다.

청년이 길 끝에 부동자세로 서 있었다. 그는 그렇게 하여 버스가 오는 것을 바라보고 있는 것이었다. 나는 청년이 있는 곳에서 조금 떨어진 은행나무 그늘에 서서 모습을 살폈다. 버스는 어느 방향에서도 좀처럼 오지 않았다. 그 동안에는 일이 없으니까 길바닥에 앉아 휴식을 취하고 있으면 좋으련만, 청년은 꼼짝도 하지 않고 한 손에 빨간 깃발을 들고 햇빛 속에 계속 서 있는 것이다. 청년의 얼굴이 어떤 만화 주인공을 닮은 것 같은 느낌이 들어 생각해 내려고 기억을 더듬고 있을 때, 청년은 맹렬하게 깃발을 흔들기 시작했다. 비탈길 꼭대기에 버스 지붕이 빛났다. 청년의 몸짓이 너무나 격렬했기 때문에 정차를 명령받은 반대쪽 차가 급브레이크를 밟고 운전사가 창문으로 얼굴을 내밀었다. 청년은 온힘을 다하여 자신의 일을 수행하고 있었다. 빨간 깃발이 흔들릴 때마다 나는 모든 것을 잊고 청년의 모습에 빠져들었다. 그러고 있는 사이에 아버지가 돌아가신 것이 한없이 슬퍼졌다. 나는 아버지의 임종을 지키지 못했던 것을 말할 수 없이 후회했다. 나는 발걸음을 돌려 S병원으로 돌아갔다. 걸어가는 나의 마음속에 빛 바랜 빨간 작은 깃발이 언제까지나 늠름하게 펄럭이고 있었다.

(1981년 1월)

작품 소개

이 작품은 『전후단편소설선』(戰後短篇小說選, 岩波書店編輯部, 2000. 5) 제5권에 수록된 미야모토 데루(宮本輝, 1947~)의 「小旗」(1981. 1)를 번역한 것이다.

작가인 미야모토 데루는 오테몬가쿠인대학(追手門學院大學)을 졸업하고, 1977년 「흙탕물(泥の河)」로 다자이 오사무상(太宰治賞)을, 같은 해 발표한 「반딧불강(螢川)」으로 아쿠타가와상(芥川賞)을 받으면서 일약 유명해졌다.

청춘기를 그린 작품이 많아 청춘 문학의 명수로 불리며, 많은 독자층을 확보하고 있다.

「작은 깃발」은 잇따른 사업 실패 끝에 집을 나간 아버지를 중심으로 가족의 고단하고 우울한 삶을 조명하고 있다. 그러나 아버지의 임종을 애써 외면하던 '나'가, 아버지가 임종한 병원을 찾아가던 버스길에서, 작은 깃발을 손에 들고 수신호를 보내던 또래 청년의 성실한 모습에 자극받아 삶에 대한 새로운 의욕을 고취시킨다. 어두운 삶의 모퉁이에서 새로운 미래로의 반전이 시작된 것이다.

소설 다이치 기와코

(小說 太地喜和子)

이노우에 미쓰하루(井上光晴) 지음
이일숙 옮김

소설 다이치 기와코
(小說 太地喜和子)

'나의 여우론(女優論)'으로서가 아니라 '나의 소설'이라면 다이치 기와코의 연극과 사생활에 걸친 정열을 표현할 수 있을지도 모른다고 나는 문득 그런 기분이 들었다.

"오필리아야말로 진정한 다이치 기와코예요라고 생각될 만한 연극을 하고 싶다"(1976년 8월, 『햄릿〈문학좌, 文學座〉』공연에 즈음하여) 하는 대사를 아무렇지 않게 내뱉는 여배우의 '영혼의 편력'을 묘사하는 데 어설픈 허구로는 도저히 감당치 못할 것이라는 생각이 들었기 때문이다.

『햄릿』 공연보다 4년 전인 9월, 『로미오와 줄리엣(문학좌)』

과 『분노를 품고 돌이켜 보라(오월사〈五月舍〉)』에서 연기하는 자신의 배역에 대해서 그녀는 이미 이렇게 기록하고 있다.

 흔히들 오래 전부터 사람들은 로미오와 줄리엣의 비극을 순수하고 감미로운 사랑이야기인 것처럼 말하고 나도 그렇게 생각해 왔지만, 정작 스스로 연기해 보고 확실히 안 것은, 줄리엣이라는 아가씨는 그런 간단한 사람이 아니라는 것이었다. 그 외고집이란 순수라기보다는 이기적이고 감미롭기보다 광기라고 할 수 있었다. 자신의 사랑이 달성되지 않을 것 같자 모든 수단을 다하고 로미오의 추방소식을 듣고는, 부모가 죽는 슬픔 따위는 그것에 비하면 아무것도 아니라고 이야기한다. 세상 이치에 밝은 수도승이 말하는 대로 잠시 가만히 있었으면 좋았을 것을, 지금 곧 로미오를 만나게 해달라고 울부짖는다.

 그리고 결국 로미오도 끌어들여 죽어가는, 어쩔 수 없는 고집불통이다. …

(요미우리 1972년 9월)

 "하긴, 나라서 줄리엣을 이렇게 보는지도 모른다고 갑자기 반성해 본다"라고 계속되는 이 문장은 왠지 정리된 느낌이어서 다이치 기와코답지 않지만, 모든 배역은 타인의 눈이 아니라 자신의 눈으로 확인해 보지 않으면 성이 차지 않는 그녀의 성격이 꾸밈없이 나타나 있다.

그건 그렇다치고, 실제로 소설을 쓰는 단계가 되어 나는 갑자기 당혹했다. 자작(自作) 희곡『마루야마 란스이로(丸山蘭水樓)의 유녀들』에서, 오자키 다유(尾崎太夫)[1]를 연기한 그녀를 연극을 통해 어설프게 알고 있는 만큼, 상상력이 거꾸로 옥죄어 버리는 것이다. 사생활은 물론 들여다볼 수도 없고, 이런 저런 풍문을 이용해서는 그야말로 그녀 자신에게 조소를 받아 마땅할 것이기 때문이다.

다이치 기와코를 소재로 한 소설을 쓰는 방법은 여러 가지로 생각할 수 있겠지만 가장 단순한 구성을 취하자면, 그녀의 극적인 체험에 따른 장면을 도려내면 좋을 것이다. 예를 들면, 홋카이도(北海島)에서 돌아올 때 세이칸(靑函)연락선의 보이가 건네주었다는 미쿠니 렌타로(三國連太郎)[2]가 보낸 물건이다. 쇼핑백 속에는『기아해협(飢餓海峽)』로케중에 그가 매일 입었던 V자형 셔츠가 들어 있었다.

'지쳤다' 라는 메시지와 함께.

결국 그것은 현재의 관계를 청산하고 싶다는 미쿠니 렌타로의 의사표현이었던 것이다. "그 사람은, 굵은 손가락이며 불처럼 뜨거운 혀로 제 온몸을 더듬으면서, 제 과거의 성 체험을 집요하게 물었습니다. 저는 그때는 그의 체액이라면 피나 가래라도 아무렇지 않게 핥을 수가 있었습니다…." 주간지의 표현을 빌면 이렇다.

그러나 연락선상의 정경을 아무리 확대시킨다고 하더라도 단조로움을 벗어나지는 못할 것이다. 입었던 V자형 셔츠와 '지쳤다' 라는 글자가 어쩔 수 없을 만큼 통속적이기 때문이다.

그야말로 영화의 감미로운 장면과 실생활에서의 감정의 분별을 할 수 없게 된 미쿠니 렌타로에 대응하는 심리를 극명하게 묘사하면 할수록 그것은 진실드라마로부터 유리된다.

그 증거로, 1973년 당시 서른이 된 다이치 기와코와 주간지의 기획으로 재회한 쉰 두 살의 미쿠니 렌타로는, "미쿠니 씨, 어째서 그땐 도망쳤어요?"라는 그녀의 추궁에 시원스런 대답을 할 수가 없는 것이다.

'긴 침묵' 후에 미쿠니 렌타로는 대답한다.

"십 년째가 되어 솔직하게 말하지만… 당신 몸에 무릎꿇는 것이 싫었어."

"사랑이여 두 번 다시… 같은 건 어때요?"

여유 있는 농담을 걸어오는 다이치에 대해 미쿠니는 또다시 '긴 침묵'으로 응하고 있다. 그리고 마침내 "당신과 함께 생활하면 연기자를 계속할 수 없어…." 하고 중얼거린다.

세이칸연락선 장면과 멋지게 대응하지 않는가. 여기에는

처자와 헤어지면서까지 다이치 기와코와 동거할 기분이 없었던 미쿠니 렌타로의 에고이즘이 오블라토에 싸여 있는 데 불과해, 확실히 말하자면, 그런 남자와의 관계를 애욕의 원체험(原體驗)으로 삼았기 때문에 그 후 몇 명인가의 상대를 고르면서 결코 완전히 타오르지 못하는 부분이 남는 것이다.

과거 남자와의 관계를 그녀만큼 감추지 않고 이야기하는 사람도 드문데, 숨길 필요를 전혀 인정하지 않기 때문일 것이다. 즉 유흥이나 타산을, 누구를 상대로 하든 완전히 배제해야 다이치 기와코의 사랑은 성립하는 것이다.

결혼이라고 이름하는 생활을 다이치 기와코는 딱 한 번 하였다. 1970년 7월 7일 호적에 올리고 다음해 4월 이혼하기까지 짧은 기간인데, 배우좌(俳優座)양성소 시절의 동기생이었던 쓰사카 마사아키(津坂匡章)[3]와의 사이에 있었던 너무 빠른 이별을 파헤쳐 보면 혹은 예술과 실생활의 갈등을 테마로 극을 한 편 만들 수 있을지도 모른다.

한밤중에 귀가하는 다이치 기와코와 엇갈려, 그때까지 책을 읽고 있던 쓰사카 마사아키가 뛰어 나간다. "이건 결혼해도 안 해도 마찬가지잖아? 당신은 무엇 때문에 결혼한 거야?"라는 즉석 대사를 남기고.

흰 파도가 넘실대는 포구를 바라보는 해변 강어귀에 낡은 제재소가 홀로 서 있고, 그 폐가(廢家) 2층에 서른 대여섯의 창부가 맹인인 젊은 정부와 살고 있다.

그녀는 열흘에 한 번 정박하는 석재 운반선의 사내나 놀기 위한 목적만으로 오토바이나 라이트밴으로 오는, 근처의 불량배들을 상대로 몸을 팔아 근근히 생활하고 있다.

좀처럼 돈을 내려고 하지 않는 소년에게, "이번에 올 때는 쌀이나 된장을 가지고 와"라고 창부는 부탁한다.

손님이 오면 맹인인 정부는 사다리를 타고 다락방으로 올라가 천장의 채광용 반투명 유리창으로 먼 바다를 바라본다.

다른 어떤 손님에게도 질투한 적이 없는 정부는 석재 운반선 사내가 온다는 날만은 꼭 난폭해지는 것이다.

"그럼 어쩌자는 거야? 그 사람뿐이야, 돈을 주는 것은. 당신하고 자면 다음날부터 어떻게 먹고 살라는 거야?"

"먹고 살 수 없는 게 낫지, 차라리."

"내가 무슨 소리를 냈다고 하는 거야? 당신이 귀를 기울이고 있다고 생각하니까, 다리도 잘 못 벌려."

"입으로 소리는 안 내도, 가슴속으로 소리를 내면 같은 거지. 불을 아무리 꺼도 나는 들리는데 말이야. 다른 손님이 올 때는 전기를 켜 두는 주제에 그 남자가 올 때만 불을 끄더군. 왜 불을 끄는 거야? 그것만 생각해 봐도 알 걸."

"뭘 안다는 거야? 불 같은 건 끄지 않아, 그걸 껐다고 하는 것은 당신의 착각이야"

"착각인지 아닌지 두고 보면 알걸."

"분명히 이것만은 말해 둘게. 난 소리를 낸 적은 없어. 입으로도 가슴으로도. 내가 소리를 내는 것은 당신이 거친 숨을 몰아 쉬는 밤뿐이야."

창작(創作) 노트에 설정된 당초의 구성은 그와 같은 줄거리였다. 오토바이 소년에게 시달리는 창부는, 물론 다이치 기와코가 연기하는 것이다.

동거하는 남자를 맹인으로 한 것은, 미즈카미 쓰토무(水上勉) 작 『고반초유기리로(五番町夕霧樓)』(문학좌)의 가타기리 유코(片桐夕子)를 그녀가 연기했을 때의 에피소드에서 왔다.

1975년 1월, 오카야마(岡山) 공연을 초연으로 막을 올렸는데, 연기하는 다이치 기와코의 기분을 상하게 한 것은 앞 좌석에 앉아 있는 사람들의 분명치 않은 태도였다. 눈을 감고 있었던 것이다. 자고 있는 관객을 발견하고 그녀는 화를 냈다.

그런데 자기는커녕, 그들은 보이지 않는 눈 대신 귀로 무대의 연극을 보려고 했던 것이다. 그것을 깨달은 다이치 기와코의 대사는 자기도 모르게 커진다.

유기리로(夕霧樓)뿐만 아니라 창부 역이 많은 것은 천성적인 분방함과 타인에 대한 자잘한 마음 씀씀이를 온몸에 휘감고 있는 그녀에게 꼭 알맞은 것이다.

저물녘의 우수를 등에 짊어지고 내일이 없는 밝음을 겉으로 드러내는 여자. 어떤 역할의 창부라도 그녀가 거기에 빠지면 이중 삼중의 진흙탕과 빛으로 뒤섞인 생활을 만들어 낸다.

『마루야마 란스이로의 유녀들』 공연중 거의 움직임이 없는 무대에서, 다카하시 에쓰시(高橋悅史)가 분(扮)한 이부키 주헤이(井吹重平)를 상대로 성장 과정을 이야기하는 오자키 다유의 목소리와 자태에는 그 이상의 생동감을 요구할 수 없는 격조로 넘쳤다.

강어귀의 창부는 그대로 둔 채 나가사키(長崎)반도 끝자락에 웅크리고 있는 어두운 어촌으로 구성을 옮기려고 한 것은 군함도(軍艦島) 앞바다에서 죽은 남편이 왜 죽음에 이르렀는가를 아무래도 납득할 수가 없고, 몸부림치는 과부의 창백한 표정도 역시 다이치 기와코와 겹치기 때문이다.

> 빨간 한 줄기의 파도를 기는
> 종이를 닮은 무리
> 노모자키(野母崎) 끝단에
> 몇 겹이나 밀쳐 오르는 기지(基地)를 싸는 어둠은
> 이윽고 어렴풋이 녹아 내리고

침묵을 먹는 바다새는
종려(棕櫚)와 석탑의 틈새에서
날개짓을 시작한다

어두운 처마끝에 몸을 수그리면서
집을 나서는 사내에게
여자는 작은 목소리로 너무 먼 다음 밤을 확인하고
만물상 도랑을 건너는 발소리는
이윽고 사라진다

몸을 비트는 그림자여
신슈지(眞宗寺) 별채에 사는 타국 어부들이
거품 이는 갯벌을 달려 빠져 나가는 아침
문뜩 자지러지게 우는 갓난아이의 소리

이미 마을은 모든 것을 용서하고
언젠가 녹슨 섬 앞바다에서 죽은 남자에 대한
의리만을 지금은 그저 완수하고 있다

오오, 또다시 한 척의
십여 일이나 돌아오지 못할 철선이 간다

지붕 창이라는 창문에 나타나는 좁은 어깨에
넓은 바다의 욕정은 여전히 떠돌고
삶은 또다시
한 장의 달력을 넘기기 위해서 존재한다

긴 방파제의 계주(繫柱)에 웅크린
게의 성(性)
조수가 차는 해변은
한순간일망정 그때 빛을 잃고
폐업한 여관 2층에서
삶을 이어가는 아들의
호흡을 부드럽게 하려고
노파의 나무아미타불이
들려온다

〈게의 성〈性〉〉

 남의 앞잡이가 많은 신문이나 주간지 기사 중에서 다이치 기와코에 관한 한 진정으로 칭찬하는 말이 두드러지는 것은 아주 조금도 혼탁함을 보이지 않는 그녀의 인간성 때문이다. 모든 인간은 평등하다고 하는 천부적인 신념이라고 해야만 할지. 머리 회전도 그렇지만, 넉넉한 상냥스러움에 사람들은 포로가 되어 버린다.

조금 길어지지만 전형적인 칼럼을 인용해 보자.

요즘 가장 '신경이 쓰이는 여자'라는 평. "남자라면 한 번은 반해 보고 싶다라는 엄청난 말은 하지 않겠지만, 적어도 함께 마시는 영광을 누리고 사람들에게 자랑하고 싶다"고 한 것은 도호(東宝)의 선전 담당자였다. 문학좌의 『마루야마 란스이로의 유녀들』(도요코〈東橫〉극장)의 연습장. 함께 마시는 영광을 누린 것은 어디의 누구인지 모르겠지만, 다이치는 꽤 술기가 남은 부은 얼굴로 왔다. 이럴 때의 맨 얼굴은 결코 아름답지는 않지만 화장을 하고 다유가 되어 움직이기 시작하면 한층 더 눈에 띄게 아름답고 암고양이와 같은 눈은 남자를 끌어들일 듯 빛을 발하고 있었다.

"난, 이런 변화의 즐거움을 위해 살고 있는 듯한 기분이 들어요. 서른 여섯에 아내도 아니고, 엄마도 아니고, 건강도 없고, 돈도 없고, 행복하지도 않고, 아무도 보살펴 주지 않아요. 불안하기 짝이 없어요. 평소의 나는 누구일까요? 그렇기 때문에 배역 중에서 나를 발견하려고 해요. 이 역할이야말로 나라고…." "무대와 섹스하는 것 같은 여배우"라는 말을 듣고, "좋은 무대와 만났을 때는 남자도 필요 없다"라고 본인은 말하지만, 그녀가 뿜어내는 매력에 취하는 연극 팬은 많다. 그중에서 다이치의 연극에서 온나가타(女形)[4]의 재능을 보았다고 말한 것은 사진가인 아사이 신페(淺井愼平) 씨다. "남자가 여자를 철저히 관찰하여 연기하기 때문에 가부키의 온나가타에는 여성 이상의 매력이 있는데, 그녀는 여자이면서 그런 매력이 있다. 무서운 사람이다. 머리가 뛰어난 게야." 정사 장면만 하더라도 이상하게 끈적거리지 않는 아름다움이 있어서 여성 팬도 끌어들이는 것은, 배우의 계산이 철저하기 때문일 것이다.

머리가 좋은 것은 술자리에서도 십분 발휘되어, 튀는 듯한 높은 웃음 소리와 빨려들 것 같은 말투로 상대의 마음을 손 안에 넣는다. 여배우인 후지무라시호(藤村志保)는 "그런 귀여운 여자는 없어요"라고 감격하고, 아사이 씨는 "스타이면서 태도가 명쾌해 상대방에 정신적인 부담을 주지 않는 사람은 달리 없어요"라고 다이치 팬은 늘기만 한다. 취재를 핑계삼아 함께 술을 마시는 영광을 누리고 난 후 바의 화장실. 경쟁하듯 비운 술잔을 오래오래 아래로 배출하고 있자, 다음 약속 시간이 다가온 다이치가 이야기를 하러 왔다. "취재는 그 정도로 됐어요?" "예, 대충 감 잡았어요." 하고 대답하자, "뭐예요? 자기 것을 붙잡고 대충 감 잡았다 뭐다라고 하다니"라는 말을 남겨두고 바람처럼 사라졌다는 것이다.

이치카와 소메고로(市川染五郎)[5]는 다이치를 만났을 때 "여배우의 바람이 불어 온다"라고 말했다(아다치 에이치〈安達

英一〉· 호치〈報知〉新聞 1979년 12월 6일).

여기에서 나온 말에 거드름이나 뽐냄을 느끼는 자는 아무도 없다. 그리고, 그것이야말로 연기자로서 그녀의 가장 깊은 곳에 숨쉬고 있는 삶의 사상인 것이다.

십여 년, 그녀가 출석한 인터뷰나 대담을 보면 크고 작든 반드시 그 생각을 축으로 하는 말이 나온다.

다이치 전 어떤 연극에서 근친상간인 오빠를 사랑하여 이러쿵저러쿵 한다는 줄거리 중에서 두 사람만이 등장하는 장면이 있었어요. 그때까지 웅성웅성하던 관객들이 사랑을 고백하는 장면이 되자 조용해졌죠. 연필이 툭 하고 떨어지는 소리가 들릴 정도로요. 어둠 속에서 나와 그 사람만이 환한 라이트를 받고 서로 마주한 채, "사랑해요, 오빠"라고 연기하고 있을 때에, 어딘가 확확 달아오르는 부분과, 냉철한 부분이 있을 수 있겠죠? 그 냉철한 부분의 등뒤에서, 혹시 지금 이 순간 세상에서 사랑하는 것은 이 사람이 아닐까라는 생각이 들었어요.

요코(陽子) 냉철한 부분으로 생각했어요?

다이치 냉철한 부분으로요. 배역은 별도로 하고, 기와코의….

요코 좀 위험하군요, 그건.

다이치 예, 위험해요.

요코 아하하하.

다이치 위험할지는 모르겠지만, 살아 있다!는 느낌이예요. 그렇지만 그런 생각이 드는 연극이란 좀처럼 없어요.

요코 그래서요?

다이치 그러니까 연극을 하다가 그런 식으로 '아 나는 혹시…'라는 순간이 있다고 하더라도, 막이 내리고 분장실에 돌아가 화장을 지우면 차차 제 자신으로 돌아가요. 신데렐라는 아니지만, 결과는 호박이죠.

요코 하하하.

다이치 "수고하셨습니다"라고 돌아갈 때, '아, 역시 꿈이었구나'라고 생각하죠.

요코 아하하.

다이치 그 사람은 반드시 아내와 자식이 있는 곳으로 돌아가 버려요. 그렇지만 그것이 또한 좋아요. 연기자는 여러 사람을 만나는 셈이니까, 그때 반짝하고 무언가 느낄 수 있는 사람을 만나고 싶고 그런 빛을 지니고 있고 싶어요. 자동차 운전은 아니지만, 저는 언제나 중립적인 상태로 있고 싶어요. 그리고 '아, 이것이다'라고 생각했을 때 기어를 잽싸게 바꾸고 달릴 수 있게끔요(주간 요미우리〈週刊讀賣〉 1978년 8월 6일호, 사토 요코〈佐藤陽子〉[6] 씨와의 대담).

사소설의 방법에 나는 그다지 흥미를 가지지 않지만, 그렇더라도 다이치 기와코의 행동 하나하나는 단편의 소재가 될 수 있는 요소를 가지고 있었다.

『마루야마 란스이로의 유녀들』 도쿄 공연(도요코극장〈東橫劇場〉) 마지막 날, 내 바로 옆 객석에 있던 가르셀 마키(カルーセル麻紀)[7]는 막이 오르기 전에, 아는 사이로 보이는 뒷 좌석의 두 일행에게 "기와코가 오지 마, 오지 마 했지만 와 버렸어요"라고 말을 걸자, 여자 목소리로 말하는 남자들은 그 말을 받아, "시시할 거예요, 틀림없이"라고 응수했다.

아직 연극도 보기 전부터 두 사람의 연극에 대한 태도는 완전히 악의로 차 있었는데, 가르셀 마키가 한 말을 포함하여, 바로 거기에 다이치 기와코의 굴절된 심리가 있다고 내가 추측한 것은 자연스럽다고 생각한다. 단골 술집에서 이번 연극은 보러 오지 않아도 좋다고, 술 취한 김에 말했다는 소문을 이미 듣고 있었기 때문에, 가르셀 마키와 남자들의 대화는 더욱더 나의 가슴을 찔렀다. 작품이나 연출 어느쪽, 혹은 양쪽을 불만스러워하는 그녀의 내면은 거기에 확실히 나타나 있었기 때문이다.

정월에 아라키 미치코(荒木道子)[8], 다카하시 에쓰시(高橋悅史)[9]와 함께 다이치 기와코를 집에 초대한 날, 나는 그것을 직접 있는 그대로 그녀에게 물어보았다.

"언제나 그렇죠. 자기 연극을 보러 오라고는 도저히 말 못하잖아요?"

그것이 대답이었다. 시원스럽고 가장 요령 있는 대답이라고도 할 수 있겠지만, 마음속의 거리낌을 완전히 지울 수 없었는지 그로부터 잠시 후에 그녀는 반격에 나섰다.

그녀가 언젠가 각본을 요구하자, "배우 주제에 무슨 말을 하는 거야?" 하고 내가 거절했다는 것이다. '배우 주제에'라는 말은 내 용어에 없기 때문에, 중개한 사람이 잘못 들었는지 꾸며 내었다고 설명하면서 나는 한편으로 납득도 하고 있었다.

그런가, '배우 주제에'라는 그 말이 마음에 들지 않았던 것인가.

금년 2월 18일 란스이로 공연은 나가사키(長崎)에서 막을 내렸는데, 문학 교습소의 학생과 단체 관람을 한 후 첫째 막이 끝난 사이를 이용해 나는 분장실을 찾았다. 아무튼 마루야마(丸山) 현지에서 나가사키 사투리를 사용하는 배우들의, 그때까지 없었던 긴박한 연기나 말투의 열화 같은 성과를 재빨리 내 나름대로 전하고 싶었기 때문이다.

"야아, 지금 막은 잘되었어, 바싹 긴장하고 있는 것이 그대로 전해지니까."

기쁜 듯이 미소를 띠면서 다이치 기와코는 천천히 되받아

소설 다이치 기와코(小說 太地喜和子) • 215

쳤다.

"나가사키뿐만 아니라 어떤 무대에서도 쭉 긴장하고 있었어요."

(1980년 5월)

註

1) 다유(太夫) : 다유란 고급창녀를 말한다.
2) 미쿠니 렌타로(三國連太郞) : 배우.
3) 쓰사카 마사아키(津坂匡章) : 배우, 현재의 예명은 아키노 다이사쿠(秋野太作).
4) 온나가타(女形) : 일본의 전통극인 가부키(歌舞伎)에서 여자역을 하는 남자 배우.
5) 이치카와 소메고로(市川染五郞) : 가부키 배우.
6) 사토 요코(佐藤陽子) : 음악가.
7) 가르셀 마키(カルーセル麻紀) : 일본 최초로 여성으로 성 전환한 연예인.
8) 아라키 미치코(荒木道子) : 배우.
9) 다카하시 에쓰시(高橋悅史) : 배우.

작품 소개

이 작품은 『전후단편소설선』(戰後短篇小說選, 岩波書店編輯部, 2000. 5) 제5권에 수록된 이노우에 미쓰하루(井上光晴, 1943~1992)의 「小說 太地喜和子」(1980. 5)를 번역한 것이다.

작가인 이노우에 미쓰하루는 1992년 타계한 작가로, 한때 일본 공산당에서 활동을 하기도 하였다. 이 소설의 제목에 나오는 다이치 기와코(太地喜和子)는 배우로, 본명은 시무라 다에코(志村妙子)이다. 그녀는 1943년생으로 고교에 진학하자 배우로 진출했다. 1967년 '문학좌'에 입단(入團)하여 연극인으로도 활약했으며, 기이쿠니야연극상(紀伊國屋演劇賞), 예술선장문부대신상 신인상(芸術選獎文部大臣賞新人賞) 등을 수상했다. 대표작에 지카마쓰신주모노가타리(近松心中物語), 고쇼쿠이치다이온나(好色一代女), 이즈모노아쿠니(出雲の阿國) 등이 있다. 1992년 10월 13일, 시즈오카(靜岡)에서 타고 있던 승용차가 바다에 추락, 사망했다. 향년 48세였다.

이 작품의 제목은 「소설 다이치 기와코」라고는 하나, 주인공이 실제 인물을 소재로 했기 때문에 당연히 거기에 등장하는 많은 인물이 실명(예명)이어서 리얼리티가 있다.

밀회

미키 다쿠(三木卓) 지음
이일숙 옮김

밀회

'주위에 온통 흩어져 있는 콩 찌꺼기를 비둘기들이 쪼고 있었다. 콩 가게 앞이었다. 철창이 쳐 있는 창문턱에도, 돌출되어 있는 차양에도, 비둘기들은 은색 물 항아리에서 막 빠져나온 듯한 빛나는 날개를 석양에 쪼이면서 일렬로 늘어서 구, 구 연이어 울고 있었다. 더위는 아직 사그러들지 않았다. 도미오(登美男)는 오른발에 두고 있던 중심을 왼쪽으로 옮기면서 비둘기의 한창 시끌벅적한 모습을 멍하니 응시하고 있었지만, 마음속으로는 어제 밤 전경을 되살리고 있었다.

그것은, 그가 마유미(眞由美) 방 앞에서 오늘의 계획을 의

논한 뒤 자기 방으로 돌아왔을 때의 일이었다. 전기를 끈 채로 부엌 서랍에 손을 넣고 멸치를 한 주먹 끄집어내어, 고양이 이름을 불러 통로에 뿌려 주고, 그러고 나서 문을 닫은 뒤였다. 캄캄한 어둠 속에서 천장을 보고 길게 누워 담배를 피우고 있으니, 이윽고 멸치가 뼈째로 부서지는 소리가 들리고 그 뚜렷한 소리는 한동안 계속되었다. 그것은 문을 사이에 두고 있던 도미오의 머리에서 수십 센티밖에 떨어져 있지 않은 장소로부터였다. 그는 왠지 그 소리가 매우 마음에 들어, 먹이를 다 먹고 고양이가 사라질 때까지 불을 켜지 않고 열심히 듣고 있었다.

번화가의 비둘기들은 들볶인 적이 없기 때문에, 사람이 지나가도 날아 오르는 것은 몇 안 되었다. 사람들은 비둘기 사이를 조심조심 바느질하듯 걸었다. 도미오는 팔목시계를 보았다. 6시 15분을 지나고 있었다. 역시 일이 잘되지 않은 것인가. 그렇지 않으면 마유미는 처음부터 나를 놀릴 작정이었던가.

그럴 리가 없을 텐데 하고 도미오는 불안한 마음을 억누르면서 어젯밤 일을 생각해 내려고 했다. 가 보니 도미오가 술집에 이야기해 두었던 맥주 한 박스는 틀림없이 마유미 방 앞에 배달되어 있었다. 그래서 그녀는 기분이 좋아 얼굴 가득히 웃음을 띠고 "그렇지만 말야, 약속이 틀리잖아? 큰 병이라고 생각하고 있었는데 중간 병이라니, 의외야 의외." "아줌마의 건강이 걱정돼서 배려를 한 거죠." 도미오는 빙긋이 웃으면서 말했다. '역시 큰 병으로 해 두었으면 좋았을까'라고 생각했다.

"이래저래, 일이 잘 될 것 같지는 않죠?"

"그건 모를 일이지." 마유미는 정색을 하고 말했다. "멀고도 가까운 게 남녀 사이거든. 마음을 다하면 어떻게든 될 거야. 내가 보기에는 서로 그렇게 안 어울린다고 생각하지 않는데? 염려하지 마."

'어울린다는 것은, 우리들의 용모를 말하는 것인가. 돈이나 재산을 말하는 것인가. 성장 과정을 말하는 것인가.' 도미오는 문득 그렇게 생각하고 눈을 깜빡거렸다. 어느 것이나 모두 맞는 것 같은 생각이 들었다. "만일 골인하면, 내게 맥주 일년분이야. 둘이서 반년분씩 말이야. 싸다 싸. 중간 병은 안 돼. 큰 병으로야." 그렇게 말하고 마유미는 또 웃었지만, 도미오는 미동도 하지 않았다. 그건 농담으로 한 말이었을까, 그렇지 않으면 진심으로 한 요구였을까. 도미오는 기다리는 동안 안절부절못함을 억누르기 위해서 그것이 얼마나 되는지 암산하기 시작했다.

"주임님."

긴장된 젊은 여자의 목소리가 들려, 깜짝 놀라 뒤돌아보니 거기에 마키타 유코(牧田友子)가 서 있었다.

유코는 도미오보다 10센티쯤 키가 작았다. 약간 처진 어깨로 그다지 살찌지 않아 도미오로서는 가까이 하기 쉽게 느껴졌다. 작은 국화꽃이 박힌 소매 없는 원피스를 입었기 때문에, 체격에 비해 튼튼한 팔이 그대로 드러나 있었다. 도미오는 그 모양 좋은 팔에 보송보송한 솜털이 난 것을 눈부시게 느꼈다.

유코는 눈을 가늘게 뜨고 있어, 떨고 있는 작은 동물 같았다. 도미오는 곧 그것을 알아차리고 불안을 느꼈다. 자기를 좋아하지는 않더라도 호의나 적어도 호기심으로 대해 줄 것 같은 기분이 막연히 들었기 때문이다. 그러나 유코의 눈은 바깥쪽을 경계하고 있어 조금도 자신을 엿보지 못하게 했다. 도미오의 불안은 실망으로 바뀌었다. 유코는 할 수 없이 온 것이다.

무언가 말해야만 했다. 그러나 일이 이렇게 되리라고는 생각하지 않았다. 평상시에도 말이 없는 도미오는 그저 상대방을 응시하고 있었다.

"주임님."

노려보았다고 생각한 유코는 작은 목소리로 다시 한 번 말했다. 도미오는 잠자코 시선을 내리고, 오색 콩이며 볶은 콩들이 들어있는 케이스를 들여다보았다. 이야기가 안 된다고 생각했다.

"괜찮아요. 전, 결백하니까."

"응?"

도미오는 유코를 보았다. 유코는 금방이라도 울음을 터뜨릴 것 같았다.

"어차피 누군가가 말도 안 되는 것을 일러바쳤겠지만, 전 그런 음모에 지지 않아요. 주임님이 믿어 주지 않아도 상관없어요."

"아아."

그래, 마유미는 그런 방법을 취했단 말인가라고 도미오는 생각했다. 도미오는 주임인 것은 틀림없었지만, 유코가 속한 주방사람들과는 부서가 달랐다. 그렇지만, 상사라는 것만으로 유코에게는 위협이 될 수 있었을 것이다. 여자들은 기회만 있으면 물품에 손을 댔다. 두들기면 먼지가 나는 법이다.

"네가 했다고는 말하지 않았어."

도미오는 낮은 목소리로 말했다. 그러자 자신이 상대보다 우위에 서 있다는 생각에 가슴이 뭉클해졌다.

"이것저것 묻고 싶은 일이 있어. 근처에서 밥이라고 먹으면서 이야기하고 싶은데."

"예에…."

도미오가 걷기 시작하자 유코가 따라왔다. 이제 됐다라고 생각하는 순간 심장이 쿵하고 강하게 내리치는 것을 느꼈다.

아니, 이제 됐다가 아니다. 어떻게 하면 좋을까. 주머니 속에는 낮에 찾아둔 저금이 있었다. 눈 딱 감고 너무 많다고 생각될 만큼 찾아왔다.

오늘 오후는 안절부절못하며 시간을 보냈다. 점심 먹으러 식당에 가지도 못하고, 은행에서 돌아오는 길에 메밀국수 집에 들러 찬 국수를 먹었다. 마지막으로 남은 통조림 밀감 한 조각을 핥으면서 생각했던 것은 고등학교 때의 배드민턴부 선배의 말이었다. 그 선배는 지금 아버지와 함께 자동차 수리 공장을 하고 있는데, 만난 곳은 '몽땅 200엔 균일'이라고 써 붙인 선술집이었다. 그는 외국산에다 선외기(船外機)가 부착된 좋은 중고 보트가 있는데, 확실히 정비해 줄 테니까 사지 않겠느냐고 물었다. 도미오는 흥미가 없다며 거절했지만, 호기심이 생겨 얼마 정도인가 물었다.

"칠만 엔이야." 하고 선배는 말했다. "여자를 꼬시더라도 그 정도는 들지."

어째서 그렇게나 많이 드느냐 도미오가 묻자, 그 선배는 자세히 설명해 주었다.

일류 레스토랑 식사비와 선물 그리고 일류 호텔 숙박비가 포함되어 있었다.

"어떻게 하든 세 번 이내에 승부를 내야 돼." 하고 선배가 말했다. "이상적으로는 첫 번째 아니면 두 번째야. 그걸 놓쳐 버리면 일이 잘 안 풀리지."

"어째서요?"

"나도 몰라." 선배가 말했다. "요컨대, 잘 꼬셔서 얼른 손을 대 버리면 돼."

"대다니, 거기 말입니까?"

"거기가 아니면 어디겠어?"

"예에."

도미오는 머리를 숙였다.

그것은 고등학교를 졸업하고 얼마 되지 않았던 때였다고 생각한다. 도쿄의 사립대학을 2년 만에 중퇴하고 다시 이 마을로 돌아왔을 때의 일이다 그로부터 벌써 5, 6년이 흘렀다. 도미오는 아직 여자를 모른다. 고민한 끝에 그가 들어간 곳은 육교 옆에 있는 레스토랑이었다. 2층의 먼지투성이 창문 위에 흰 요리 모자를 쓰고 볼의 근육이 늘어진 중년 남자가 웃고 있는 모습을 오려 붙인 간판이 붙어 있어, 육교 위를 걸으면 같은 높이에서 그 웃음이 가까이 다가오는 것이었다. 도미오는 그것이 재미있어서 언젠가 들어가 보고 싶다고 생각하고 있었다. 이 레스토랑은 수프가 전문인 듯, 히죽히죽 웃는 얼굴 위에 겹쳐, 김이 나고 있는 수프 접시도 있었다.

들어가자 오렌지색 불빛이 이글이글 타고 있어, 안쪽의 주방이 훤히 비쳐 보였다. 양파 익는 좋은 냄새와 고기가 지글 지글 타는 소리, 프라이팬에 철 기구 닿는 소리가 섞여 들려왔다. 도미오는 크게 타오르다 사라지는 불꽃에 잠시 깜짝 놀랐지만 곧 익숙해졌다. '이런 식당이 좋다'고 생각했다.

들여다보니, 간판에 있는 살찐 남자는 없고 키가 훌쩍 큰 젊은 요리사가 있었다. 메뉴의 수프는 두 종류 정도밖에 없었다.

도미오는 비프스튜와 빵과 맥주를 주문했다. 유코는 체면을 차려서인지 잠자코 있었기 때문에 같은 것으로 하였다.

"양식도 먹겠지?" 하고 도미오가 말했다.

"예." 유코는 도미오를 보지 않고 말했다. "그렇지만 일식이 좋아요. 익숙하니까."

그것을 끝으로 더 할 말이 없었다. 도미오는 다시 초조해지기 시작한 자신을 의식했다. 여자와 어떻게 이야기해야 하는지 무엇 하나 생각해 낼 수 없었다. 도미오는 테이블 위에 올라 있는 유코의 장밋빛 손을 바라보았다. 주방 일을 하는 탓인지 통통하고 군데군데 흰 자국이 있었다. 매니큐어를 칠하지 않은 손에는 작은 돌과 같은 흰 손톱이 있었다. 이 손으로도 이 여자는 충분히 자신을 매료시키고 있다고 생각했다. 그 손은 지금, 식탁을 사이에 두고는 있지만 자신의 수십 센티 앞에 있다. 먼 거리라고 해야만 했다. 도달하기 위해서는 능숙한 말이 필요하다. 싱글거리는 웃음이 필요하다.

"저는 결백해요." 유코가 다시 말했다. 그리고는 손수건을 꺼내어 얼굴을 감싸고 엉엉 울기 시작했다. 도미오는 당황하여 "어이, 뭐야? 이런 곳에서"라고 말했다. 그 소리가 거세었기 때문에 더욱더 유코는 당황하여 어쩔 줄 몰랐다. 유코는 코를 훌쩍거리며 울었다.

도미오는 말없이 보고 있었다. 역시 나는 옆에 있는 것만으로도 상대를 어색하게 한다. 위협해서 울려 버린 것이라고 생각했다.

비프스튜가 나왔다. 도미오는 풀이 죽어 식욕을 잃어버렸지만 먹지 않을 수는 없었다. 호기심을 감추지 않는 여종업원이 물러나자 도미오는 "먹지"라고 말했다. 유코는 손을 대지 않았다. "네가 나쁜 짓을 했다고는 전혀 생각하고 있지 않아. 그 따위 일은 나에게는 아무 상관도 없는 일이니까 말이야"라고 조용한 목소리로 덧붙였다. 그러자 유코의 코 훌쩍이는 소리가 뚝 멈추었다. 손수건으로 눈 주위를 닦았다. 그러나 여전히 요리에는 손을 대지 않았다. 도미오는 그 유코를 응시하면서 컵에 맥주를 따라 비프스튜를 먹었다. 값에 비하면 맛은 좋았다. 맥주가 중간병인 것이 조금 마음에 들지 않았다. 도미오는 매우 배가 고픈 것을 깨닫고 빵을 잘라먹었다.

"어서 먹어. 안 먹으면 아깝잖아." 도미오는 묘하게 자포자기하는 기분이 되었다. "모처럼 주문했는데." 그렇게 덧붙이며 요리 접시를 유코 쪽으로 밀었다.

그 동작은 온화했었는데도 유코를 놀라게 한 것 같았다. 그녀의 몸은 뜻대로 되지 않는 것처럼 경련을 일으키며 부르르 떨어, 그 반동으로 테이블이 흔들렸다. 다음 순간, 아직 반 이상 남아 있는 맥주 컵이 미끄러져 도미오의 무릎 위에 떨어졌다. 무의식중에 벌떡 일어나자 컵이 아래로 떨어져 깨졌다.

"어머." 유코는 놀라 소리를 지르며 허둥지둥 도미오 곁으로 왔다. "죄송해요, 주임님. 죄송해요." 그녀는 지금 자신을 위해 사용하고 있던 화려한 것과는 다른, 커다란 가제 손수건으로 도미오 앞에 무릎을 꿇듯이 앉아 젖은 바지를 닦기 시작했다. 꼼짝할 수 없었다. 도미오는 두 다리가 무어라 말할 수 없이 부드럽게 감싸이는 것을 느꼈다. 눈 아래에는 작은 검은 머리가 보이고, 열심히 움직이고 있는 소매 없는 브라우스 팔이 있었다. 그리고 뭐라고 표현할 수 없는 독특한 향기가 맥주와 비프스튜에 섞여 코끝에 닿는 것이었다.

"죄송해요, 주임님. 죄송해요." 유코는 끊임없이 그렇게 말하면서 이번에는 종업원이 가지고 온 행주로 바꾸어 닦기 시작했다. 엎지를 때의 경솔함에 비해 그 손놀림은 신중하고 부드러웠다. 도미오는 현기증을 느낄 만큼 행복했다.

"고마워. 이제 됐어."

간신히 그렇게 말하자 유코는 손을 멈추고 위를 올려다보며 방긋 웃었다. 그 표정에는 이미 지금까지의 긴장이나 두려움은 없었다. 순진하고 발랄함이 넘쳐 있었다. 도미오는 마법을 보고 있는 듯한 기분이 들었다.

"일 솜씨가 제법인데?" 도미오는 남아 있는 비프스튜를 빵으로 문지르면서 말했다.

"병원에서 아버지를 간호하고 있었으니까요."

"아버지?"

"말이 아버지지 남이에요." 하고 유코는 말했다.

"엄마가 사귀던 사람이죠."

"그래?"

"기저귀 세탁만 했어요. 중학생이."

쿡쿡 하고 웃어 보였다. 비프스튜를 입안 가득 넣었다. 그래서 손놀림이 능숙한 것인가. 도미오는 여전히 꿈결 같은 기분으로 생각하고 있었다. 머리를 숙인 채 남자를 위해 일할 때의 유코는 언제나 여자를 두려워하는 자신이라도 왠지 안심이 되었고, 또한 유코도 자신이 넘치고 있는 것처럼 생각되었다.

유코는 정력적으로 먹기 시작했고, 먼저 먹기를 끝낸 도미오는 그 모습을 잠자코 응시하였다. 그러나 유코는 이미 그의 시선을 두려워하지 않았다. 도미오는 유코의 손 감촉을 되새기면서 '이제부터 어떻게 할까.' 하고 생각하고 있었다. 아직은 헤어지고 싶지 않았다. 한동안 의미 없는 직장이야기를 계속했다. 그리고 나서 계산을 마쳤다. 2,600엔이었다.

"그럼, 주임님." 유코가 말을 꺼내자, 곧 그 말을 받아 도미오가 "저." 하고 말했다. 유코는 자신의 말을 끊고 도미오를 보았다.

"넥타이를 사고 싶은데." 도미오는 언뜻 생각나는 대로 말했다. "넥타이 고르는 데 같이 가 주지 않을래?"

유코는 '어머'라는 듯이 도미오를 보고 "예"라고 말했다. 두 사람은 아직 열려 있는 역 앞 월부 판매점으로 들어갔다.

"현금으로 사면 3% 깎아 주니까 백화점보다 싸." 도미오가 말했다. 유코는 "그래요?"라고 말했다.

가게 안은 한산했다. 점원인 젊은 남자가 여자 점원을 뒤쫓아가서 벽으로 밀어붙이고, 그 엉덩이를 자 같은 것으로 두들기자 여자는 몸을 뒤로 젖히며 "아아, 당했네." 하며 웃고 있었다.

도미오는 은색 옷걸이에 걸려 있는 넥타이를 손에 들어 보았다. 어느 것이나 똑같아 보였다. 화려한 것들뿐이어서 자신에게는 맞지 않았다. 그중 한 개를 골라 가슴에 대고 거울을 들여다보았다. 여위고 턱을 쑥 내민 젊은 남자가 굳은 표정으로 서 있었다.

"올 가을에 유행하는 신제품이죠."

어느 사이에 가까이 와 있던 여점원이 강조하는 듯한 어조로 말했다. 도미오는 당황하여 다른 넥타이를 대 보았다. "잘 어울리시네요." 여점원은 말했다. 그러고 나서 레이스 장갑을 보고 있는 유코 쪽을 돌아보며 "그렇죠?" 하고 말했다. 유코는 "글쎄 그럴까요?" 하고 말했다. "이것이 좋네요." 하면서 다른 넥타이를 빼서 도미오 목에 대었다. 키가 작은 유코의 호흡이 도미오의 가슴에 닿는 것을 느낄 수 있었다.

"이것으로 하죠."

"선물하실 거예요?" 여점원이 유코에게 물었다. 유코는 일순 당황했다. 어색한 공기가 흐르자 여점원은 알아차린 얼굴로 "아, 포장해 드리겠습니다"라고 했다.

도미오는 윗입술을 깨물었다. 계획은 실행에 옮겨야만 했다. 그는 눈을 딱 감고 말했다.

"다른 것도 살 것이 있으니까 잠깐 놔두세요."

도미오는 걷기 시작했다. 핸드백 매장으로 갔다. 금색 장식이 붙은 검은 숄더백이 눈에 들어왔다. 도미오는 그것을 내려 손에 들어 보았다. 차분한 광택과 따뜻한 촉감이 나쁘지 않다고 생각했다.

"이건 어때?" 도미오는 말했다. "나는 괜찮은 것 같은데."

"왠지 버스차장 같아요." 유코는 가방을 다시 제자리에 걸어 놓으면서 말했다. "이것이 좋네요."

유코가 말한 것은 그전 것보다 훨씬 작은, 한창 유행중이라는 느낌이 드는 것이었다. 세련되기는 했지만 어린이의 장난감 같다는 생각이 들었다. 그러나 그것은 도미오에게 이런 물건에 대한 안목이 없는 탓인지도 몰랐다. 유코는 자기 것처럼 핸드백을 들어 보았다. 어울리는 것 같지 않았다. 핸드백이 걷고 있는 것 같다고 생각했다. "그거 얼마지?" 도미오가 말했다.

"15,000엔." 유코가 말했다.

"그래?" 도미오는 말했다. 그는 눈을 감고 숨을 들이켰다. 가슴이 두근거렸다. 그리고 말했다. "그거, 너한테 선물이야."

"예?"

유코의 핸드백을 든 손이 굳어지고, 돌아보는 유코의 눈은 처음 만났을 때처럼 작아졌다.

"선물." 도미오는 다시 한 번 작은 소리로 말했다. 가슴의 고동이 한층 격렬해지는 것을 느꼈다. 거절하면 어떻게 할까 하고 생각했다. 절대로 거절해서는 안 된다고 생각했다.

"어째서?" 유코가 돌변한 무서운 목소리로 말했다. "어째서죠, 주임님?"

"뭐 어때서?" 도미오는 떨리는 소리로 말했다. "받아 줘. 괜찮겠지?" "그렇지만." 유코는 지금까지 보인 적이 없는 눈초리로 도미오를 탐색하듯이 응시하면서 말했다.

"그렇지만 어째서 주임님이 이런 걸 주세요? 그걸 모르겠어요."

그때 도미오는 유코에 대한 느낌이 확 바뀐 것 같은 기분이 들었다. 도미오는 주임이 아니고, 유코도 역시 젊은 손아래 주방 종업원이 아니었다. 도미오는 자신이 추격당한, 한 입에 머리부터 잡혀 먹힐 무력한 작은 동물처럼 느껴졌다. 유코는 꿀꺽 하고 침을 삼키고, 빈틈없이 몸을 사리고 있었다.

"공짜로 물건을 주는 사람은 없잖아요?" 유코가 말했다. "저, 답례로 드릴 만한 것은 없어요." 그런 유코의 눈은 이미 작지는 않았다. 빛나고 있었다. "왜? 어째서?"

"어째서라니?" 도미오의 목소리는 다시 작아졌다. "어째서라니? 그렇게 하고 싶으니까."

"모르겠어요." 유코는 콧소리로 말했다.

"혹시, 서로 약속한 사람이라도 있어?"

도미오는 자기도 모르게 작게 외치듯이 말했다.

"없어요. 있을 리가 없죠."

그 소리도 작기는 했지만, 상기된 빠른 어조로 유코가 말했다. 절박감이 느껴져 도미오는 자기도 모르게 얼굴을 들었다. 유코의 눈은 충혈되어 있었다.

"그럼 내 말대로 해도 돼." 도미오는 거기에 쓰러져 버릴 것 같은 예감을 느끼면서 떨리는 목소리로 말했다.

"받기만 해도 괜찮아요? 정말로?"

"그래."

"그럼 받겠어요. 그렇지만 사정이 생기면 곧 돌려드릴 거예요."

유코는 그렇게 말하자 도미오의 핏기 사라진 얼굴을 고조된 눈으로 노려보듯이 응시했다. 도미오는 그 눈을 외면하듯 손을 내밀어 유코로부터 핸드백을 받아 넥타이 매장으로 돌아가, 그곳의 계산대에 넥타이와 핸드백을 내밀었다.

"현금이면 3% 깎아 드립니다. 16,490엔입니다." 여점원이 강조하는 듯이 말했다.

"감사합니다."

상점 밖으로 나왔다. 아직 무더웠다. 도미오는 포장지 속에서 넥타이를 끄집어내고 남은 것은 유코에게 "후." 하고 건넸다. 유코는 "고맙습니다"라고 가볍게 고개를 숙이며 받았다.

텅 빈 버스가 푸른 램프를 켜고 달리고 있었다. 막차 시간이 빠른 노선 같았다. 도미오는 몸이 차가워져서 속옷이 들러붙는 것이 불쾌해졌다. 그리고 인도를 천천히 걸으면서 넥타이도 핸드백도 결국은 아무런 의미도 없는 쇼핑이었던 것 같은 기분이 들어 우울했다.

"저, 주임님, 지금 집에 가실 건가요?" 돌연 유코가 말했다. "아니면 어디 가서 맥주라도 한 잔 하시겠어요?"

"마실까?" 도미오는 말했다. "너 마실 줄 알아?"

"즐거운 걸요." 유코는 당연하다는 듯이 말했다.

"아줌마들과 일이 끝나고 나서 가끔 마셔요. 가실래요?"

간판을 내달고 장식전구로 화려하게 치장하고 있는 셈치고는 손님 수가 적은, 체인점인 대중 술집으로 들어가 흰 나무테이블 앞에 나란히 앉았다. 삶은 오징어에 간장을 친 것이 작은 접시에 담겨 나왔다. 맥주와 강낭콩을 주문했다. 맥주로 건배했다. 도미오는 단숨에 들이켰다. 취기가 돌면 조금은 침착해질지도 모른다고 생각했다. 게다가 이 가게라면 누군가에게 목격될 염려가 있었다.

"주임님은 웃지 않는군요." 유코가 그런 도미오의 옆얼굴을 힐끗 보면서 말했다.

"전, 본 적이 없어요."

"그래?" 도미오는 생각에 잠겼다. "웃고 싶은 일이 별로 없어. 그렇지만 웃을 때도 있지."

"텔레비전에 코미디언이 나올 때는요?"

"그런 건 좋아하지 않아."

옆에 앉아 있으면 유코가 잘 보이지 않는다. 그것이 편안하기도 하고 불안하기도 했다. 도미오는 고개를 숙이고 꽃무늬 원피스에 싸인 유코의 아랫배와 팔을 보았다.

그것은 손을 뻗으면 만질 수 있는 위치에 있었다. 레스토랑에서와 같이 사이를 가로막는 식탁도 지금은 없었다.

유코의 어디가 마음에 들었는지, 급속히 취기가 도는 머리로 생각해 내려고 했지만 확실하지 않았다. 밤에 혼자가 된 방에서, 유코가 어떤 얼굴을 하고 있었는지 떠올리려고 해도 할 수 없었던 것은 확실한 기억이었다. 왠지 쓸쓸해 보였던 것과 가까이 가도 무섭지 않다는 기분은 있었다. 어쩌면 엉덩이가 크고 허리가 견고한 탓인지도 몰랐다. 그렇지만 오늘밤의 그 핸드백을 가졌을 때의 눈빛만큼은 상상도 한 적이 없는 열렬함이라고 생각했다. 그리고 지금의 유코도 본 적이 없는 유코다.

"주임님, 혼자 사세요?" 유코가 눈 주위를 붉히고 말했다. "아니면 어머니와 같이?"

"해골과 함께야." 그러자 유코는 눈을 동그랗게 뜨고 "어머, 기분 나빠." 하고 외쳤다. "해골이란 고양이를 말해." 도미오는 설명했다. "바싹 여위어 해골이라고 하지. 그렇지만 이 놈은 집안에 들어오지 않아. 먹이를 주고 문을 닫으면 먹지. 내가 나가면 도망쳐."

"그건 함께 있다고 할 수 없어요." "그런데 어머니는 안 계세요?" "돌아가셨어." 하고 도미오는 말했다. "대학 2학년 때야. 아버지는 훨씬 빨리 돌아가셨고."

"그럼, 아르바이트를 해서 대학을 졸업했어요?"

"응." 도미오는 말했다.

"힘드셨겠네요." 유코가 말했다. 도미오는 대답하지 않았다.

"그렇지만, 학생 때는 마작이라든지 골프는 할 틈이 없었겠죠?"

"도박은 좋아하지 않아." 도미오는 말했다. "게다가 지면 곤란하고."

"으음." 유코는 알았다라는 듯이 끄덕였다. "그럼 지금도 주식은 안 해요?"

"안 해." 도미오가 말했다. "그런 것은 위험하니까 말이야. 초보자는 위험해. 투자신탁으로 비과세 소액저축을 이용하는 것이 안전하고 좋아. 조금 더 욕심내면 국채 정도일까?"

"전 우체국에 맡기고 있어요, 어차피 큰 액수는 아니지만."

"정액 예금은 나쁘지 않아." 도미오는 열심히 말했다. "그건 반년마다 복리로 원금에 대한 이자가 붙으니까 말이야. 그것도 확실한 방법 중의 하나이지."

"그래요?" 유코는 입 속에서 중얼거렸다. "주임님은 역시 착실하군요."

"별로." 도미오는 말했다. "장래 일을 생각해야만 하기 때문이니까 말이야. 젊으니까."

완두콩은 덜 삶아 흙 냄새가 나고 딱딱했다. 도미오는 정신 없이 먹고 맥주를 들이켰다. 주위의 소란스러움도 그다지 신경 쓰이지 않게 되고 전신이 확 달아올랐다. 유코의 둥글고 흰 얼굴만이 신경이 쓰였다. 유코는 웃고 있었다. 자기가 생각하던 것보다도 좋은 여자라고 생각했다. 이렇게 내 기분을 알아 주는 사람은 지금까지 없었다고 생각했다.

"그럼, 한가한 때는 방에서 뭘 하세요?" 유코가 물었다. "사람에게는 취미가 있잖아요?"

"그럭저럭." 도미오는 잠시 허공을 보며 생각하고 나서 말했다. "휴일에는 이불을 말리고 세탁을 해. 화장실을 깨끗이 하고, 일주일간의 신문을 접어서 묶고, 텔레비전으로 씨름경기를 보고 그 후로는 그럭저럭."

"놀러는 안 가요?"

"귀찮아." 도미오는 말했다. "아, 그래. 목욕탕에는 가, 목욕은 좋아하니까."

"잘 됐네요." 안심한 듯이 유코가 말했다. "그렇지만 쓸쓸하지 않아요?"

"그야 쓸쓸하지." 도미오는 말했다. "인간이니까."

"그렇죠?" 힘을 주며 유코가 말했다. "전 휴일에 도저히 방 안에 혼자 못 있으니까 아줌마 집에 놀러가요."

"알고 있어." 그렇게 말하고 도미오는 눈을 감았다. 별로 좋아하지 않는 맥주를 너무 마셨다고 생각했다. 소변을 보러 일어서자 자기 자신만 있고 뒤의 것은 멀리 사라져 가는 듯한 느낌이 들었다. 유코는 사라지지 않으면 좋겠다고 생각했다.

도미오는 계산을 했다. 2,150엔이었다. 가게를 나왔다. 유코는 아무렇지 않았지만, 도미오는 몇 병의 맥주로 몹시 취했다. 유코는 더 마셨을 터였다. 두 사람은 도랑가를 따라 걸었다. 도랑은 이윽고 고가철도 옆을 흐르는 강과 합류했다. 두 사람의 머리 바로 위를, 실내를 환하게 밝힌 전차가 빛의 띠를 그리며 사라졌다. 방죽 사면에는 아직 완전히 피지 않은 세이다카 아와다치소(국화과의 다년초. 키가 2~3미터나 자란다—역자주) 무리가 일제히 높은 키를 흔들고 있었다.

"주임님 아기 싫어해요?" 유코가 물었다.

"생각해 본 적 없어." 도미오는 말했다.

"저는 좋아해요." 유코가 말했다. "기저귀 빠는 것 참 좋아하고, 젖을 주는 것도 즐거울 거예요."

"여자들은 그런 걸 생각해?"

"누구라도 미래 일을 생각하는 걸요." 유코는 의외라는 듯이 말했다. "그렇지만 술 좋아하는 여자에게는 머리 나쁜 아이가 태어난다고 해요."

"매일 밤 마셔?"

"그렇게 마시지는 않아요." 유코는 질렸다는 듯이 말했다. "그렇지만, 먹는 것도 술안주 같은 것만 좋아하고, 저, 부전자전이라고 하죠? 그거예요."

다시 후덥지근한 바람이 불었다. 두 사람은 멈추어섰다. 어둠이 짙어서 사람 그림자가 보이지 않았다. 두 사람의 주변만

이 어슴푸레 밝고 도미오에게는 튼튼하게 뻗은 유코의 팔만이 보였다. 지금이다라고 도미오는 생각했다.

뒤쪽에서 팔을 돌려서 끌어안았다. "마키타(牧田) 씨." 하고 말했다. 유코는 버둥거렸다. "뭐하시는 거예요?" 했다.

"나하고," 도미오는 말했다. "저, 나하고."

"아아." 하고 유코는 숨을 몰아쉬었다. 도미오는 유코의 앞으로 손을 뻗으려다가 비틀거렸다. 두 사람은 뒤엉키면서 자갈길에 나뒹굴어 한 덩어리가 되었다.

"나의." 도미오는 우는 목소리로 말했다. "나의" 울부짖었다. "마키타 씨." "저, 나의."

엉덩방아를 찧은 채로 유코는 도미오가 필사적으로 몸을 비벼대 오는 것을 참으면서 하얀 얼굴을 어둠 속으로 향했다. 그 입술은 떨리고 있었다. 돌연 눈두덩이가 부풀어오르고 굵은 눈물이 흘러 떨어졌다. 계속해서 하염없이 흘러내렸다.

"주임님."

유코는 말했다. 도미오의 목소리와 꼭 닮은 울먹이는 목소리였다. 서로 비벼대고 있는 두 몸뚱이는 부들부들 떨고 있었다. 도미오는 유코의 무릎에 달라붙어 소리를 내어 울었다. 그 머리카락에 유코의 눈물이 떨어졌다.

(1978년 5월)

작품 소개

 이 작품은 『전후단편소설선』(戰後短篇小說選, 岩波書店編輯部, 2000. 5) 제5권에 수록된 미키 다쿠(三木卓, 1935~)의「逢いびき」(1978. 5)를 번역한 것이다.
 작가인 미키 다쿠는 와세다대학(早稻田大學) 러시아문학과를 졸업하고 시인으로 첫 출발을 하였다. 중국에서 패전을 맞아 조모와 부친을 잃는다. 중국에서의 체험을 토대로 쓴「검은 방울새(鶸)」가 아쿠타가와상을 수상하였고 평론과 동화도 썼다.
 「밀회」는 마음속으로만 생각하고 있던 두 남녀가 서로의 기분을 확인해 가는 미묘한 심리가 잘 묘사되어 있다.

푸른 거리

요시무라 아키라(吉村昭) 지음
송승희 옮김

푸른거리

1

　　　　　　나는 그 무렵 수족관 통로를 걷는 관람객 같은 기분으로 나날을 보내고 있었다.

양쪽 벽에 끼여 있는 유리 수족관 속에는 각양각색의 물고기들이 꼬리지느러미를 살랑거리면서 헤엄치고 있었다. 유리벽으로 막힌 세계는 밝은 빛과 색채로 가득 차 있고 산소 기포가 물고기들을 활기차게 하였다.

맑고 파란 바닷물, 수초의 흔들림, 불빛에 비늘을 반짝거리는 물고기들. 그것들은 유리벽으로 차단되어 손을 댈 수도 없었지만, 내 주위에 펼쳐진 대부분의 작은 세계도, 나는 그냥 바라볼 뿐 결코 손을 집어넣을 수 없는 존재였다.

이케부쿠로(池袋)와 같은 동네에 살게 된 것은 임대 전문 부동산업자의 권유에 의한 우연이었지만, 가난한 나에게는 자극이 너무 강했다.

일을 마치고 역 구내를 나오면, 눈앞에는 죽 늘어선 빨간 등불과 그 위에 웅성대듯 겹쳐 있는 네온사인이 펼쳐진다. 그 일대는 미로 같은 골목이 엉켜 있어서 술과 여자가 길을 헤매다 들어온 남자들을 붙잡고 놓지 않는다. 그것은 밝은 수족관처럼 상상되어 그 속에서 지느러미를 흔들어 대며 헤엄치는 물고기를 손으로 붙잡고 싶었지만, 그 일대에 발을 내딛을 금전적인 여유가 나에게는 없었다.

나는 빈 도시락이 든 가방을 들고 철로를 따라 길을 걷기 시작한다.

전등빛은 갑자기 희미해지고 한쪽 건물 벽에 어두침침한 바다 밑에 달라붙은 조개처럼 여체가 조용히 늘어서 있다.

빠른 걸음으로 걷는 나에게 여자가 말을 걸어온다. 바닷속을 천천히 헤엄쳐 나오듯이 나에게 다가와 팔을 잡는 여자도 있다.

그러나 나는 그때마다 비참한 기분에 휩싸인다. 나에게는 여자가 말을 걸어올 자격이 없다. 돈을 대가로 하는 그 여자들이 나에게 말을 걸어 팔을 잡는 것은 헛수고일 뿐이다.

나는 아무 말 하지 않고 발길을 재촉한다. 나에게는 애초부터 그 여자들과 얘기를 나눌 여유가 없다.

이윽고 앞에 널따란 건널목이 보였지만 거기에는 항상 자동차들이 건널목의 차단기가 올라가는 것을 줄지어 기다리고 있다. 야마노테선(山手線)[1] 전차는 헤드라이트를 비추며 끊임없이 왕복하고 때로는 화물 차량이 교체 작업을 위해 건널목을 막고 오랫동안 서 있을 때도 있다.

발소리로 아는 건지 문 안쪽에는 언제나 아내가 서 있다. 나는 애타게 기다렸다는 듯한 눈빛으로 쳐다보는 아내에게 가방을 건네고는 여섯 장짜리 다다미방 위에 눕는다. 이 방에 있으면 나는 한 여자를 아내로 둔 오만한 젊은 남편이라는 기분이 든다.

나는 한달 쯤 전에 결혼했다.

아내와 처음 만난 것은 2년 전 초여름이었다. 나는 대학생이었지만 학점 딸 생각은 하지 않고 문예부 동아리방에 틀어박혀 문학책만을 읽어 댔다.

중학교를 졸업한 것은 전쟁이 끝난 해이고 1년 재수를 한 후 그 학교의 구제(舊制) 고등과에 입학했다. 그곳은 옛날부터 황족, 화족(華族)[2] 이 다니던 특수교육기관이었지만, 전쟁 후 그런 성격은 사라지고 일반 고등학교와 같은 부류가 되었다.

나는 그런 특권의식이 오래 전부터 있던 학교에 입학하는 것을 상당히 망설였지만, 전국 어느 고등학교보다도 먼저 시험날짜를 정한 그 학교의 입학허가서를 손에 넣자 그 권리를 포기하면서까지 다른 학교에 시험칠 용기가 없었다. 이미 부모님이 돌아가시고 형들로부터 학자금을 받고 있는 처지에서 일년 더 재수한다는 것은 어려운 일이었다.

나는 제복을 입고 학교에 다니기 시작했지만 8개월 후, 어느 새벽녘에 피를 많이 토하고 폐에 결핵균이 서식하고 있다는 것은 알았다. 그래서 휴학계를 내고 누워 지내기 시작했으나 병은 급속도로 악화되어 균이 장에 전이돼, 그 해 여름 늑골 다섯 개를 절단하는 수술을 받았다.

그 수술은 아직 시험 단계의 수준으로 실패한 예도 많아 내 몸을 실험 대상으로 삼은 것이 분명했지만, 다행스럽게도 병이 호전되어 3년간의 요양생활을 끝내자 복학할 수 있었다. 그러나 학교는 이미 새로운 대학으로서의 체제를 갖추고 있어서 모르는 학생들로 넘쳐났고 밝은 유리창의 새 건물도 낯설게 느껴졌다.

학교에 복학하자, 체육 학점을 따지 않으면 진급할 수 없는 학제를 알고 난 후부터 졸업을 포기했다. 그리고 여러 학과 수업을 듣는 것도 그만두고 하는 일도 없이 소설을 쓰거나 독서를 했다.

그런 내 앞에, 한 여학생이 나타났다. 그 여자는 나와 마찬가지로 문학 지망생으로 내가 소속해 있는 문예부에 들어온 것이다.

나는 그 여학생에게 특별한 감정을 느꼈다. 그리고 일년 후 전철 안에서 그녀에게 등을 만지게 했을 때 나는 평생 이 여학생과 살고 싶다고 생각하게 되었다. 등에는 늑골을 제거했기 때문에 손바닥으로 메울 수 있을 정도의 움푹 패인 곳이 있었는데 손을 얹은 그녀의 눈에는 왠지 슬픈 빛이 어려 있었다.

이윽고 우리들은 약혼하고 한 달 전에 식도 올렸다.

그러나 구(舊) 헌법시대에 맏형에게 유산상속이 이루어졌기 때문에 나에게는 아파트 권리금 정도의 얼마 안 되는 돈밖에 남겨지지 않았다. 나는 학력도 대학 중퇴였기 때문에 괜찮은 근무처도 찾아내지 못하고 겨우 작은 섬유회사에 취직해서 하루하루 먹고 살았다.

나는 아내와 생활을 하고부터 이 사람이 왜 나와 결혼했는지 매우 궁금하곤 했다. 비록 내가 적극적으로 결혼을 원했고 아내가 나의 적극성에 굴복한 것일 수도 있겠지만, 아내는 결혼을 거절할 수도 있었을 것이다. 내 장래는 조금도 밝지 않을 뿐더러 뼈에 결함이 있는, 불구자와 다름없는 육체밖에 없다. 그런 나를 남편으로 취급해 주는 아내가 기묘한 존재로 생각되었다.

우리들은 일요일이 되면 공원 벤치에 앉아 하루 종일 지내거나, 밤에는 가끔 이케부쿠로(池袋) 거리에 산책을 갔다. 상점가를 걸을 때 아내는 종종 발을 멈추고 밝은 쇼윈도 안을 눈을 반짝이며 바라본다.

"보는 것만으로도 즐거워." 하고 아내는 돈을 조금밖에 벌어 오지 못하는 내 기분을 상하게 하지 않으려고 했다. 그녀도 나와 마찬가지로 수족관 속을 단지 바라보고만 있는 인간이었던 것이다.

내 수입은 월급과 그것에 가산되는 잔업 수당이었지만, 그 외에 우리들이 돈을 구할 수 있는 것은 헌 책을 팔 때였다.

내가 새 보금자리에 가지고 들어온 것은 천 권 이상의 헌 책 외에 이렇다 할 물건은 없었다. 아내는 벽장에 다 집어넣을 수 없는 조금 더러워진 책들을 보고 얼굴을 찡그렸지만, 그것이 언제라도 바로 돈으로 바뀔 수 있는 물건이라는 것을 알자, 책을 소중히 취급하게 되었다. 처가집은 데릴사위를 맞아들여 꽤 윤택한 생활을 했기 때문에, 헌 책 파는 일을 경험한 적이 없었다.

나는 보자기에 책을 싸서 번화가 변두리에 있는 헌 책방에 갔다.

헌 책을 비싸게 파는 기술은 알고 있었지만, 그 가게 주인이 매기는 가격은 내 생각 이하도 이상도 아니어서 나는 부르는 대로 책을 팔았다.

어느 날 밤, 헌 책방에서 돌아오는 길에 나는 마음먹고 역 앞에 깔려 있는 술집으로 발을 옮겼다. 술을 마실 기분은 아니었지만, 헌 책을 판 돈으로 바지 주머니가 두둑해서 마음의 여유를 느끼고 있었던 것이다.

그 일대는 상상했던 것 이상으로 그물코같이 엄청나게 좁은 길이 뒤엉켜 있었고, 그 양쪽에는 나무조각을 박은 듯한 작은 주점들이 틈새 없이 늘어서 있었다. 어느 가게에도 술 취한 남자와 여자가 좁은 공간에 비좁다는 듯이 몸을 비집고 앉아 시끄럽게 소리를 지르고 있었다. 그곳에는 확실히 내가 모르는 어수선한 활기가 넘쳐 흐르고 있었다.

나는 좁은 도랑 위에 걸쳐 놓은 덮개 위로 양쪽 가게를 바라보면서 걸었다. 출입구에 서서 말을 걸어오는 여자는 매춘부답게 얼굴도 짙게 화장하고 있었다.

나는 몇 번이나 그런 여자에게 팔을 잡혔지만, 어느 길 모퉁이에서 여자가 끌어 들이려고 하는 가게 내부를 들여다봤을 때 엉겁결에 그 자리에 못박히고 말았다.

"무슨 일이야. 자기. 아는 애라도 있는 거야?"

팔을 잡고 있던 여자가 기분 잡쳤다는 듯이 내 쪽으로 눈을 돌렸다.

"아니, 괜찮아."

나는 애매하게 말을 하고는 힘을 뺀 여자의 팔을 털어내듯 걷기 시작했다.

그러자 뒤에서 종종 걸음의 하이힐 소리가 따라왔다.

어느 정도 예상하고 있었기 때문에 발을 멈추고 뒤돌아보았다. 골목길을 작은 체구의 여자가 웃으며 다가온다. 머리 스타일도 바뀌고 얼굴에는 야한 화장을 하고 있었지만 그 웃음은 분명히 기억에 있었다.

"오래간만이에요."

여자는 곱슬곱슬한 머리를 숙였다.

나도 얼굴의 긴장을 풀고 인사를 했지만, 여자 손가락에 끼어 있는 입술연지가 묻은 담배를 보자 그녀의 변한 모습에 새삼스럽게 놀라고 말았다.

여자는 기가 막혀 하는 표정을 바라보면서,

"놀라셨죠." 하고는 묘하게 입을 비틀고 담배를 던지며 하이힐로 밟아 껐다. 하지만 금방 화제를 바꾸려고,

"미키오(幹夫) 씨는 어떻게 지내요?" 하고 동생 이름을 입에 담았다.

여자 눈에는 그리운 듯한 빛이 떠올라 나는 그 표정에서 우리 집에 있었던 무렵의 가요코(加代子) 얼굴을 보았다.

"얼마 있으면 결혼해. 내가 결혼해서 외로워진 모양이야. 나는 여기 이케부쿠로에 살고 있어"

"정말이에요?"

가요코는 가는 눈을 터질 것처럼 크게 떴다.

나는 가요코가 그런 뜻밖의 세계에 빠져 들어간 책임의 반은 나와 동생에게 있을지도 모른다고 생각했다. 가요코가 처음, 지방에서 도쿄로 올라와 머무른 곳은 나와 동생이 생활하는 집이었고, 그리고 2년 가까이 우리와 함께 생활하는 동안 좋지 않은 영향을 그녀에게 끼친 것이 아닌가 하고도 생각했다.

가요코는 외출할 때에도 사람이 모이는 곳은 무섭다고 발길을 주지 않는 내성적인 처녀였다. 그런 가요코가 꺼림칙한 장소에서 손님을 맞는 직업 여성으로 전락한 것이 나에게는 이상해서 견딜 수가 없었다.

"어때. 일요일에 우리 아파트에 놀러 오지 않을래? 방은 좁지만 아내와 둘뿐이니까 사양할 거 없어." 하고 나는 말했다.

"괜찮아요?"

가요코는 눈을 빛냈다.

나는 마침 약도를 그릴 만한 것이 없었기 때문에 큰 건널목을 비스듬히 들어가면 아파트가 있다는 것. 그 아파트 2층 안쪽에서 3번째 방이 우리들이 살고 있는 곳이라고 알려 주었다. 그리고 3일 후인 일요일 오후에 기다리고 있을 테니까 오도록 하라고 덧붙였다.

"꼭 가겠어요. 어떤 부인인지 보고 싶어요."

가요코는 조금 경박한 어조로 말하고 이를 보이며 웃었다.

"그럼 기다릴게."

하고 나는 다짐하듯이 말하고 걷기 시작했다.

그리고 길모퉁이에서 뒤돌아보았지만 이미 골목에는 가요코의 모습은 없었다.

그날 밤 방에 돌아와 나는 아내에게 가요코를 만난 얘기를 했다. 아내에게는 가요코에 대해서도 얘기해 두었기 때문에 금방 알아들은 것 같았다.

"그 애한테는 폐를 끼쳤어. 뭐 목걸이라도 사 둬. 신세졌으니까 인사 치례를 하고 싶어." 하고 나는 말했다.

"목걸이?"

아내는 뜻밖의 소리를 듣기라도 한 것처럼 내 얼굴을 쳐다보았다.

그리고 나서

"과자 같은 것으로 괜찮지 않겠어요?"

하고 내 표정을 엿보듯이 말했다.

나는 아내의 석연치 않은 표정에 화가 났다.

아내가 말하고 싶은 것은 나도 아주 잘 이해할 수 있었다.

결혼 후 아내에게 어떤 장신구도 사 주지 않은 내가 가요코를 위해 목걸이를 사 주는 것을 이해하기 어려웠을 것이다.

"당신이 사고 싶지 않다면 내가 사 오지. 가요코에게 그만한 신세를 졌으니까 그렇게 말하는 거야."

나는 퉁명스럽게 큰소리로 말했다.

2

가요코는 내가 수술 후 요양생활을 할 무렵 집에 왔다.

나는 동생과 형들의 집을 전전하고 있었지만 형들 집에 있는 것도 기가 죽어 큰형 공장 구석에 있는 3칸 짜리 작은 사택에 동생과 단둘이 생활하게 되었다.

그러나 동생은 대학에 다니고 나도 몸을 움직일 수 없는 처지여서 집안일을 돌보면서 나를 간호할 여자 손이 필요했다.

어느 날 형이 부탁했는지, 검고 까무잡잡한 작은 체구의 처녀가 낡은 가방을 들고 들어왔다. 그리고 누워 있는 나에게 어색하게 인사를 하자마자 곧바로 형수가 건네준 앞치마를 걸치고 부엌으로 들어갔다. 그게 가요코였다.

그날 밤 식탁엔 밝은 분위기가 감돌았다.

그때까지는 동생이 형 집에서 사발에 밥을 담고 접시에 반찬을 넣어 이인분씩 날라오고 있었지만, 그날 밤은 맛없는 요리이기는 했지만 따뜻한 쌀밥도 먹을 수 있어서 나도 동생도 만족했다.

동생은 오래간만에 기타를 치기도 하고 가요코가 태어난 동북 지방의 사투리를 흉내내며 익살을 떨기도 했다.

그러나 나에게는 두 가지의 걱정과 두려움이 있었다. 그 하나는 가요코가 나와 동생, 남자 둘뿐인 집에서 일하는 것에 불안해 하지 않을까 하는 점이었다. 가요코는 17살이고 동생은 21살, 나는 23살로 상식적으로 생각하면 그 동거는 위험한 관계임에 틀림이 없었다.

게다가 가요코가 내 병을 어떻게 생각하고 있는지도 상당히 마음에 걸렸다. 한 달에 한 번 있는 정기 검진에서는 결핵균이 검출되지 않는다고 하더라도 뼈를 절단한 수술을 받은 중증 결핵환자인 것은 분명하기 때문에 당연히 늘 누워 있는 환자인 나를 두려워해도 어쩔 수 없었다. 특히 지방에서는 결핵환자에 대한 혐오감이 뿌리 깊어서 딸이 하는 일이 병 간호를 겸한 것이라고 들으면 우선 가요코 가족이 허락할 리가 없었다.

나는 가요코에게 가족에 대해서 물어 보았다. 부모는 조상으로부터 물려받은 토지를 지켜 농사를 짓고 있고 오빠는 국철(國鐵)[3]에 근무하고 언니는 농촌으로 시집을 갔다고 한다. 가요코는 중학교를 나와서 농사일을 도와주고 있었지만 친구 대부분이 도회지로 나가 버려서 집에 있을 마음이 없어 직업안내소 소개로 나온 것이라고 한다.

나는 마음을 크게 먹고 나와 동생이 사는 남자만의 살림살이인 것과 내가 병든 몸이라는 것을 부모가 알고 있는지 물었다.

가요코는 머리를 흔들었다. 직업안내소에서 소개한 곳은 형 집으로 되어 있어서 형 집을 찾아가자, 만약 괜찮다면 나와 동생 집에서 일해 주지 않겠느냐고 부탁받았다고 한다.

결과적으로 형이 가요코를 속인 것이 되지만 냉정하게 생각할 때, 나와 동생의 처지를 안다면 처음부터 응할 사람은 아무도 없을 것이다. 가요코 가족은 물론 강력하게 반대했을 것이고, 가요코 본인도 상경하지 않았을 것이 분명했다. 하지만 조건이 나쁜 우리들 곁에 있어 줄 사람은 앞으로도 있을 것 같지 않았다. 나는 가요코를 될 수 있으면 잡아두고 싶었다.

"이런 집이지만 있어 주겠어?" 하고 아무렇지도 않은 듯이 물어 보았다.

그러자 가요코는

"네." 하고 아주 확실한 어조로 대답했다.

그날부터 세 사람의 생활이 시작되었다. 나는 가운데에 있는 다다미 여섯 장짜리 방을 쓰고, 다다미 세 장짜리 양쪽 방은 동생과 가요코가 각각 쓰고, 식사는 내 방에 모여서 먹기로 했다.

그러나 가요코를 고용해서 생활할 수 있을 만한 여유가 우리들에게는 없다.

우리들의 하루하루의 식량과 가요코의 급료는 세 형들이 분담해서 지불해 주기로 했다.

그래서 동생은 돈이 모자라면 형들 집을 차례대로 돌아다녔다. 그런데 정해진 날에 정해진 금액을 받아오는 일은 드물었고 밤늦게 낙담한 듯이 돌아오는 편이 많았다.

유산의 대부분을 상속받은 큰형이 경영하는 사업이 잘 안 돼, 우리들에게 돈을 주는 것을 떨떠름해 했다. 어쩔 수 없이 동생은 다른 형을 찾아갔지만, 형들도 우리들 생활비를 부담하는 것은 큰형이어야 하고 큰형한테 받아야만 한다고 동생에게 말했다. 그 결과 동생은 형들 집에서 집으로 전전할 뿐, 돈을 얻어오는 일은 어려웠다.

우리들한테 다달이 들어가는 생활비는 가요코가 도맡아 꾸려 나갔지만, 그것도 가끔 끊어지게 되었다.

가요코가 생활비가 떨어졌다고 동생에게 어렵게 말하면, 동생은 잠자코 형 집에 간다.

그러나 나는 될 수 있으면 그런 귀찮은 일에 맞닥뜨리고 싶지 않았다.

나는 늑골을 제거해 겨우 죽음에서 벗어난 몸이라는 의식이 강했다. 동생이 아주 곤란해 한다는 것은 충분히 알았지만 어떻게 해서라도 살고 싶은 절실한 바람이 있었다.

동생은 대문 밖을 걸어서 학교에 갈 수 있는 건강한 몸이었다. 그에 비해 난 죽음의 불안에서 의연하게 벗어나지 못한 채 뼈를 잘라낸 몸으로 요 위에 누워 불안에 떨면서 나날을 보내고 있었다. 병든 나에게도 인간으로서 살아갈 권리가 있을 것이고 동생이 나를 위해 형들에게 머리를 숙이며 돌아다니는 것도 당연한 것이라고 끊임없이 자기자신에게 타이르고 있었다.

그런 중에 가요코의 급료는 동생이 다달이 정한 금액만큼 건네주고 있었다.

그러나 생활비가 떨어지면 살림을 도맡고 있는 가요코는 어쩔 수 없이 자신에게 지불된 급료에 손을 대었다. 가요코는 공책에 가계비와 자신의 급료에서 뺀 금액을 열심히 메모하고 있었지만 나는 그런 일에도 전혀 모르는 체했다. 그 모든 일이 누워만 있는 나에게는 어쩔 수 없는 일이었던 것이다.

형들한테 받는 얼마 안 되는 돈으로는 가요코의 급료는커녕 식비에도 부족하다는 사실을 깨달은 동생은 직업안내소의 소개로 일하러 나가게 되었다.

보수가 많은 것을 조건으로 한 동생의 일은 당연히 육체적인 노동이 많아, 동생은 밤에 돌아와 식사를 하면 아주 피곤

한 듯이 다다미 위에 뒹굴어 눕는다.

동생 얼굴은 햇볕에 타서 광대뼈도 튀어나오고, 눈살을 찡그리며 숨소리를 내며 자는 옆얼굴에는 험상궂은 표정이 나타났다.

가요코는 그런 동생 얼굴을 엿보며 벽장에서 꺼낸 모포를 덮어 주기도 했다.

가요코가 낀 세 사람의 동거생활이 일년 가까이 지났다. 동생은 졸업을 일년 후로 앞두고 있었지만 노동일은 그만두지 않았다. 형들한테 받는 돈과 동생이 벌어 오는 보수가 불안정하나마 우리들의 생활을 지탱해 주었다.

여름이 되었다.

동생은 방학이 시작되자 매일 일하러 나갔다. 가능하면 방학 동안에 여유돈을 벌어서 가을 학기부터는 졸업에 대비하여 결석 없이 학교에 다니려고 계획했던 것 같았다.

동생 얼굴은 한층 햇볕에 타고 손도 거칠어졌다.

그러던 어느 날 저녁 무렵, 동생은 오십대의 지카타비(地下足袋)[4]를 신은 남자의 부축을 받아 집에 돌아왔다.

동생은 창백한 얼굴로 집에 돌아오자마자 가요코가 간 이불에 누웠다.

남자는 같은 직장에서 일하는 고참 동료였고, 니혼바시(日本橋)에 있는 건설회사에서 건물 창닦이를 하고 있었다.

"저녁은 우리들처럼 숙달된 사람이라도 피곤하고 가장 위험한 시간인데."
하고 남자는 말을 꺼내고, 4층 창을 담당하고 있는 동생이 작업중에 발을 잘못 디뎠다고 했다.

동생은 4층 빌딩 벽에서 떨어졌지만 마침 바로 밑에 짜여진 발판 위에 떨어져 지상 보도에 떨어지는 것을 피할 수 있었다고 한다.

"아주 운이 좋은 학생이에요. 배와 허리를 꽤 부딪힌 것 같은데 의사는 일주일 정도 안정하면 낫는다고 하니까 걱정할 거 없어요."
하고 남자는 얼굴에 번진 땀을 수건으로 닦으면서 말했다.

그리고 동생에게

"빨리 건강해져서 또 와. 다음 주부터는 요코하마(橫浜)에 있는 해운회사 일이야. 높은 곳은 우리들이 할 테니까 꼭 나오는 거야."
하고 몇 번이고 말하고는 대문 밖으로 나갔다.

그날 밤, 동생은 열이 높아졌고 때때로 발을 잘못 디뎠을 때가 생각나는지 가위에 눌린 것처럼 신음 소리를 내며 거칠게 몸을 뒤척였다.

나는 가요코를 얼음가게에 보내서 내가 수술 전에 썼던 얼음 베개를 대게 했다. 가요코는 신음 소리를 내는 동생이 마음에 걸렸는지 자지도 않고 얼음을 갈아 넣기도 하고 젖은 수건을 동생 이마에 대기도 했다.

열은 다음날 내렸지만 동생은 일주일이 지나도 허리가 아프다고 이불 속에 계속 누워 있었다.

그러나 동생이 일하러 나가지 않게 되자 집안 경제는 곧 파탄이 났다. 동생은 형 집에 돈을 받으러 다닐 수도 없고, 임금을 집에 가져올 수도 없게 된 것이다. 가요코도 이미 상당한 금액을 생활비로 나눠 써서 용돈도 부족해진 것 같았고, 더 이상 가요코가 갖고 있는 돈을 믿을 수 없었다.

애가 탄 동생은 누워서 편지를 썼고 가요코는 그것을 들고 형 집에 갔다.

집을 나간 가요코는 형 집에서 받은 돈으로 반찬을 사 가지고 돌아왔다. 그러나 그 돈은 얼마 안 되는 것 같았고 3일이 지나자 바닥이 나 버렸다.

곤혹스러워진 동생은 다시 편지를 썼지만, 그것을 건네받은 가요코는 평상시의 그녀와는 달리 완강히 버티고 앉아 아무말도 없이 일어서려고 하지 않았다.

"왜 그래?"

하고 동생은 말했다.

그러나 동생은 끝내 말이 없는 가요코의 표정에서 모든 것을 알았다는 듯이 쑵쓰름한 웃음을 지었다.

가요코는 형 집에서 기분좋게 건네주지 않는 돈을 받으러 가는 것이 참을 수 없었던 것이다.

나는 눈물을 머금은 채 그 자리에 계속 앉아 있는 가요코 모습에 애가 탔다. 주위가 두꺼운 벽에 갇혀 있는 듯한 압박감이 가슴을 눌렀고 짓눌리는 듯한 괴로운 감정이 동생에 대한 불만으로 바뀌었다.

동생은 확실히 발판에 몸을 부딪히고 허리도 얻어 맞은 것은 틀림없지만, 그것을 고치기 위한 것이라고는 해도 너무 오래 자리에 누워 있는 것은 아닐까. 동생은 일어설 때면 허리가 아프다는 듯이 얼굴을 찡그렸지만, 그런 아픔은 아픈 축에도 들어가지 않는다고 나는 몇 번이고 생각했다. 내가 6시간 가까이 걸려 받은 수술은 절개부와 팔에 소량의 마취약이 주입됐을 뿐, 수술중에 거의 의식이 선명했다. 그래서 나는 끊임없이 덮쳐 오는 심한 통증으로 소리를 지르면서 수술대 위에서 발버둥쳤다.

그런데 거기에 비하면 동생이 허리가 아프다고 하여 열흘 가까이나 누워 있는 것이 부당하게 생각되어 참을 수 없었다.

빨리 일하러 가, 그런 허리 통증이 별거냐, 나를 위해 일하러 나가라. 나는 그런 생각을 마음속으로 반복하면서 동생의 자는 모습을 보는 것조차 불쾌해져 벽 쪽으로 눈을 돌렸다.

다음날 아침 동생은 일어나자 작업복을 안고 집을 나갔다.

그리고 저녁에 돌아왔지만, 동생은 내 베개 맡에 앉아 이상한 눈으로 나를 바라보았다.

"왜 그래? 무리한 거 아냐?"

하고 나는 혈색이 안 좋은 동생의 얼굴을 쳐다보며 말했다.

"아니, 괜찮아." 하고 동생이 말했다.

"지금 이상한 걸 봤어." 하고 얼굴을 찡그렸다.

나는 동생 얼굴을 응시했다.

"야채 가게 앞을 지나는데 가요코가 뭐 물건을 사고 있어서 말을 걸려고 가까이 다가가니까, 걔가 가게 주인 눈을 피해 오렌지 두 개를 시장 바구니 속에 재빨리 넣는 거야."

동생 얼굴에는 씁쓸한 웃음이 떠올랐다.

나는 등짝이 얼어붙는 듯했다. 나는 가요코가 전부터 그런 짓을 저지르고 있었다고는 생각할 수 없었다.

나는 고집스럽게 앉아 있던 어젯밤의 가요코 모습이 떠올랐다.

깊이 생각하는 듯이 눈물 머금고 있었던 가요코 내부에는 그때부터 뭔가 마음이 움직였음에 틀림이 없다. 물론 가요코에게 그런 짓을 하게끔 한 것은 모두 우리들 생활 탓이었을 것이다.

이윽고 입구 격자문이 열리고 시장 바구니를 든 가요코가 돌아왔다. 그리고 부엌에 들어가서 잠시 있다가 접시 위에 올려 놓은 오렌지 네 조각을 들고 들어왔다.

"좋아 보이는 것이 있어서…."

하고 가요코는 말하고 접시를 다다미 위에 놓았다.

동생은 잠자코 있었다.

나는 가요코를 곤란하게 하고 싶지 않아 손을 뻗어 과즙이 윤기나게 스며 나온 오렌지 한 조각을 집었다.

"맛있군. 먹어라."

나는 얼굴이 굳은 동생에게 말을 걸었다.

그러나 동생은 조금 끄덕일 뿐 내 얼굴을 초점 없는 눈으로 바라보면서 손을 내밀려고는 하지 않았다.

그 해 가을, 대학병원의 수술 담당의사는 정기검진 후 동생과 나에게 산책하면서 몸을 조금씩 풀도록 하면 좋겠다고 했다. 수술 후 경과가 좋고 재발할 위험도 일단 사라진 것 같으니 일상생활로 복귀할 준비를 시작해야 한다는 것이다.

나는 가슴이 뜨거워지는 것을 느꼈다. 각혈하고 나서 4년 동안 병상에 드러누웠다가 겨우 죽음으로부터 벗어난 것을 알았다.

나는 동생과 병원문을 나오자 비탈길을 빠르게 걸어 내려왔다. 길에 온통 깔려 있는 은행잎 색깔이 선명하게 눈에 스며들어 나는 그 잎을 구두로 짓이기면서 걸었다.

또 그 해 연말에 외과의사는 몸을 아주 조심할 것을 조건으로 대학에 돌아가도 좋다고 했다.

나는 그날 집에 돌아오자 오랫동안 손대지 않았던 영어사전을 꺼내 오래간만에 책상에 앉았다.

가요코가 집을 나간 것은 내가 대학 편입시험을 거쳐 학교에 다니기 시작한 무렵이었다.

나는 가정교사 자리를 두 군데 찾아 학교에서 돌아가는 시간도 늦는 일이 많았고 동생도 마찬가지로 나와 아침식사를 하는 것 말고는 밖에서 먹게 되었다. 자연히 가요코는 집에 혼자만 있는 시간이 많았고 가요코는 이렇다 할 일도 없이 우리들에게 부담 주는 것이 참기 어려웠는지 모른다.

가요코는 부모가 고향에 돌아오라고 했다고는 하지만, 아마 그것은 구실이었을 것이다.

그러나 나와 동생은 가요코의 의사를 간단하게 받아들였다. 가요코에 대한 염려보다는 지출이 그만큼 줄어든다는 것에 더 마음이 끌린 것이다.

내일 고향에 돌아간다고 하던 날 밤, 우리들은 전골 냄비를 둘러싸고 송별회를 열었다.

"오랫동안 신세졌습니다."

동생은 익살맞게 다다미 위에 손을 대고 가요코에게 머리를 숙였다.

다음날 아침, 동생은 학교에 가는 길에 가요코를 우에노(上

野)역까지 바래다 주었다. 가요코는 차창 밖으로 몸을 내밀고 계속 손을 흔들었다고 한다.

그 후 가요코는 고향에서 나와 동생에게 편지를 보냈다. 고향의 한가로운 공기가 조금 지루한 듯 우리들과의 생활이 그립다고 서투른 글씨로 씌어 있었다.

동생은 결석 일수가 많았기 때문에 졸업이 일년 늦춰졌지만, 다음해 봄부터 회사에 근무하기로 되었다.

가요코로부터 몇 번인가 동생에게 편지가 온 것 같았지만, 동생이 별 답장도 하지 않았던지 이윽고 편지도 끊겼다. 우리들 입에서는 어느새 가요코의 이름이 나오지 않게 되었다.

나는 가요코가 밤거리 직업여성이 된 것은 분명 우리 집에 취직하기 위해 도시에 나온 것이 첫번째 원인이라고 생각했다. 지방에서 도시로 나온 젊은이 대부분이 그런 것처럼 거칠게 움직이는 이 거대한 기계적 환경 속에 섞여든 가요코는 그렇게밖에 살아갈 수 없는 인간으로 변해 버린 것이다. 그러기에 태어나고 자란 고향에 돌아가서도 이미 느긋한 자연 속에서는 적응할 수가 없어 다시 도쿄에 되돌아온 것이 틀림없었다.

가요코가 어떤 경로로 접대부로 전락했는지는 예측도 할 수 없었다. 그렇지만 자신의 급료를 생활비로 변통해야 했던 우리들의 생활에 대한 기억이 착실한 직업에 대해 실망하게 한 것은 아닌가 하는 생각이 들었다.

만약 그렇다고 한다면 가요코에게 그런 생활을 강요한 우리들에게 당연히 책임이 있을 것이다.

나는 또 가요코가 동생에게 뭔가 특별한 감정을 품고 있었던 것은 아니었을까 하고 문득 생각했다.

가요코와 이케부쿠로에서 만났을 때, 가요코 입에서 처음 나온 말은 동생은 어떻게 지내는가 하는 말이었다. 가족은 나 이외에 동생뿐이었기 때문에 동생의 안부를 궁금해 하는 것이 당연할 수도 있지만, 나는 가요코의 가슴속에 그런 감정이 숨겨져 있었다고 느꼈다.

나는 가요코와 만난 다음날, 공중전화로 동생 회사에 전화를 걸어 보았다. 그리고 가요코가 이케부쿠로에 있는 몸 파는 곳에서 일하는 사실을 알렸다.

"놀랍군."
하고 동생은 기가 막히다는 듯이 말했다.

"그렇지? 그런데 가요코가 혹시 널 좋아했던 것 아냐?"
하고 나는 물었다.

"그래. 분명히 그랬지."
동생은 시원스럽게 대답했다.

"뭐 그런 기색이라도 있었던 거야?"

"그건 그 무렵엔 좀 확실하지는 않았는데, 나중에 시골에서 보낸 편지에 그런 것 같은 내용이 있더군. 그래서 귀찮다는 생각이 들어서 답장을 하지 않게 된 거야."

동생 목소리는 어수선한 회사에서 부지런히 일하는 듯한 사무적인 어조였다.

"역시 그렇군. 가요코를 일요일에 우리집으로 초대했는데 어때? 만날 마음은 없어? 우리들이 꽤 신세를 졌는데…."
하고 말했다.

그러나 동생은 약혼자와 교외에 나갈 약속을 해서 안 된다고 했다. "아무튼 만나면 안부나 전해 줘."라고 말하고는 전화를 끊었다.

나는 전화박스를 나왔다. 예상은 하고 있었지만, 정말 가요코는 동생에게 특별한 감정을 가지고 있었을까 하고 생각했다. 한 집에서 젊은 남녀가 일년 반이나 같이 살았으니 그런 감정이 생기는 것도 자연스러울 만했지만 동생은 물론 가요코에게도 그럴 만한 행동을 볼 수 없었던 것이 신기했다.

나는 교차로를 잰 걸음으로 건너다가 갑자기 어떤 생각에 발을 멈췄다.

가요코가 급료도 제대로 받지 못하고 우리집에서 일하고 있었던 것은 동생에 대한 감정 때문이 아니었을까. 상식적으로 생각해 봐도 가요코가 우리집에 머물렀던 것은 이해할 수 없는 일이었다. 가요코는 동생과 특별한 관계를 갖게 되는 것을 생각하지 않았겠지만, 처녀다운 순수함에서 동생에 대한 애틋한 감정을 가슴에 숨기면서 매일 지내고 있었던 것은 아니었을까.

어쩌면 동생은 그런 가요코의 마음을 알면서도 일부러 전혀 모르는 체했던 것인지도 모른다. 우리들의 생활에는 집안일을 해 주는 가요코가 절대적으로 필요했고 자리보전한 나를 수발들어 주는 가요코가 가 버리면 생활 전체가 파탄이 날 것은 확실했다.

그런 절박한 사정 속에서 동생은 가요코의 사모하는 마음을 교묘하게 이용해서 가요코를 잡고 있었던 것은 아니었을까.

나는 빌딩가를 직선으로 연결한 포장도로를 얼빠진 기분으로 바라보고 있었다.

3

노크 소리가 난 것은 오후도 꽤 지나고서였다.

문을 연 아내가 곧장 방에 있는 나에게

"가요코 씨예요." 하고 말했다.

집에 들어온 가요코는 3일 전 밤에 만났을 때와 달리 화장도 옅고 문턱 위에 손을 대고 머리를 숙이자 테이블 가장자리에 사양하듯이 앉았다. 늘 눈썹을 짙게 칠하는 탓인지 눈썹이 빠져 버린 것처럼 옅어져서 얼굴이 묘하게 미끈하게 보였다.

"잘 왔어."

하고 나는 말했다.

"사실은 올까 말까 어떻게 할까 망설였어요. 근데, 나는 도쿄에 친구도 없고 먼 친척이 있지만 그런 곳에서 일하고 있잖아요. 그런 걸 알면 괜히 시끄러워질 것이 분명해서 안 가요."

가요코는 가는 눈에 웃음을 띠고 말했다.

나는 가요코가 좋지 않은 환경에서 일을 하면서도 별로 변하지 않은 것을 알았다. 무릎을 가지런히 모아 편히 앉지도 않았고 우선 내 집에 오는데 화장도 옅게 하고 야한 옷도 안 입고 온 것을 보니, 아직 물장사에 푹 찔어 있지 않다는 증거라고 생각했다.

그러나 그렇다고 해도 눈 뜨는 거나 가끔 눈을 찌푸릴 때는 매일 밤 남자와 접하는 여자 냄새가 났다.

"시골에 돌아가고 나서 또 나왔군."

나는 가요코가 왜 이케부쿠로까지 오게 되었는가가 역시 마음에 걸렸다.

"있을 수 없었어요. 시골에는…. 지루하고, 흙만 만지는 생활이니까요."

가요코는 토라진 듯이 입을 삐쭉거렸다.

그러나 아내가 홍차를 가지고 오자 가요코는 갑자기 깜짝 놀랐다는 듯이 어색하게 인사를 했다. 그리고 아내가,

"얘기 자주 들었어요. 남편이 신세를 많이 졌다고요…."

하고 말하자, 가요코는 입가에 손을 대고 부끄러운 듯이 웃었다.

"시골에는 그 이후 돌아가지 않은 거야?"

하고 나는 가요코 얼굴을 바라보면서 물었다.

"올 봄에, 언니 애가 죽었다고 들었을 때도 돌아가지 않았어요. 돌아가면 아버지와 오빠는 화내고 엄마는 훌쩍거릴 테니까요. 이젠 고향에 가지 않을 생각이에요."

가요코는 흥분한 목소리로 말하며 불쾌한 듯이 눈살을 찌푸렸다.

나는 입을 열 기분이 나지 않았다. 가요코를 고향과 갈라 놓은 것은 도대체 뭐란 말인가. 우리들과 생활한 것이 그 이유 중의 하나일지도 모르지만, 그 뿌리는 더욱 깊은 것 같은 생각이 들었다. 물론 내 힘으로는 가요코를 원래의 가요코로 되돌리는 것은 도저히 불가능했다.

"확실히 보여 드리겠어요."

가요코는 그렇게 말하고는 테이블 위에 팔을 올려 놓고 손목에 두른 여자용 작은 금시계를 풀었다.

가요코의 손목에는 두 줄의 상처가 복숭아빛 선으로 선명했다.

"면도칼로 잘랐어요. 수면제를 먹고 손목 혈관을 잘랐는데, 금방 발견되어 병원에 실려 갔어요. 그 다음에도 아파트 창과 문을 종이로 봉하고 가스로 해 보았는데, 그것도 발각되어 실패했죠. 그런데 이젠 안 해요 의사가 너 같은 인간은 몇 번을 시도해도 죽지 않는 인간이라고 했는데, 정말일지도 몰라요. 실패하는 것만큼 창피한 일은 없으니까…."

가요코는 담담하게 말했다.

아내는 질렸다는 듯이 가요코의 손목을 잠자코 바라보고 있었다.

"왜 그런 짓을 한 거야?"

나는 밝은 눈빛의 가요코에게 물었다.

"남자 때문이에요."

가요코는 툭 그것만 말하고는 홍차에 손을 뻗었다.

나는 그것만으로 모든 것을 이해할 것 같은 기분이 들었다. 자살을 계획한 것은 가요코의 성격이 순수한 데가 있다는 증거겠지만, 그것도 결국 허사로 끝나 어느새 남자한테 이용당해 몸을 팔게까지 된 것이다.

"미키오 씨는 어떤 분과 결혼해요?"

홍차를 한 모금 마신 가요코가 갑자기 물었다.

"보통 처녀야. 선 봐서…."

나는 당황하여 대답했다.

가요코가 밝은 눈으로 나를 보았다.

"사실은 제가 좋아했었어요. 하지만 제 주제에 미키오 씨는 그림의 떡이었고, 처음부터 포기하고는 있었지만…." 하고 고개를 숙였다.

나는 웃기 시작했다. 그리고 내성적인 가요코가 그런 말을 할 수 있게 된 것은 역시 그녀가 밤 생활에서 얻은 것임에 틀림이 없다고 생각했다.

나는 문득 생각나서

"그거 꺼내."

하고 아내에게 말했다.

아내는 왠지 마음에 내키지 않는 듯이 일어나서는 장농 서랍에서 복숭아빛 리본이 달린 가늘고 긴 상자를 꺼내 왔다.

"싼 물건이지만, 내 마음이야."

하고 난 그 상자를 테이블에 놓았다.

가요코는 자꾸 사양했지만, 내가 재촉하자 손끝을 테이블 위에 모으고 머리를 조아렸다.

어느새 얘기가 자주 끊어졌다. 만나면 얘기가 그치지 않을 것이라고 생각했는데 생각해 보면 우리들과 가요코가 처지가 달라서 공통적인 화제는 없을 것이다.

침묵이 잠시 이어지고 가요코는 상처를 감추고 있는 손목시계에 눈을 떨어뜨리고는

"슬슬 준비할 시간이라서…"라며 일어났다.

나는 문으로 걸어가는 가요코 다리에 눈길을 멈추었다. 그것은 병자인 내가 이불 위에서 바라본 눈익은 안짱다리였다.

나는 아내와 함께 가요코를 아파트 입구까지 전송했다.

가요코는 굽이 상당히 높은 하이힐을 신고 안짱다리 걸음으로 멀어져 갔다.

우리들은 아무 말도 하지 않고 방으로 돌아왔다. 그런데 부엌에 들어간 아내가 설겆이를 하면서

"가짜 진주 목걸이 같은 건 그 사람한테 고맙지도 않고 아무것도 아니에요."

하고 말했다.

"왜 그렇지?"

"왜라니 그 사람 손목시계는 외제예요. 가짜 진주 목걸이 같은 건 아무한테나 주든지 버리든지 할거야. 분명히."

하고 설거지 거리에 눈을 떨어뜨린 채 얼굴을 찡그렸다.

나는 불쾌했다. 아내가 여자 눈으로 냉정하게 관찰하고 있었던 게 싫었다.

그리고 열흘 정도 지나서 동생한테 전화가 걸려왔다. 나는

가요코가 아파트에 왔을 때 일을 얘기했다.

"너를 좋아했다고 했어. 그런데 그림의 떡이라서 포기했대."

나는 놀리듯이 말했다.

"그림의 떡? 내가 떡이야? 떡이라니 영광인 걸."

동생의 웃음 소리가 들려 왔다.

"어쩌면 너하고 사랑이 깨져서 자포자기하여 전락한 것인지도 몰라."

나는 웃으면서 말했다.

"그만 해. 내 탓이라니 부담스럽네."

동생 목소리에는 웃음이 사라지지 않았다.

나는 그 후로도 밤에 아파트를 나오면 헌 책을 안고 책방에 갔다.

돌아오는 길에 술집 거리에 발을 내디딘 적도 있었지만, 짙게 화장을 한 가요코 모습을 보는 것이 애처로웠고 게다가 이미 만나 본 시점에서 더 이상 얘기할 것도 없다고 생각했다.

나는 도중에서 되돌아오거나, 다른 골목으로 돌아오면서 가요코가 있는 가게 근처에도 얼씬거리는 것을 피했다.

아내는 몸이 무거워졌다.

출산과 그 후 양육에는 그만큼 다달이 지출도 늘기 때문에 우리들은 더 먼 교외로 나가 월세가 적은 아파트로 옮기게 되었다.

나는 형의 공장에서 중형 트럭을 빌려 줘서 공장 직원과 함께 가재 도구를 실었다.

로프를 치고 시트를 씌울 무렵, 주위는 현란한 색으로 물들어 있었다.

아내를 조수석에 앉히고 나는 짐받이 구석에 몸을 밀어 넣었다. 트럭이 움직이기 시작하고 골목을 벗어나자 기세 좋게 달리기 시작했다.

나는 소리를 내며 펄럭이는 시트 사이에서 뒤쪽으로 흘러가는 밤거리를 바라보았다.

트럭이 엔진을 진동시키면서 비탈을 올라가자 긴 고가 위로 나왔다. 눈밑에 거리의 네온이 온통 퍼져 있었고 그 한쪽 구석에 가요코와 만난 술집 거리의 어수선한 불빛이 보였다.

그 빛을 바라보는 동안에 어느새 내 몸이 밤하늘을 유유히 헤엄쳐 나와, 그 빛의 바닷속으로 빨려 들어가는 듯한 착각에 사로잡혔다.

엄청난 네온의 점멸이 부채 모양으로 이동해 간다.

나는 이미 가요코는 그 빛 속에 없을 것이라고 생각했다.

(1969년 6월)

註

1) 야마노테선(山手線) : 도쿄 순환선.
2) 화족(華族) : 귀족을 말하며, 메이지시대 초에 생겨 제2차 세계대전 후에 폐지됨.
3) 국철(國鐵) : 일본의 국유철도의 준말.
4) 지카타비(地下足袋) : 노동할 때 신는 일본 버선 모양에 밑창이 고무로 된 신발.

작품 소개

이 작품은 『전후단편소설선』(戰後短篇小說選, 岩波書店編輯部, 2000. 4) 제4권에 수록된 요시무라 아키라(吉村昭, 1927~)의「青い街」(1969. 6)를 번역한 것이다.

요시무라 아키라는 중등학교 2학년 때 태평양 전쟁이 돌발, 그 무렵부터 폐질환 등으로 결석하는 일이 잦았고, 십대에 할머니, 누나, 아버지가 병사, 형이 전사한 사건과 투병생활은 그의 문학관에 커다란 영향을 미쳤다. 구제 학습원 고등과에 입학하였으나 다음해, 폐질환으로 휴학하고 복학하면서 문학활동을 시작했다. 1958년, 1959년, 1961년에는 그의 작품이 아쿠타가와상(芥川賞) 후보작품으로 주목을 받았고, 1966년에 다자이 오사무상(太宰治賞)을 수상하는 것으로 본격적인 작가생활에 들어갔다.

「푸른 거리」는 대학시절 폐결핵을 앓은 주인공이 그의 병간호와 집안 살림을 해 준 가요코(加代子)를 이케부쿠로(池袋)의 윤락가에서 우연히 만나면서 지난날을 회상하고, 기요코가 윤락가에서 일하게 된 것은 동생과 자신의 탓이 아닌가 하는 죄책감을 값싼 선물로 벗어나려고 하는 이기심을 그린 작품이다.

광운삼춘우
(狂雲森春雨)

가토 슈이치(加藤周一) 지음
송승희 옮김

광운삼춘우
(狂雲森春雨)

　　　　　　　봄비가 나무숲을 촉촉히 적시며 정원 오솔길 모래에 스며드는 느낌이 조용히 숨을 죽이고 있으면 욕조 속에서도 느껴진다. 이 주변은 마을이 그다지 떨어져 있지 않았는데도 해가 빨리 지고 사람 발소리도 들리지 않아 아주 고요해진 세계에 아무도 모르게 살짝 봄이 찾아오는 것 같다. 목욕탕 창가의 대나무 잎을 흔들던 찬바람이 바로 어제 일 같은데 추위가 제법 수그러졌다. 뜨거운 물의 온기가 찌르르하게 발끝에서 종아리로, 종아리에서 무릎으로, 무릎에서 넓적다리로 전해지며 몸 속까지 따끈해져 욕조 가장자리에 목을 기대면 물 밖으로 나온 어깨에서도 싸늘한 겨울 느낌은 없고 왠지 몸이 나른해져 깜박깜박하며 오로지 봄비를 듣는 귀만이 확실하게 깨어날 때까지, 시간의 흐름은 그때부터 빨라진 것일까?

그때, 그토록 오랫동안 잊고 있었던 그 사람과 우연히 만나는 일만 없었더라면… "그대는 조금도 변하지 않았어. 아름다운 사람은 조금도 변하지 않아." 하고 혼잣말처럼 되뇌는 목소리를 먼 옛날의 꿈인 것처럼 들으면서, 아무 말 없이 단지 조용히 쏟아지는 듯한 시선이 눈부셔, 눈이 보이지 않기에 그 사람 얼굴조차 볼 수 없지만, "그저 몸둘 바를 모르겠어요"라고 겨우 중얼거렸다. 그 사람은 그것도 귀에 들어오지 않는 듯 조금도 움직이지 않고 뚫어지게 쳐다보는 듯한 시선이, 휴우 하고 내뱉는 한숨과 함께 숨가쁘게 느껴져, 그때가 그대로 오랜 세월을 뛰어넘어 처음 만났던 그 순간과 이어지는 것 같았다. 두 번 다시 만나리라고는 생각지도 못한 사람이지만, 설령 만나더라도 지난날의 그 사람의 목소리를 그때와 다름없이 또 들을 수 있을 것이라고는 상상도 못해 본 오랜 세월이, 그 자리에서 순식간에 사라져 버렸다. 꿈인지 생시인지도 분간이 안 가고 꿈이라면 깨기 전에, 생시라면 사라지기 전에 그때 그 자리에서 덧없는 목숨을 마치려고 생각할 정도로 어느새 주위에는 아무런 기척도 없고 갑자기 텅 빈 세계에, 단지 그 사람이 물끄러미 쳐다보는 내 몸 안에서 고동치는 심장만이 쿵쿵 뛰고 있었다. '이대로 내일이 오지 않으면 좋을 텐데'라고 말해 버린 것일까. 그것조차 확실치 않다. "지난날과 조금도 변하지 않았어." 하고 되뇌는 혼잣말이 가까이 들린 듯하여 숨이 막힐 것 같은 생각에 한층 가슴을 조이는데 떨리는 다리도 휘청거려 도움이라도 청하듯 내민 오른손이 덧없이 축 늘어졌다. 그 손을 관자놀이에 대니 촉촉하게 배어나온 땀이 손끝에 닿는 감촉이 안타깝다. 문득 정신이 들자, "신(森)이여, 변함없는 것이 이 세상에 있구려, 신이여, 지금까지 살아온 것도 오로지 그대를 만나기 위함이었나 싶소…." 한다. 나이가 들 대로 들었건만 그 무서운 전쟁을 겪은 뒤에도 목소리에는 처진 기색이 없다. 수행자의 정신력 탓인지, 조용히 억누르면서 한 발 한 발 다가오는 듯한 느낌은 더 이상 시들었다느니 녹슬었다느니 하는 경지를 넘어서 철없을 정도로 한결같다. 그의 간절한 바람이었던가. 한 발 한 발 다가오는 느낌은 나이 값도 못하는 한심함과 세상에 전해지는 파계승의 끈끈한 집념과는 거리가 멀고, 닳고 닳은 여자들의 농간을 꿰뚫다 못해 그래도 채워지지 않는 텅 빈 마음이 끝내 찾아야 할 것을 찾아내고는 세상의 분별이나 생각이며 유혹 따위를 완전히 단념한 끝에 나온 행위 같다. 현명하고 아름다운 여자에게 없는 것이 눈 먼 내 몸 어디에 숨겨져 있는가 하는 생각에 왠지 불안하다. 전쟁의 소용돌이에 흩날리는 나뭇잎처럼 오늘은 여기, 내일은 저기로 정처없이 방랑생활을 했지만, 멀리 떨어져 있는 동안에도 생각은 그 사람과 통해 있었던 것만이 기쁘고 가슴 설레여 보이지 않는 눈이 찡해지는 것은 그저 어제 일처럼 지금도 눈에 선하다.

오늘은 뜨거운 물이 모공을 통해 살 속으로 서서히 스며들어 오는 것처럼 뜨겁고 웅크렸던 몸도 저절로 풀려 가볍게 떠오르는 듯한 느낌이 든다. 눈이 보인다면 내 몸을 새삼스럽지만 바라보기라도 할 텐데, 난 그저 이 새 욕조의 향기를 맡으면서 김이 하늘하늘 뺨을 따라 움직이는 것을 가만히 느끼고만 있는 것이 안타까워 양손을 옆구리에서 허리로 더듬어 보니, 한때 너무 말라서 허리뼈가 만져진 곳도 지금은 포동포동하고 부드럽고 매끈하다. 그 매끈하고 팽팽한 피부 감촉이 이게 내 몸인가 싶을 뿐, 매일 밤 그 사람이 느낀 것은 이 팽팽한 살이었던가 하고 새삼스러운 생각이 든다. 손의 감촉을 느끼는 살결은 분명히 내 몸이지만, 손가락이 살짝 쓰다듬으면서 가볍게 포동포동한 곳을 더듬어 변덕스럽게 꼬옥 누르는 그 느낌을 그 사람 손이 기억할 것이라고 생각하면서, 내 손도 그 사람 손이 되어, 아수하사삼수(我手何似森手)⋯ '그 사람 또한 내 몸을 내 몸이 아닌 것처럼 느끼는 일도 있을까.' 하고 생각하면서 따뜻한 물 속에서 따끈해진 몸이 힘이 빠진 채로 문득 마음 한구석에서 그림자처럼 나타난 생각은 내 몸이 내 몸이라는 증거가 어디에도 없을 것 같은, 오싹할 정도로 깊은 계곡 밑 차가운 바람 같은 것이었다.

 그 끔직한 기아가 찾아온 해, 길가에는 길 가다 쓰러지는 사람도 수없이 많고 소문으로 들은 것만으로도 수천 수만 명이나 되는 죽은 여자들의 혼이 밤하늘을 헤매고 있었다. 밤에도 흑흑 흐느끼는 소리에 잠 못 이루는 날이 계속된 그 무렵부터 세상은 갑자기 소란스러워졌다. 교토에서 일어난 봉기에 소름 끼치는 경험을 하고, 몇 년이 채 지나기도 전에 조용한 야마시로(山城)의 다키기무라(薪村)에서도 그 봉기 소리가 들려 왔다. 그나마 조용해지기도 전에 교토에서는 드디어 전쟁이 시작되어 어제는 그 거리가 불에 탔고 오늘은 이 거리가 불에 탔다는 이야기뿐, 살아 있다는 느낌도 들기 전에 만약 전쟁이 없었더라면 곁에서 목소리를 다시 들을 수 있을 거라고는 꿈에도 생각지도 못한 사람인데, 그 사람이 다키기무라에 오신 것은 전생의 인연이 깊기 때문이라고 할 수 있을까. 일찍이 그 사람의 소문은 좋지 않은 것도 많아, 미쳤다는 사람이 있는가 하면 파계했다고 하는 사람도 있어, 그것을 그대로 믿었다고는 할 수 없지만, 다키기무라에서 그 사람을 옆에서 지켜보고 있자니 생각지 못한 일들이 많은 것 같은 느낌이 드는 것은 역시 그 사람을 전에는 몰랐다는 뜻일까. 그렇다고는 해도, 이 사람이 지팡이 끝에 해골을 달고 이게 바로 사람들을 웃긴 아첨꾼의 머리요. 웃긴 사람도 웃은 사람도 언젠가는 반드시 이렇게 된다고 설득하며 돌아다닌 사람이었을까. 세상 사람들이 말하듯이 미쳤다고는 생각할 수 없고, 상냥하고 배려심 있는 그저 온화한 사람이었던 것 같다. 다이토쿠지(大德寺)의 집회에 흰 상복 차림으로 왔다는 얘기가 정말이었다고 해도 밝고 탁 트인 기질을 가진 여자의 눈으로 보면 그 남자다움이, 광운면전수설선(狂雲面前誰說禪)이라는 한 구절을 전해 듣는다 해도 단지 미쳤다거나 파계했다고 하기보다는 오히려 흔들림이 없는 초지일관된 사람이기에 엄하고 딱 부러지게 보이는 것이, 세상의 잣대로는 잴 수 없는 것은 아닐까. 아무것도 개의치 않고 갈 수 있다면 갈 수 있는 데까지 가 보고 싶은 마음은 내 눈이 보이지 않기 때문일까. 오히려 여자 몸으로는 바람직하지 않다는 생각이 일찍부터 내 몸 어딘가에 숨어 있어 풍문으로 전해 들은 그 사람의 행장도 세간의 풍문과는 반대로 정말로 할 수 없는 일을 스스로 거침없이 하는 그 사람 모습에 가슴이 후련해지는 느낌뿐이었다. 다이토쿠지의 요소(養叟) 주지스님을 그 정도까지 깎아 내리는 것은 옆에서 듣고 있어도 무자비하고 어려운 이치는 모르지만 주지스님의 영화는 세상에도 알려져 음침한 험담에 수군거리며 원망해도 누구 하나 정면에서 가짜를 가짜라고 하는 사람은 이 나라 어디에도 없었다. 그런데도 거기까지 도달한 그 사람의 기질만큼은 두렵지만 훌륭할 정도로 사리에 맞는다고 전부터 몰래 쭉 지켜보고 있었던 나 자신이 여자이기 때문에 그 사람에 대해 잘 모르지만 실은 여자의 육감으로 알 수 있었다고 말할 수 있지 않을까. 가까이 다가가기 어려운 사람이기도 하고 아득히 먼 사람이기도 하다. 다키기무라에서 뜻밖에 옆에서 살펴보게 되고 나서도 온화하고 마음 씀씀이가 상냥하다고 해도 대항할 수 없는 엄한 느낌이 내 몸에까지도 스며들어 정에 질질 끌릴 수 없었던 것이다. 그때부터 교토에는 전쟁이 절정에 달했고 그날 시조(四條)에 있는 가쓰로안(瞎驢庵) 이 불에 타 내려앉았다는 소식에 오래 살아 정들었던 시조에는 추억도 수없이 많은데 과연 무상함을 깨달은 사람이 조금도 동요하지 않는 모습은 범접하기 어려워, 옆에 있으면서 위로의 말도 못하고 가만히 숨을 죽이고 있으니 잠시 동안 아무 말도 없이 단지 싸리나무 정원에 부는 바람 소리만 들을 뿐이었다. 이윽고 단 한마디 "신이여, 먼 옛날부터 여기 다키기무라에 살았던 것 같구나." 하고 말씀하시는 목소리에는 뜻밖에도 뭔가 엄격함과는 다른, 어떤 포근함이 와 닿았다. 가까이 다가가기 어려웠던 그 사람이 내 옆에 가깝게 느껴진 것은 그때부터가 아니었을까. 전쟁이 가쓰로안을 태운 것인지, 그때 그 사람이 내가 모르는 교토의 모든 것을 단연히 태워 버린 것인지. 그 후에도 고쇼

마쓰인(後小松院)¹⁾에 대한 것과 전해 들은 교토에서의 음란했던 스님의 기억은 손톱만큼도 이미 엿볼 수 없었고, 다키기무라의 스온안(酬恩庵)에서의 생활은 가난했지만 그것만으로도 흡족했다. 밖에서는 태풍이 거칠게 불었지만 곁에서 시중들고 있으면 그 사람의 주위만큼은 옛날부터 모든 것이 분명히 이랬고 또한 언제나 이럴 것이라고밖에 생각되지 않았다. 문득 그 무렵 어느 날 찾아온 스님이, 스승이 여색에 빠진 것도 죄를 통해서 아미타의 자비를 알기 위함이냐고 묻자, "아니 신란쇼닌(親鸞上人)²⁾조차 여색에 빠지는 것은 여색을 위함도, 아미타를 위함도 구원을 위함도 깨달음을 위함도 아닐 것이오." 하고 말하는 그 사람의 목소리는 마치 아무 상관없는 남의 얘기를 하는 것 같았고, 지나가 버린 죄에 대해 통회하는 마음도 없고 이제는 마음이 정결해진 그 사람에게는 당시 그저 평온한 애정만이 조용히 샘솟고 있을 뿐, 마음의 평안이 흔들릴 듯한 기미는 조금도 보이지 않았다. 그 조용한 나날 가운데도 아녀자의 마음은 달아오를 대로 달아올랐지만, 전쟁이 이윽고 다키기무라에 닥쳐온 날까지 그냥 아무 일도 없었다는 듯이 시간이 흘러갔고, 그 사람 마음속에 오싹할 정도의 격정적인 애정이 언젠가 한꺼번에 태풍처럼 쏟아져 나와 뭐든지 다 앗아갈 것이라고는 감히 생각도 못했다.

따뜻한 수증기 속에서 젖은 왼손으로 뺨을 쓰다듬어 보니,

이제는 이 나이에 잔주름이 잡힐 것도 같은데, 미끈한 피부 감촉이 흥분한 탓인지 촉촉한 그 따뜻함에 문득 어린 처녀의 살결이 생각나면서 긴 콧잔등만 차가운 것이 거기만은 내 얼굴이 아닌 것 같은 느낌이 든다. 눈 밑에 생긴 잔주름도 손가락으로 가볍게 위 아래로 어루만지면 펴질 것 같고 언제까지나 이대로일 것이라고는 생각하지 않지만, 어둡고 긴 겨울을 꾹 참고 이겨 낸 뒤에 피는 꽃이 오히려 진한 향기를 내듯, 이 얼굴도 그 사람 눈에는 윤기가 남아 있어 여기까지 쇠하지 않고 잘도 버텨 왔다는 생각이 든다. 한편으로는 내 몸의 업보가 깊은 탓이라고도 생각되지만, 오른손 주먹을 꽉 쥐면 바짝 마른 주먹에 힘도 줄 수 없었던 지난날들이 전생처럼 느껴지며, 다키기무라에서 처음 뵈었던 그때보다도 더 전에, 의미도 모르고 불렀던 노래 마디마디가 절실히 느껴지던 그때가 오히려 어제 같은 기분이 든다. 지나가 버린 긴 세월은 이 몸에 어떤 흔적을 남긴 것일까. 눈이 보이는 사람이라면 소리 없이 다가오는 노화의 징조를 발견하고는 오싹할 테지만, 눈이 보이지 않는 이 몸은 이 세상의 영화뿐만 아니라 자신의 몸 위에 나타나는 세월조차도 깨닫지 못함이 오히려 작은 행복이라고나 할까. 잘록한 부위에서 풍만한 부위까지 손가락으로 더듬어 내려가면 촉촉하고 얇은 살결에 탄력이 느껴진다. 비록 내 눈으로는 볼 수 없지만, 그 사람이 내 이 몸을 바라본다는 것이 두려울 정도로 부끄러우면서도 기쁨을 느낀다. 설령 당장 지옥에 떨어진다 하더라도 지금 여기서 그 기쁨의 정체를 다 알고 싶은 생각에 몸이 달아오르면서 그의 흔적이 느껴지는 새끼 발가락부터 귓볼까지 살짝만 만져도 찌르르 전율이 흐르며, 손끝조차 파르르 떨려 갈 곳을 모르고 헤맨다…

다시 만난 그때부터 어찔어찔하고 마음도 들떠 다키기무라에서의 생활도 회상하며 비록 눈이 보이지 않는 몸이 할 수 있는 일은 별로 없더라도, 적어도 곁에서 불편함 없이 수도에 정진할 수 있도록 해야겠다고 생각하던 참에, "신이여, 다시 내 곁에서 시중들 생각은 없는가." 하는 말씀에 오랜 전쟁 통에 별로 기대하지 않았던 목숨이나마, 암흑이 광명을 만난 듯, 띨듯이 기뻐 선뜻 그러겠다고 대답해 버렸다. 나 스스로도 무모했다고는 생각하지만, 전쟁으로 폐허가 된 나라를 여행하는 데 눈먼 몸으로 동반하고자 한 각오, 즉 내 자신이 이루지 못한 불도에 대한 소원을 그 사람에게 맡기고, 이 몸을 바치고자 하는 강한 각오만큼은 확고하여 흔들림이 없었을 텐데도, 가까이서 모셔 보니 다키기무라에 계시던 때와 너무나도 달라 생각지도 못한 일들이 많이 일어났다. 백주 대낮에 잠시 깜박 졸기라도 하면 그 사람이 물끄러미 쳐다보는 시선이 역력히 느껴져 그만 몸이 확확 달아오르는 것을, 죄

많은 여자이기에 그 사실을 숨기지도 못한 채, 밤이 되면 사랑노래에 몸도 마음도 마치 서서히 녹아내리는 것 같았다. 설마 이 나이에 이런 일이…, 있을 수 없는 일이라고 생각하면서도 날을 거듭할수록 꿈에서나 생시에서나 비참한 생각만이 더해 가고 이대로는 덕이 있는 분을 죄짓게 할 뿐이라는 인과의 두려움, 단지 수도하는 데 도움이 될까 하여 생각해낸 일이 오히려 방해만 될 뿐인 자신을 원망하면서 단숨에 죽을 수 없는 몸이라면, 차라리 그분 곁을 떠나 몸을 숨기는 것이 낫겠다고 결심한 것 역시, 그 사람을 간절히 생각했던 증거이리라. 혼자 집을 나올 때 무릎도 떨리고 발걸음도 휘청거렸다. 곁을 한 번 떠나 버리니 그날부터 맵디 매운 세상 풍파에 눈물만 뚝뚝 떨어지고, 그 사람 목소리만이 그리워서 먹을 것도 목에 넘어가지 않아 핼쑥하게 야위어 가는 몸이 오래 살 가치도 없는 것 같았다. 다만 다시 한 번 목소리라도 듣고 손을 마주잡을 수만 있다면 지옥이든 어디든 가겠다고 생각하니, 생각은 삼베처럼 흐트러지고 이렇게까지 고민하는 이 몸을 불쌍하다고도 생각하지 않는 그 사람이 원망스럽다. 내가 사라진 사실을 이미 다 알고 있었으면서도 나를 찾으려 하지 않는 것은, 역시 세상 사람들이 하는 말처럼 한낱 음탕한 중의 취중 버릇이었던가. 눈이 보이지 않는 여자를 잠시나마 노리개로 삼아 세상 즐거움을 만끽했을 뿐, 깊은 정은 없었다는 것이었나 싶어 그저 나 자신을 불쌍하게 생각하면서도, 아니 그럴 리가 없다고, 언젠가는 나를 찾아내서 제발 돌아와 달라고 할 때가 반드시 올 것이라고 마음 어딘가에서 기대했던 것도 어떤 예감이 있었던 것일까. 심부름하는 사람도 없는 집에 어느 날 귀에 익은 목소리가 들려 혹시나 하고 가슴이 두 방망이 치는데 머리를 다듬을 시간도 없이 허둥지둥하는 사이에 서슴없이 가까이 다가오는 그 사람의 기척은 다키기무라에 있었을 때처럼 역시 따스함이 넘쳐흘렀다. "야 위었구나." 하는 그 한마디에 바로 그 자리에서 마음이 허물어지고 몸을 숨긴 것도 무엇 때문이었는지 모르겠다는 생각이 들면서 단호히 거절도 못하고 그저 눈물만 한없이 흘렸다. '아아 이렇게도 다정하고 애정어린 한마디를 듣기 위해 이런 날들을 지내왔던가.' 하는 마음만 들 뿐, 몸에서 힘도 빠지고 기쁨인지 슬픔인지 분간도 못했다. "이젠 내 곁을 떠나지 마오." 하는 목소리를 꿈속에서처럼 들으면서 겨우 마음을 가다듬어 연약하게 호소했다.

"그렇게는 할 수 없어요."

"그렇겠지, 젊은 사람이 이런 늙은이 옆에는…."

"아니 어떻게 그런 말씀을…."

"그렇다면 왜 안 된다는 말이오, 많이 괴로웠을 텐데."

"불도에 방해가…." 하고 다 말도 채 맺지 못하고 있자니,

그 사람은 엄한 목소리로

"방해가 될지 안 될지는 불도가 뭔지를 알고 나서 하는 말이오."

"그럼 무엇인지요?"

"아무도 모르는 일이오."

"이대로 곁에 있으면 비참한 생각만 들어서…." 하고 말하는데 그 사람이 다가와, 이 몸은 목소리도 안 나오고 손발도 찌르르 저리고 단지 가슴이 두근거려 숨 막힐 것 같은 찰나에, 나이에 어울리지 않는 그의 단단한 손에 다시 양쪽 어깨를 잡혀 주르르 무너지는 마음 한구석에서는, 이젠 이대로 아무리 비참한 일이 있더라도 이 사람이 하자는 대로 지옥 문이 열릴 때까지, 갈 때까지 가 보자는 생각뿐이었다. 세상에 알려진 수많은 사람들이 선사(禪師)를 사모하는 데는 이유도 많이 있겠지만, 이 사람의 수행은 나이에 어울리지 않는 손가락 힘, 세상에서도 부끄러운 그 방면에만 치중한 듯, 끝을 모르는 쾌락의 화신이라도 된 것일까. 숨은 이치는 잘 모르지만 이 생활이 시작되고 나서 곁에서 들은 선문답을 생각해 보면 정말 언제 무슨 말을 꺼낼지 짐작도 안 가는 것뿐이었다. 문답에 임할 때의 그 사람에게는 바람이 지나가는 것 같은 상쾌한 느낌이 들어 그 끈끈하고 열정적인 밤의 그 사람과 같은 인물이라고는 생각할 수 없었다. 예를 들면 이십 년 동안 그 사람을 공양한 노파 이야기가 생각난다. 노파는 언제나 젊고 예쁜 여자를 그의 곁에서 시중들게 했다. 그리고 이십 년이 지나고 나서 문득 여자에게 그의 마음을 은근히 떠보게 하자, 불심(佛心)이 깊은 그는 조금도 동요하지 않고 고목기한암(枯木倚寒岩), 삼동무난기(三冬無暖氣)라고 했고, 그 태도가 어찌나 맑고 침착한지, '도를 깨달으면 이렇구나.' 하고 여자는 감탄하여 그 사실을 노파에게 알렸다고 한다. 그 말을 듣고 있던 사람도 감동하여 숨을 죽이는 기색이 장지문을 사이에 둔 옆방에서조차도 어렴풋이 느껴져, 아 그는 렌가시(連歌師)[3]였구나, 과연 명경지수의 경지란 그분을 두고 하는 말이야 등 제각기 중얼거리는 소리가 새어 나왔다. 그때, "그래서 노파는 뭐라고 했는가." 하는 유달리 날카로운 목소리가 들려왔다. 노파는 뜻밖에도 "아아 이십 년이나 오로지 이런 속물을 부양했단 말인가, 그를 내쫓고 암자를 다 태워 버려라"라고 했다는 노파의 말은 마치 내게 이야기를 전하는 그 사람의 말이기라도 한 것처럼, 좌중은 잠시 아무 말도 없었고 단지 술 따르는 소리만이 들려올 뿐이었다. 그 속에 담긴 깊은 뜻은 잘 모르지만 긴 밤을 지샌 뒤 이른 아침에, 창문을 확 열었을 때의 기분과 같은, 이것이 그 사람의 천성이라고도 해야 할지, 세상에서는 무서운 사람처럼 얘기하지만 그 기질의 남성다움은 다른 사람은 모르고 나에게만 오싹할 정도로 전해져, 이 넓은 세상에 이 사람의 마음을 아는 것은 오로지 나 하나뿐인가 하는 마음조차 든다. 내생을 바라지 않는 것은 아니지만 현생에서 주어진 역할은 이 사람에게 맡기고, 될 대로 되라는 식으로 여자답지 못하게 밤의 광기에 나를 잊는다. 현생이 공(空)이라면 전생도 내생도 공일 것이며, 천년도 한순간, 이 한순간도 천년이 되리라. 내 눈에 보이지 않는 내 이 몸은 그 사람의 손가락이 더듬거리며 혀로 축축하게 적시는 대로 찌르르 황홀해지고, "신(森)이여, 이 세상이 그대인고, 그대가 이 세상인고." 하고 속삭이는 그 사람의 목소리가 과연 숨도 거칠고 구름인지 비인지 태풍 속에서 신음 소리를 내면서 피곤해 떨어질 때까지 아무 생각도 없다. 그 일이 지나면 문득 축생도(畜生道)의 비참함에 등줄기가 오싹해져서 잠옷을 여미고 숨을 죽이면, '아아 이대로 괜찮을까.' 하는 억누를 수 없는 생각이 들고, 옆에서 나이든 사람이 오랫동안 숨을 가다듬지 못하고 기침조차 섞인 거친 숨을 몰아쉬는 것을 들으면서, 저 먼 들판에 오로지 혼자만 내던져진 것처럼 갈 곳을 몰라 하는 근심이 몸에 사무치는 것을 어떻게 말로 표현할 수 있을까. "내 처지를 잊을 수 있는 시간이 오랫동안 지속되면 좋을 텐데." 하고 말하면, "색계(色界)의 모든 법은 항상 사라지지." 그렇다면 괴롭고 슬프지만 단단히 결심하여 몸을 숨겼던 여자를, 끝내 찾아내서까지 나이에도 어울리지 않는 애욕의 노예가 되는 것은 어떤 마음일까. "출진나한원불지(出塵羅漢遠佛地), 신(森)이여, 애정이 깊으면 축생도는 이 세상이오. 색계가 없으면 이 세상이 없고, 이 세상이 없으면 목숨이 없고, 목숨이 없으면 불도도 없소." 생각해 보면 이 밖에 살아갈 재주도 없고 이것이야말로 전생의 인과인가도 생각된다. 교토에서 전쟁 속을 뚫고 사자(使者)가 다키기무라까지 왔을 때, 다이도쿠지에서 일어난 수없이 많은 사건들을 서로 이야기하면서 선사의 목소리는 여느 때보다도 격렬하게 "다이도쿠지의 요소(養叟)에게 불도 없고, 잇큐(一休)구루이구모(狂雲)에게도 불도가 없으며, 다이도쿠지에는 일말의 오도(悟道)[4]도 없으나 오로지 잇큐에게는 오도가 있도다." 하고 단언하는 말 한마디 한마디만은 지금도 귀에 선하게 기억하고 있다. 이렇게 곁에서 시중들어도 아녀자이기에 애초부터 어려운 이치는 헤아릴 수 없는가 보다. 교토의 사자는 고귀하신 분으로 말수는 적지만 말에 품위가 있고, 가마에서 내릴 때 나는 옷 스치는 소리는 다키기무라에서는 들을 수 없는 사각사각하는 교토의 소리였다. 그 사람은 시조(四條)에서 그 같은 일에도 얼마나 익숙하셨을까. 항상 변함없는 말투가, 예의는 다하면서도 세속에 구애받지 않고, 목소리를 높이면, 그 사자조차 압도당하여 조용한 기색이 그저 평범한 사람에게는 감히 생각도 못 미치고, 이 사람을 따라갈 마음이 든 것이 나만이 아니었다고 해도, 이상하지 않을 것이다. 다만 잇큐에게 오도(悟道)가 있다고 한다면, 이 사람이 변했단 말인가. 비참한 축생도에 떨어지면서, 삶이란 그런 것이라고 깨달으면, 단지 그때의 기쁨에 후회도 없고, 기쁨이 지나간 뒤의 그 허무함에 오싹할 일도 없으며, 긴 목숨이 다하는 날을, 지옥도 두려워하지 않고 내생에 대한 근심도 없이, 거리낌없는 삶을 살아갈 수 있다는 것일까. 그래도 애정의 굴레 외에 의지할 것도 없는 깨달음의 길이란, 미혹의 길과 다름이 없지 않을까. 모르는 것투성이에 마음이 몽롱해지고 머리 속까지도 복잡해지는 것은, 뜨거운 물 속에 너무 오랫동안 몸을 담고 있었기 때문일 것이다….

  살짝 왼쪽 가슴 밑에 손을 대자, 두근두근거려 만져진 그 부분만은 다른 생물처럼도 느껴진다. 아이를 낳은 적이 없는 여자의 가슴은 작고 둥글어서 손 안에 쏙 들어갈 것 같지만, 평소 그 사람 입술이 닿는 대로 내맡겼기 때문일까, 이전보다도 딱딱하고 탱탱한 것 같고, 욕조 속에서 사르르 일어서면서, 가슴을 꼭 쥐자 안타까움이 몸 안에 전해져, 달아오른 살갗이 욕실 창에서 들어오는 썰렁한 바람으로 상쾌하게 느껴지지만, 양손 안쪽은 불처럼 탄다. 욕조 가장자리를 손으로 더듬으면서, 한쪽 발을 들어 발판에 올려 놓으려고 하자, 가벼운 현기증이 나서 보이지 않는 세계가 획 사라지는 것 같은 느낌이 들어, 무심결에 양손으로 몸을 지탱하고, 양다리를 걸친 모습으로 크게 숨을 들이마시면서 잠깐 숨을 돌리고, 숨을 내쉬면서 동시에 발끝은 이미 발판에 닿았다. 옛날에는 시중들어 주는 사람도 있었지만, 지금은 혼자서 하는 것에 익숙해졌다고 생각하면서도, 오히려 알몸이 그 사람 외에 다른 누구에게도 보이지 않는 것을 기뻐하는 것은 나 자신을 스스로 볼 수 없기 때문일 것이다. 그 사람은 아직 돌아오지 않을 것 같은데, 주위는 조용하고 봄비만이 촉촉하게 계속 내릴 뿐이다. 이 빗속에 돌아오면 아직 초저녁이라서, 목욕하고 갓 나온 몸이 차가워지기 전에 먼저, 마주앉아 따뜻한 술을 마시며 어제의 곤파루(金春)[5]의 무대 얘기도 재미있게 나누며, 내 손은 야윈 그 사람의 어깨를 쓸고, 그 사람 손은 내 손을 따뜻하게 어루만질 것이다. 팔에서 팔꿈치로, 팔꿈치에서 옆구리로, 옆구리에서 어깨로 손이 올라가면서, "신(森)이여, 너는 뜨겁구나." 하고 중얼거리는 소리를 들으면, 그 손은 내 손이 되고, 내 손은 그 사람 손이 되어 옷자락이 흐트러지는 것도 개의치 않고, 공(空)이 공(空)이 되는 이 시방세계에 내 몸 하나가, 단지 그 사람 손 밑에서 조금씩 땀이 배어나, 이미 한심하다는 생각도 사라지고 다만 가슴만 크게 파도친다. 그 한순간 동안 등불이 흔들리는 기색에 눈이 보이지 않는 몸은 스스로도 보이지 않는 것을 보려고 하는 것일까. 손으로 더듬는 이 세계에서 아름답다는 것은 어떤 것인가. 손으로 배를 내리쓸면 매끄럽고 촉촉한 것이, 허벅지 안쪽으로는 뜨거운 비단 같은 감촉도 느껴지지만, 근래 살이 오른 허리에서 종아리까지가 얼마나 아름다운지, 혼자서 상상하니 한심스럽고 부끄러운 것이, 오로지 그 사람만이 내 몸 구석구석을 살펴보았을 것이다. 축축하고 미끈미끈한 젖꼭지가 그의 혀끝에 닿으면, 탱탱한 젖에서 발끝까지 짜릿짜릿해지고, 그 사람 이빨로 새끼 발가락을 깨물고, 그 입술로 종아리를 적시면, 내 몸은 넓고 커다랗게 열리며, 이 세계가 되어, 언덕에서 계곡으로, 들판에서 숲으로, 그 사람은 꿈속에서 헤매면서 사랑의 액체를 마시면, 입안 가득히 상쾌한 향기, 수선화 향기가 맴도는 것은 내 몸의 신비일까, 이 세계의 신비일까. 목욕 후 까슬까슬한 수건의 감촉은 이미 오랫동안 익숙해 있지만, 웬일인지 얇게 구멍이 뚫릴 것 같은 곳도 있다. 전쟁 후 뭐 하나 간단하게 구할 수 없는 요즘을 생각하면 이것도 기워서 쓰지 않으면 안 될 것이다. 목욕하고 나오면 그 사람이 돌아오기 전에 술상도 봐야 한다. 만약 눈이 보였다면 이보다 백 배는 할 수 있었을 텐데 하고, 나 자신이 불쌍히 여겨지지만, 이것도 죄많은 몸한테 주어진 벌인가 하고 돌이켜 생각하면, 오히려 지금 여기에서 짧은 생명이 다할 때까지, 몸과 마음을 다 바쳐 살아가는 데에, 그 사람이 있는 것만이 고맙고 현명하게 생각되어 외톨이였던 옛날로 돌아가 내생을 바라려는 마음은 들지 않는다.

고쇼마쓰인의 사생아라고도 일컬어진 그 사람이 소원하면 얻을 수 있을 부귀영화에, 노후에 미련도 있을 법도 하건만, 고산(五山)[6]에 등을 돌려 다이토쿠지에 돌아가지 않고 야마시로(山城) 봉기 때는 농민편을 들어 지방관하고 다투더니, 전쟁에 쫓겨 유랑을 계속하면서, 평민인 내 몸을 거두어, 신의 애정만 있으면 다이토쿠지의 모든 일도 이길 수 있소라고 들었을 때, 그 사무치는 따뜻함에, 이 사람에게 없어서는 안 되는 것은 단지 내 몸의 따뜻함이 아니라, 솔직하게 얘기할 수 있는 상대라고 생각하지 않을 수 없다. "그대 살결은 어떤 말로도 다 표현할 수 없소. 말로 표현할 수 없는 것의 힘은 지식으로도 해결할 수 없는 것이오." 하고 말을 꺼내기 시작하면, 목소리도 생기가 넘치고, "고승이 여자를 피하는 것은 살을 접하고 정을 느끼면 지식도 허무하게 무너져 가는 것이 두렵게 때문이지. 그렇지만 두려워서 숨는 데도, 거기에 딱 맞는 계명이 있는 법이라오…." 왠지 납득할 수 없는 부분도 있어 무심코, "여자도 헛된…." 하고 말을 하다 멈추자, "그렇지만, 내 몸도 헛된 것이지, 여자를 멀리하는 것만으로는 우주의 모든 존재가 허무하다오. 속세의 더러운 것에 물들지 않고 살아갈 수 있는 '중'은 더할나위 없는 복을 누리고 있는 것이라 할 수 있소…" 하고 어디까지 본심인지 모르겠지만, 돌이켜 생각하면 늙어서 애욕이 끌리는 곳에 이 정도로까지 빠지는 것은 한 번도 경험한 바가 없었기에 참을 수 없는 것이라고 생각된다. 단지 애욕을 점점 더 태워서 언젠가는 다 태워버릴 때도 있을 노년에, '일상의 평안을 이 사람이 바라지 않는 것은 무엇 때문일까.' 하고 문득 생각에 빠지니, 이미 마음을 다 읽었다는 듯이, '신이여, 늙어서 사지가 멀쩡하면 살아 있다는 증거는 이것밖에 없구료. 내일 무슨 일이 일어날지도 모르는 생명이 오늘뿐이라면 무사태평하게 졸며 있을 수 없지 않겠소. 내일의 명예를 기대해도 내일은 없소이다. 내생을 원하는 염불을 해도 내생은 방편일 뿐이요, 지식을 쌓아도 그 지식을 써 볼 날은 없을 것이오. 술에 취해 아무리 잊으려 해도, 설사 잊었다고 해도 오늘뿐이라면, 내일이 없다는 데에는 아무런 변함도 없소이다. 운우삼생육십겁(雲雨三生六十劫), 이날에만 생명이 없다면 이날 안에 천만 년을 다하리. 신이여, 그대의 애정 외에 뭘 바라겠느뇨…"라고 하면, 감동하여 눈물이 넘쳐 흐르고 가슴도 답답하다. 내 생각은 모두 얼굴에 쓰이는 것일까. 말 한마디 하지 않아도 그 사람이 줄곧 말하는 것은, "신이여, 색즉시공(色卽是空)이라는 말이 있소. 색이 곧 공이라면 공, 유라면 유요. 색이 없으면 공즉시공(空卽是空)을 깨달을 수도 없을 것이오. 우주간의 모든 법에는 색에 차별이 있고, 색은 항상 사라지지. 깨닫든 깨닫지 못하든, 염불을 하든 말든, 계율을 지키든 말든, 그 자체에 변함이 있으리오. 이 베개 밑의 매화 향기, 신의 허리 밑의 수선화 향기…."

 목욕 후의 은은한 피부 향도 옷의 목덜미를 여미자, 갑자기 가슴 밑에서부터 감도는 것 같고, 욕조의 나무 향이 거기에 살짝 섞여 있는 것처럼 느끼는 것은, 오래 물 속에 있는 동안 살 속까지 스며든 것일까. 숨을 깊게 들이 마시면 가슴 밑바닥까지 스며들어, 가슴을 눌러 단단하게 묶은 오비가 꽉 조인 것처럼 강하게 느껴지는 것이 왠지 나른하고 까라진 몸에 답답한 것 같아서, 그대로 거기에 웅크리고 앉아 오른쪽 등을 기둥에 기대면서 접힌 팔다리를 펴자, 오랫동안 헤어져 있었던 것도 아닌데, 그 사람이 애달프게 기다려지는 것은 여느 때와 같이, 눈도 보이지 않은 채로 자란 여자가 나이를 먹어도 어린애처럼 어리광피울 마음이 남아 있기 때문일까. 마음만 먹으면 동요되지 않을 수도 있건만, 기다리자니 주변의 적막함에 빗소리만 크게 들리고, 그 사람이 지금 어디쯤 오고 있을까 하는 생각에 마음을 걷잡을 수 없다. 목욕 후 왠지 나른한 몸에 오비를 너무 빨리 맨 건지, 아직 술잔도 비우지 않았는데 몸이 뜨거워지며 땀이 흥건이 나는 기색에, 아아, 오늘밤은 어떻게 된 것일까. 뭔가 이상한 생물이 내 몸 안에서 감당할 수 없을 정도로 꿈틀거리는 것 같구나. 창에서 선뜩한 바람도 들어오는데, 이 몸만이 뜨겁게 달아오르는 것은 그 사람 손을 애타게 기다리는 것인가, 하고 생각하는 것조차 부끄럽지만, 한심한 밤 생각을 떨쳐도 떨쳐낼 수 없는 죄 많은 몸은 구원받을 수조차 없을 것이다. 이 나이까지 살아온 것도 행선지를 가려서 온 것도 아니고, 의지할 곳 없는 어두운 곳에서, 고마운 얘기를 들어도 어디까지가 알 수 있는 얘기고, 어디까지가 세상 사람이 건성으로 하는 말인지, 단지 멍하니 막연하게, 목표도 없이 여기까지 왔는데, 오로지 그 사람 목소리만은 거침없이 똑바로 들리는 것 같아서 그것만을 오늘날까지 의지해 왔지만, 이렇게 희미한 어둠 속에서 목소리 주인을 볼 수도 없고, 만져 볼 수도 없어서 문득 모든 게 꿈결처럼 느껴질 때는, 확실한 것은 내 몸 하나밖에 없는데, 그 내 몸조차 갑자기 다른 생물처럼 느껴지는 것을 어떻게 하면 좋을까. 확실히 내 몸을 내 몸이게 하는 것, 이렇게 망망하고 끝없이 낯선 것만이 흘러넘치는 세계에 이 몸만을 지금 여기에 있게 하는 것은, 꼭 붙잡아 주는 그 사람 손 외에 뭐가 있을까.

 단념하면 비참한 것도 비참해지지 않고 그것은 오로지 생명이 다하는 곳, 이 나이까지 살아온 세월이 아름답게 피어나는 곳, 희미한 어둠 속에서 어릿어릿한 것이 확 열려, 지옥도 극락도 호물호물 확확 타오르는 곳이다. 죄란 무엇일까. 그런 것은 처음부터 뭐든 상관없는 것이었는지 모른다. 내생 따위는 처음부터 믿지도 두려워하지도 않은 것이 아닐까. 그것은 모두 말에 지나지 않고 손가락 사이로 흐르는 물처럼 깨끗이 흘러가 버리는 것에 지나지 않은 것이 아닐까. 옷 위로도 느껴지는 이 허리 어디에 죄가 있다는 것일까. 말은 번지르하지도 않고 축축하지도 않다. 아니면 이것이 꿈일까. 베개 맡에서 나는 매화 향기보다 내 몸이 지닌 수선화 향기보다 확실한 것이 있을까. 아아, 두 사람 다 미쳤나 보다. 미친 구름이 흘러가는 하늘은 높고 넓어서 둘 다 어디로 흘러가는지 행방도 모르는 채, 누구 하나 보는 사람도 없는데, 후회는 없고, 이밖에 뭔가가 있을 것 같지도 않구나, 아아, 봄비여, 밤이여, 세계여…

(1965년 2월)

註

1) 고쇼마쓰인(後小松院) : 천황으로서 잇큐의 아버지라고 전해짐.
2) 신란쇼닌(親鸞上人) : 1173~1262, 가마쿠라(鎌倉) 초기에 정토진종을 처음으로 연 승.
3) 렌가시(連歌師) : 두 사람 이상이 長句(5·7·5)와 短句(7·7)를 서로 번갈아 읊어 나가는 형식의 노래를 전문적으로 부르는 작가.
4) 오도(悟道) : 불도의 묘리를 깨침.
5) 곤파루(金春) : 金春禪竹(1405~?), 能의 배우, 잇큐와 친분이 있었다고 전해짐.
6) 고산(五山) : 임제종〈臨濟宗〉의 오대사〈五大寺〉. 교토에서는 덴류지〈天龍寺〉, 쇼코쿠지〈相國寺〉, 겐닌지〈建仁寺〉, 도후쿠지〈東福寺〉, 만주지〈万壽寺〉.

작품 소개

이 작품은 『전후단편소설선』(戰後短篇小說選, 岩波書店編輯部, 2000. 4) 제4권에 수록된 가토 슈이치(加藤周一, 1919~)의 「狂雲森春雨」(1965. 2)를 번역한 것이다.

가토 슈이치는 평론가이자 소설가이면서 의학박사이기도 하다. 중등학교 재학 시절부터 아쿠타가와 류노스케전집(芥川龍之介全集)을 애독하고, 고등학교 재학 시절에는 가부키(歌舞伎)와 노쿄겐(能狂言)에 관심을 갖는 한편, 프랑스 문학도 즐겨 읽었다. 도쿄대학 의학부에 입학 후에는 불문과 강의를 청강, 의학부를 졸업할 때까지 많은 문학가들과도 접촉한다. 의학부를 졸업한 후에는 혈액학을 전공, 1947년에 『1946 문학적 고찰』을 간행하여 문단의 주목을 받기 시작한 이후부터 활발한 문단활동으로 다수의 평론, 소설을 발표하고 있다.

「광운삼춘우」는 역사적인 사실을 배경으로, 눈이 보이지 않는 신(森)이라는 여자가 잇큐(一休)에게 느끼는 감정, 또한 잇큐의 그녀에 대한 각별한 애정을 섬세하게 묘사한 작품이다.

숲과 롤스
— 또는 몰락의 영역 —

나카무라 신이치로(中村眞一郎) 지음
송승희 옮김

숲과 롤스
— 또는 몰락의 영역 —

그 당시 그는 정말 프랑스 여성답게 수다를 좋아하고 또 수다도 잘 떠는 U부인과 어느 카페 테라스에 마주앉아 있었다.

그때는 여름이 다 끝나 가는 저녁 무렵이었고, 그녀는 작년에 작고한 유명한 작곡가였던 남편의 유산분배가 뒤엉킨 사무적인 일 때문에 붙잡혀 있었던 파리에서 겨우 풀려나 내일은 시골로 늦은 바캉스를 보내기 위해 출발할 수 있었기에 여느 때보다도 쾌활해 보였다.

U부인은 수다가 한창 오르기 시작하면 아주 명랑해지고 표정도 젊어 보인다. 그녀의 얘기 속에는 무수한 불꽃이 준비되

어 있어서 그 기발한 생각이 끊임없이 그의 눈앞에서 커지는 것이었다. 더욱이 저녁 식사 전에 마신 술이 그녀의 두뇌 회전을 한층 매끄럽게 해 주었다.

그녀는 지난 밤 잠 못 이룬 채 열심히 읽었다는 석간 신문의 범죄 기사를 지금 그에게 상세히 소개해 주고 있다. 그것은 단순히 사건에 대한 얘기라기보다는 마치 그녀 자신이 그 현장에 있었던 것이라고 순간순간 믿어 버릴 정도로 생동감 있는 이야기였다.

―그것은 프랑스 어느 시골 마을에서 일어난 사건이었다.

어느 부부가 다른 집에 저녁 식사 초대를 받았다.

임의로 초대받은 사람을 A집, 초대한 사람을 B집으로 해 두자. 프랑스이기 때문에 A부부는 초등학교에 갓 입학한 어린 외아들에게 집을 보게 하고 현관을 열쇠로 걸어 잠그고 외출했다.

그런데 한참 유쾌하게 식사를 하는 중에 B집 현관 옆 전화가 울리고 B부인은 전화를 받으러 나갔다가 곧 A씨를 불렀다.

"댁 아드님이 도둑을 권총으로 쏴서 죽였다고 하네요. 혼자서 지루한가 봐요."

그렇게 말하고 B부인은 웃으면서 A씨에게 수화기를 건넸다.

"어쩔 수 없는 어리광쟁이라니까."

하고 중얼거리며 찌푸린 얼굴로 A씨는 전화를 받았다.

"식사중에 전화를 하다니 정말 예의가 없구나. 너는 A가문의 아들인 것을 잊지 않길 바란다."

하고 A씨는 낮은 목소리로 아들을 혼냈다. 그러나 아들의 목소리는 단순한 장난 같지 않았다.

조금 전 현관 벨이 울려서 문을 열자 거기에 여자 스타킹으로 복면을 한 남자가 서서 아주 정중하게 "너의 아버지 방으로 안내해 주기를 바란다"고 했다. 그래서 그 남자를 아버지 방으로 안내하고 어린아이는 부모 침실로 건너가 머리 맡에 있는 권총을 꺼내들고 아버지 방으로 되돌아갔다. 복면을 한 남자는 마침 금고 앞에서 금고문을 열려고 웅크리고 앉아 있었다. 틀림없이 도둑이라고 판단한 어린애는 남자를 등뒤에서 쏘고 남자는 쓰러졌다.

"아버지 저 잘했죠, 아버지가 말씀하신 대로 집 잘 봤죠?"

어린애는 자랑스럽다는 듯이 빠르게 말했다. 그리고 그 흥분한 목소리에는 확실히 진실성이 느껴졌다.

A씨는 쓰러진 남자에게 손 대지 말라고 주의를 준 후 전화를 끊고 식탁으로 돌아와 조금 전에 아들이 한 얘기를 했다. 그리고 자기들은 지금 곧 어쨌든 집이 어떤지 보러 돌아가고 싶다고 했다.

B부인은 역시 A씨 아드님이 지루한 나머지 보고 있던 TV영화로 흥분해서 아버지한테 전화를 걸어 온 것이라며 웃었다. 그러나 A씨는 그 같은 일로 전화를 걸 정도로 자신의 아들이

예의가 없지는 않다고 대답했다. 그렇다면 지금 우리도 같이 A집 상황을 보러 가자고 B씨가 제안했다.

그들은 차 두 대로 A집에 갔다. 기다리고 있었던 아이는 현관문을 열고 곧장 두 부부를 현장으로 안내했다. 역시 한 남자가 금고 앞에서 가슴에 피를 흘리며 쓰러져 있었다. 의사인 B씨는 남자가 이미 죽었다고 즉각 선고했다. 그리고 A씨는 마을 경찰 서장에게 비밀리에 오길 바란다고 전화했다. 정식으로 신고해서 자신의 집이 추문거리가 되는 것을 두려워한 것이다. 유서 깊은 가문의 주인이 의뢰한지라 서장은 평상복으로 갈아입고 자기 차를 운전해서 혼자서 왔다.

서장은 남자 위에 몸을 구부려 복면을 벗겼다. 그 순간 그때까지도 호기심으로 달려와 재미있어 했던 B부인의 몸이 경직되었다. 그리고 남편 품안에 쓰러져 실신했다. 그 도둑은 B씨의 아들인 대학생이었다. 그리고 그 대학생은 내일 A부부와 회식이 있다고 하며 B부인이 잡았는데도 선약이 있다고 어제 뿌리치듯 바캉스를 갔다는 것이다. A일가, B일가 두 집안은 모두 이 지방의 명문가이다. 그 명예를 지켜야 한다. 여섯 살 난 아이의 살인이나 대학생의 강도질이나 모두 양가를 사회적으로 파멸시키기에 충분하다. 두 부부와 서장은 비밀회의를 했다. 그리고 서장의 권한으로 대학생은 A집 방문중에 우연히 A씨 권총을 발견하고 발작적으로 자살했다고 하는 이야기를 만들어

냈다. B2세인 대학생은 A부부가 B집에서 식사하는 동안, A씨 부부를 대신하여 A집에서 어린 A2세를 돌보고 있었는데 그는 이전부터 신경쇠약이 있었기 때문에 자살 유혹에서 헤어나지 못했다는 것이다

그쯤에서 U부인은 탁상에 있던 술잔을 들어올리고 긴 혀를 내밀어 술 한 방울을 핥았다. 그리고 눈을 위로 뜨고는 그를 향해 미소 지었다.

"현대 문명이 두려워 해야 할 혼란을 말해 주는 사건이군요."

하고 그는 말했다. 반쯤은 U부인의 화술에 대한 칭찬의 뜻이 담긴 말이었다. 부인은 작은 글라스를 탁자 위에 도로 내려놓고 한층 눈을 빛내면서

"아니 이 사건 자체를 특별한 문제로 삼기에는 부족해요. 뉴스는 바로 이 사건이 일년 전 일인데 어제 석간에 발표되었다는 사실이죠. "

그는 그 순간 말이 빠른 부인이 이야기하는 사건의 내용을 파악하지 못할 뻔했다고 생각했다.

U부인은 다시 한 번 그의 눈을 응시했다. 그리고 힘있는 목소리로 또 말하기 시작했다.

"이 기사는 사실 신문사가 직접 취재한 것이 아니에요. 어느 또 다른 사건을 맡은 변호사가 일년 전의 이 비밀사건을 갑자

기 그 신문에 폭로한 거예요. 그 이유는…."

그녀는 여기에서 일단 말을 끊었다. 그리고 다시 빠른 말투로 돌아왔다. 그 변호사는 사형을 선고받게 된 탈옥수의 변호를 맡고 있어요. 그 두 죄수는 탈옥을 결행하려고 간수 한 사람을 죽인 거예요. 그래서 변호사는 이렇게 변호했지요. 현대 프랑스 사회에서 부르주아 계급의 자제는 살인을 범해도 권력에 의해 보호받고 있다. 그런데 이 탈옥수처럼 재산도 유력한 친척도 없는 서민들은 사형을 받게 되었다. 이것은 사회적 불평등이 아닌가!"

부인은 이 변호사의 논조에 공감을 하는 것 같았다. 그리고 지방의 단순한 범죄사건에 이런 철학적 결론을 덧붙여 그녀의 이야기 구성상의 완결을 가져온 것에서 예술적 만족을 맛보고 있는 것 같았다.

그녀는 천천히 잔을 들어 마지막 한 방울을 입 속으로 흘려 넣었다. 그리고

"자 식사하러 가죠."

하고 말하면서 손가방을 들고 일어섰다. 그는 황급히 의자를 비켰다. 그러자 우연히 그와 등을 마주 대고 있던 다른 의자와 생각지도 못한 힘으로 부딪쳤다. 그는 뒤돌아서서 거기에 초로의 한 남자가 놀라 손에 들고 있던 종이 몇 장을 마루 위에 떨어뜨리는 것을 보았다. 그는 미안하여 마루에 쭈그리고 앉으려

고 했다. 그러자 그 남자는

"괜찮아요."

하고 외국인 같은 강한 사투리를 중얼거리며 천천히 그 종이 조각을 줍기 시작했다. 그는 곤혹스러워 U부인에게 눈으로 도움을 청했다. U부인은 돌아와서 마침 종이 조각을 다 주운 남자와 서로 마주보았다. 그 순간 U부인 얼굴에 순간 당황하는 기색이 보였으나 다음 순간에 그녀는 인위적으로 아주 기쁜 표정을 지어 보였다. U부인은 남자 어깨를 품듯이 하며 빠른 말투로 인사를 했다. 남자는 허풍스러운 U부인의 태도에 약간 겁을 내고 뒷걸음 치듯 U부인 몸에서 떨어졌다. 갑자기 튀어나온 U부인의 붙임성 있는 태도는 이제 그것으로 의무가 끝났다는 듯이 또 갑자기 사라졌다. 범죄 현장을 떠나는 범인처럼 갑자기 빠른 걸음으로 카페 밖 포장 도로로 나왔다. 그리고 뒤를 따라나온 그의 팔을 붙잡자 끌다시피해서 인파 속으로 들어갔다.

"누구예요. 저 사람?"

하고 그는 계속되는 놀람 속에서 U부인에게 물었다.

"J ― 극작가인 J. S.예요."

하고 그녀는 그의 귓속말로 비밀을 속삭이듯 말했다.

J. S. ― 그는 전쟁 직후 파리 극단의 눈부신 개화기에 등장한 신인이었다. 그는 나치에 쫓겨 프랑스로 도망쳐 온 부모와

함께 이 지방으로 이주하여 전쟁 후 이십대에 프랑스어로 연극을 쓰기 시작해 단번에 명성을 얻었다.

그는 전쟁이 끝난 일년 쯤 후에 도쿄 일불회관(日佛會館)의 한 전시실에 전시된 프랑스의 새로운 문학서적들 가운데서 J. S. 희곡집을 발견하고 그 책을 탐독한 사실을 지금도 선명하게 기억하고 있다.

그것은 신화적인 소재에 현대의 정신적 과제를 나타낸 어두운 정열에 찬 작품군이었다. 그리고 무대는 거의 항상 지옥이었다. 오르페와 유리디체가 신화의 모호한 세상에서 되살아나 현대의 비탄을 노래했다. 그러고 나서 J. S.는 이번에는 완전히 방향을 바꿔 밝은 서정적인 연애극을 발표하기 시작했다. 그 작품은 밝은 몽환적인 빛에 싸인 요정의 세계였다. 어두운 작품 후의 이런 신선하고 밝은 작품은 더욱이 전후 관객의 기호와 일치했다. 그는 젊어서 확고한 명성을 얻었고 파리 극단의 거물 중 한 사람이 되었다.

그리고 파리 극단의 쇠퇴기가 시작된다. 극장은 질이 떨어질까 봐 새 작품에 대해 겁을 내고 전쟁 전의 옛날 작품만 재상연하기 시작했다.

그런 분위기 속에서 J. S.는 사람들의 눈 앞에서 어느새 사라져 갔다….

U부인은 그와 레스토랑 테이블에 마주앉아 주문을 끝내자

마자 말을 꺼냈다.

"J. S.는 그 카페에 모습을 나타내면 안 돼요. 옛 친구를 곤란하게 할 뿐이니까요."

"오래된 친구예요?"

하고 그는 놀라서 물었다. 이렇게 신변의 모든 일은 숨기지 않고 얘기하는 버릇이 있는 U부인이 J. S.에 대해서는 지금까지 한마디도 그에게 얘기한 적이 없었으니까.

"예. 아주 오랜 친구…."

그렇게 중얼거린 U부인은 꿈꾸는 듯한 시선으로 천장을 보았다.

―그것은 제2차 세계대전의 기미가 신변 가까이에서 느껴지기 시작한 30년대가 거의 끝날 무렵이었다.

조금 전 그 카페는 당시에도 문학가와 예술가들이 들르는 곳으로 알려져 있었다. 그 당시 파리 대학에 다니는 젊은 처녀였던 부인은 문학 지망생인 몇 명의 친구와 매일 그곳에서 만나서 문학과 정치 이야기로 시간을 보냈다. 그래서 문단을 지배하고 있었던 거물 지드, 외무부에서 나온 지로드와 그리고 머리를 곤두세운 엘렌브룩 등이 커피를 마시거나 사람들과 수다스럽게 얘기하는 모습을 멀리서 바라보며 자신들도 언젠가 저런 사람들과 친구가 될 것이라고 미래를 꿈꾸곤 했다. "하지만 전쟁만 시작되지 않았더라면…" 하고 친구 하나가 중얼거렸고, "히틀러 타도!" 하고 다른 친구가 외쳤다.

실제로 카페의 어느 탁자에서나 적어도 십 분에 한 번은 독일 총통 이름이 들려 오는 시대였다. 그리고 히틀러(프랑스인들은 그를 '이토렐'이라고 발음했다)의 이름이 어딘가에서 들려 오면 반드시 반사적으로 그 소리가 난 쪽으로 고개를 돌리는 손님들이 매일 늘어났다.

그들은 차례차례 독일에서 망명한 작가들이었다. 그 카페는 당시 독일 망명 작가들의 연락 장소같이 되어 버렸다.

"하인리히 만, 에른스트 트라, 베르톨트 브레히트, 슈테판 츠바이크 그리고 로베르트 무지르까지도. 무지르에 대해서는 우리 누구 하나 아는 사람이 없었지만 우연히 그 카페에서 알게 된 J. S.가 우리들을 그의 탁자로 데리고 갔어요. 무지르는 언제나 혼자서만 쓸쓸하게 웃고 있었지요. J는 무지르를 훌륭한 숨겨진 천재라고 우리에게 소개했지요."

J의 프랑스어 발음은 아주 형편없었고 문법적으로도 정말 변격투성이었다.

"그런데 그는 아름다운 프랑스어로 대사를 쓰게 되었군요."

"예 그건 A덕분이에요. A는 독일어를 J한테 배우는 사이에 그와 사랑에 빠지게 되어 전쟁중에 캐나다에 가서 살았지요. 전쟁이 끝나고 J의 희곡이 발표됐을 때 우리들은 J의 원고에 A가 손을 본 것이라고 얘기했어요. A는 정말 훌륭한 프랑스어를 구사하고 편지 문장도 훌륭했으니까요. 그런데 J는 명성을 얻자 A를 버리고 말았어요. 그리고 A는 J곁을 떠나면서 그의 행운도 함께 가지고 떠나 버렸어요. A는 영국으로 건너가 프랑스어 교사를 하고 있어요. 불쌍하게도 지금도 J를 잊지 못하는 것 같아요…."

전쟁이 끝나고 갑자기 파리 극단은 활기를 띠기 시작했다. 그 시절 파리 극단의 열기는 멀리 일본에 있는 작가들에게까지도 그대로 전달되는 듯했다. 계절마다 새로운 극작가가 새로운 극단과 함께 등장했다. 그중에 특히 독일인인 J의 어두운 숲속 같은 우울과 그리고 그런 어두운 숲속에 울려 퍼지는 사냥꾼의 피리 소리 같은 가슴에 스며드는 서정성에 그들은 상당히 심취했다. 이십대가 끝날 무렵에 그는, 아니 작가 동료 중 몇 명은 미군 점령하에 있는 일본에서 파리로 연극을 보러 갈 수 없었기 때문에 J의 신작이 나올 때마다 다투어 샀고 그리고 그 책에서 아득히 먼 무대를 상상했다. 그들 동료 중 한 사람은 극작가가 되었다. 그의 작품에는 확실히 J의 그림자가 비치고 있다. 아니 그들 자신이 쓰는 소설 어딘가에도 어렴풋이나마 J와 같은 그림자의 흔적을 남기지 않았다고는 단언할 수 없을 것이다…

"J는 갑자기 명성을 얻었어요. 그리고 금세 여자들에게 둘러싸이기 시작했어요. 그 무렵의 J의 자신만만한 모습. 그리고 그 사치와 낭비…."

U부인과 그 친구들은 처음에는 J의 변신을 오히려 호의를 갖고 바라보았다. 그리고 J의 출세를 굴욕에 가득찬 오랜 망명 생활의 보상이라며 기뻐했다. 그러나 마침내 J는 부인들, 옛날에 알고 지내던 사람들과 파티 석상에서 만나도 쌀쌀해졌고 부인인 A와 헤어져 정체를 알 수 없는 미국 부잣집 여자와 동거하게 되었을 무렵부터 U부인 등과 우연히 만나도 얼굴을 돌리기조차 했다.

그런데 그 무렵부터 갑자기 J 속에 있는 그 천재적인 작품을 계속 분출시킨 화산은 활동을 멈췄다. 그의 새 작품은 보기에도 무참할 정도로 평범해져 비평가들은 한결같이 공격을 가했고 관객들은 그를 버렸다. 그의 새 작품이 시즌 도중에 중단되는 일이 습관처럼 되어 버렸다.

"그것은 시대의 변화입니까? 당신은 그가 주제를 전개하는 데 부적당한 새로운 사회적 분위기가 생겼기 때문이라고 생각합니까?"

하고 그는 물었다.

"그럴지도 몰라요. 같은 시기에 몇 명의 극작가가 침묵하거나 다른 장르로 일하게 되었으니까요. 사르트르는 철학으로 그리고 또…."

그러나 거기에서 갑자기 부인은 말을 멈추었다. 부인의 눈

속에 복잡하고 곤혹스런 빛이 엿보였다. 그리고 천천히 숨을 내쉬었다.

"…그 사치와 낭비 그리고 미국 여자…성공과 명성…그것들이 그를 죽이고 만 거예요. 그런 것들 속에서 그는 점점 확실히 몰락해 간 거예요. 다시 한 번 빈곤과 무명 속으로…"

그는 조금 전 자기 의자에 부딪혀 비틀거렸던 그 남자의 모습을 눈앞에 그려 보았다. 반백의 머리는 흐트러지고 질 좋은 옷감으로 만든 옷은 더럽고 옷 모양도 망가져 있었다. 그리고 U부인이 이름을 불렀을 때 마치 어린애가 겁내는 듯한 표정.

"어린애가 겁내는 듯한 표정…"
하고 그는 중얼거렸다.

"그래요. 그는 그의 내부에 남아 있던 유아성으로 스스로를 파멸시킨 거예요."
하고 U부인은 많이 생각한 듯한 목소리로 천천히 말했다. 그것은 죽은 자에 대한 애도의 표현과 닮았다. U부인은 지금 재치에 넘친 이야기꾼에서 상냥하고 염려스러워하는 어머니의 모습으로 변해 있었다.

"예술가는 명성에 고무되어 자신의 가능성을 보다 대담하게 꽃피워 가는 거예요. 특히 프랑스인은 그래요. 내 남편이 아주 좋은 예이지요. 그는 마흔 살까지 시골의 무명 음악교사에 지나지 않았어요. 눈에 띄지 않는 성실하고 정직함만이 장점이라고 할 수 있는 소박한 사람이었죠. 그러다가 갑자기 한 비평가가 일시적인 기분으로 그를 천재라고 썼고 그리고 점점 다른 비평가들도 그 뒤를 따라서 결국에는 정말 그는 천재가 되어 버렸어요. 그 급변하는 운명의 상승은 가족들을 낭패하게 할 정도였어요. 그의 표정에는 정력적인 자신감이 나타났고 그것은 바로 천재의 얼굴이었죠. 한 비평가의 펜이 그의 숨겨진 재능을 한 번 찌른 것만으로 그의 펜으로 뚫린 구멍에서 그와 같은 천재성이 분출된 거예요. 그의 가장 뛰어난 재능은 자기 자신의 명성에 인내하는 힘이었어요. 그것은 훌륭했고 마흔 살 이후의 그의 작품은 하나같이 비평가들을 실망시키는 일이 없었어요. 아니 비평가들이나 청중이 준비하고 있었던 칭찬의 말로는 충분하지 않다는 것을 언제나 증명했죠. 그 생의 마지막 작품인 소나타는 처음 공연 때 그의 지휘가 끝난 순간 언제나 그랬듯이 박수가 객석에서 터지지 않았어요. 침묵이 지배했어요. 객석에 앉아 있었던 나는 무심코 수건을 꽉 쥐었어요. 객석 쪽으로 고개를 돌린 그는 그러나 조금도 자신을 잃지 않고 흰 장갑을 낀 손을 객석을 향해 흔들어 보였어요. 자, 여러분들 박수를 쳐도 괜찮아요, 하고 그의 손은 재촉하고 있었어요. 그리고 그 손을 신호로 겨우 마법에서 깨어난 청중은 일제히 그를 향해 박수를 보냈어요. 연주가들도 깊은 경의를 표하고 그 박수의 파도 속으로 합류해 갔지요…"

"그것은 현대의 전설이군요."
하고 그는 말했다.

"그런데 어째서 그와 같은 명성이 J. S.를 멸망시키게 된 거죠?"

U부인은 그의 질문에 대해 역시 동정심 어린 태도로 대답했다.

"박수는 J를 너무 기뻐 어쩔 줄 모르게 했어요. 그리고 들뜬 아이처럼 경박하게 사교계를 누비고 다니게 했죠. 그의 팔은 언제나 다른 여자의 팔과 엉켜 있었어요. 그런데 어느 사이엔가 그는 자기 자신이 박수에 쫓기고 있다는 것을 깨달았어요. 부인이 집을 나가 버린 뒤 혼자만 있는 침실에서 놀이 친구와 헤어져 한밤중에 천장을 바라볼 때 귓속에 위협적으로 계속 울려대는 박수 소리에 완전히 가위눌리게 되었죠. 시골 별장에 파묻혀 새 작품 원고를 쓰려고 해도 역시 그 위협적인 박수 소리는 그의 주제 전개를 혼란시켰고 중단시켰어요. 그 위협적인 박수 소리에서 벗어나는 유일한 방법은 파리에 돌아와 그 경박한 사교계의 수다 속으로 섞여 들어가 의심스러운 여자들의 팔 속으로 몸을 던지는 거죠. 조금이라도 빨리 파리로 돌아오기 위해 그는 일을 적당히 정리하고 파리에 와서는 두려운 물건에서 손을 떼듯이 극장 지배인에게 형편없는 원고를 억지로 떠맡기고는 새 정부 방으로 달려갔어요…."

U부인의 시선이 또다시 허공에 있었다.

"그래요. 처음에는 너무 기뻐 어쩔 줄 모르고 날뛰다가 일을 잊고, 그 다음에는 위협받고는 일을 포기하죠. 어린애다운 일이에요. 그의 성격 깊숙이 숨어 있는 유아성이 그를 파멸시킨 거예요…."

U부인은 그렇게 반복했다. 그도 그 말이 맞다고 생각했다. J의 초창기 작품에 지배하고 있었던 그 어두운 숲속의 그윽한 어두움과 닮은 분위기 그것은 유아의 영혼이 꿈꾸는 세계였다. 그리고 다음 시기에 밝은 천사들의 노래 같은 투명함도 또한 유아가 공상하는 특징이 아닐까. 그의 모든 걸작에 공통되는 것으로서 대부분의 비평가가 공통적으로 사용한 J의 '순수성'이라는 것도 온전히 '유아성'이라는 말로 바꿀 수 있을 것이다.

U부인은 그를 재촉하여 식탁에서 일어났다. 그리고
"조금 걸어요."
라고만 말하고 아무말 없이 인파 속으로 들어갔다. 그런데 여느 때의 산책 코스에서 어느새 길을 벗어나 이윽고 사람 왕래가 적은 어둑어둑한 좁은 길로 접어들었다. 그는 순순히 U부인 뒤를 따라갔다. U부인이 J와 우연히 만난 흥분을 가라앉히려고 일부러 이런 샛길을 택해서 걷고 있다고 그는 생각했다. 그리고 그 자신도 조금 전에 만났던 그 남자의 힘없는 어깨를 눈앞의 어둠 속에서 다시 한 번 생각해 보았다.

이윽고 U부인은 튼튼한 나무 문짝 앞에서 갑자기 멈추어섰다. U부인이 철로 된 고리를 잡고 앞으로 잡아당기자 그 두꺼운 문은 삐걱거리며 열렸다. U부인은 눈으로 그를 재촉하며 안으로 들어갔다. 안은 어두운 복도다. 그는 어둠 속에 희미하게 보이는 부인의 등뒤를 한 손으로 벽을 더듬으면서 터널 같은 복도를 따라나갔다. 손에 닿은 촉감으로 그 벽이 석벽을 드러내고 있음을 알았다.

짧은 복도는 곧 끝나고 작은 안뜰로 나왔다. 그는 어두운 하늘을 올려다보면서 구두 밑바닥에서 가지런하지 않은 오래된 납작한 돌을 느꼈다.

U부인은 뜰을 향해 열려 있는 유리창에 몸을 기대고 안을 들여다보고는 그를 손짓으로 불렀다. 그는 발밑을 조심하면서 유리창에 다가가 U부인을 흉내내어 실내를 보았다. 유리는 먼지가 심하게 쌓여 있었다. 그는 안을 들여다볼 생각으로 손끝으로 먼지를 닦아 작은 둥근 구멍을 만들었다.

"창고 같은 곳이군요."
하고 그는 속삭였다.
"더 안쪽을 보세요. 그 전등 아랫 부분…."
하고 U부인은 되받아 속삭였.

그의 눈 가까이에는 빈 상자를 쌓은 모퉁이가 있고, 그 건너편에 몇 사람의 그림자가 전구 밑으로 빙 둘러서 있었다. 그리고 그 중앙에 서 있는 인물이 공간에 팔을 뻗어 뭔가 얘기하고 있었다. 작은 토론회라도 열고 있는 것일까. 그렇지 않다면 뭔가 비밀 정치 집회라도?

그러자, 또 U부인이 말했다. 이번에는 그를 재촉하는 어조였다.

"보세요. 저 가운데 있는 인물을…."

"J. S.!"

U부인은 고개를 끄덕였다.

"그래요. 지금은 어느 극단에서도 상대해 주지 않는 J는 저렇게 초보자 모임을 만들어, 자기 작품 연출을 하고 있는 거예요…."

두 사람은 잠시 어둑어둑한 창고 속에서 꼭둑각시 인형같이 움직이고 있는 J의 모습을 넋을 잃은 채 꼼짝도 않고 바라보고 있었다. 그리고 원 안에 두세 사람이 일어나고 J가 지정한 대로 일정한 위치에 서서 동작 연습이 시작되는 것 같았을 때, 터널 같은 복도를 거슬러 나왔다. 그리고 겨우 그는 악몽 같은 시간에서 해방되어 현실로 돌아온 것으로 마음의 평화를 되찾았다. 그러나 가슴속에 떠도는 슬픔, 쓸쓸함 같은 기분은 두 사람이 밝고 넓은 거리로 나온 뒤에도 여운이 남았다.

U부인은 항상 짧은 산책로의 종점인 작은 광장 교차점이 있는 곳에서 발을 멈췄다. 여기에서 "안녕히 가세요." 하고 인사

를 주고받고 헤어지는 것이 두 사람의 여느 때의 습관이었다. 그러나 오늘밤은 달랐다.

"내일부터 3주일 동안 만날 수 없으니까, 오늘밤은 더 얘기할까요. 저의 집에 오세요."

저녁 식사 후에 그녀 방에 초대받는 것은 지금까지 없었던 일이다. 그러나 그 자신도 가슴 안쪽에 흐르고 있는 슬픔, 쓸쓸함을 주체하지 못하고 있었기 때문에 혼자만 있는 방에 돌아가고 싶지 않았다. 그래서 돌아가는 길에 심야까지 영업하는 작은 주점에서 잠이 올 때까지 술을 마시려고 마음먹고 있었던 참이었다. 그래서 U부인의 권유에 따라 기꺼이 계획을 변경하기로 했다. 혼자서 술을 마시고 기분 나쁘게 가라앉는 것보다 U부인의 재치에 탄복하면서 그녀가 자랑하는 술을 대접받는 편이 훨씬 낫다.

부인 집은 그 광장을 가로지르면 바로 골목에 접하고 있는 2층이다.

그래서 5분 뒤에는, 그는 이미 책과 악보와 서류를 쌓아 놓은 부인의 서재—라고 하기보다 작년까지는 그녀의 남편이 일하던 방이었던 곳—에 발을 내딛고 부인이 긴 가죽의자 위에 있던 한 뭉치의 신문과 잡지를 치워 주어서 의자에 깊숙이 앉았다. 방구석에 있는 작은 탁자에 술병이 몇 개 나란히 놓여 있었다. 부인은 술잔 두 개와 술병을 가지고 그의 건너편 소파에 앉았다.

부인은 술을 다 따르고는 묘한 미소를 띠며 그의 얼굴을 바라보았다.

"당신, 조금 전 J 모습을 보고 충격을 받았군요. 그 충격이 아직도 당신 얼굴에 남아 있어요."

부인은 평상시 지극히 예민한 심리관찰자였다. 너무 예민했기 때문에, 친구도 적고, 남편의 유산 상속도, 남편의 가족도 오히려 복잡한 분규를 만들고 있었던 것이다.

"상속 문제는 정리가 되었습니까?"

하고 그는 물었다.

"그게, 그 미완성된 교향곡 건이 아직…."

그녀의 남편은 만년에 갑자기 어느 외국 여자와 가까워졌고, 남편이 죽은 시점에 그 여자 옆에 있었던 유작 악보를 그 여자가 구실을 만들어 확보해 버렸다. 그리고 부인한테 그 악보를 돌려주려고 하지 않는 귀찮은 문제가 생겼다. 더욱이 작곡가인 숙부가 그 외국 여자에게 접근하여 그 악보를 사려고 해서 문제는 더 복잡해졌다. 작곡가가 죽기 전부터 그의 어머니를 중심으로 한 시골의 가족과 부인과 사이가 좋지 않았던 것이 상속 문제로 폭발했다. 그 대립 항쟁에 가족측은 지금 작곡가의 정부도 끌어들이려고 하는 것이다. 마치 발자크의 소설 같은 프랑스적인 사건이라고 그는 생각하고, 그런 힘든 신경전에 밤

낮으로 괴로워하는 U부인에게 동정을 금할 수 없었다. 이렇게 변호사를 상대로 하는 일은 그녀에게는 가장 어울리지 않는 일이고, 원래 쾌활했던 그녀의 웃음 속에도 애처로운 모습이 나날이 늘어갔다.

그녀는 눈을 내리뜨고 자기의 양쪽 손등을 바라보면서 중얼거렸다.

"피곤해요. 매일 밤 잠을 잘 수 없어요…."

"하지만 내일부터 3주일 동안 당신 마음이 편안해지겠지요."
하고 그는 위로했다.

짧은 침묵이 흘렀다. 그리고 갑자기 U부인이 만면에 웃음을 띤 채 얼굴을 들었다.

"그래요. 오늘 오후부터 나는 바캉스에 들어갔죠. 귀찮고 사무적인 일은 멀리 떨쳐 버리죠.… 그럼 유쾌한 이야기를 해 드리죠. 무슨 이야기가 좋을까."

"유산상속 얘기가 안 나오는 밝은 이야기…."
하고 그도 기운을 북돋우듯이 말했다.

"그래 그 젊은 두 사람…."
하고 그녀는 외치듯이 말했다. 그리고 유쾌한 듯한 눈매로 벽에 걸려 있는 작곡가 사진을 바라보았다.

"전쟁이 끝나고 파리는 되살아났어요. 예술계도 한꺼번에 활동을 재개하고. 젊은 예술가들이 차례차례 등장하고. 그런 활기 넘친 분위기 속에서 매일 밤 파티가 열리죠. 그런 유쾌하고 어수선한 모임에 그 젊은 두 사람이 나타나면 주위는 갑자기 마법에 걸린 것 같았어요. 그 두 사람의 빼어난 용모는 이 세상 것이 아니었죠…."

그건 정말 한눈에도 전기 충격을 받은 듯한 느낌이 드는 아름다움이었다. 한 사람은 언제나 왕자처럼 오만하게 주위를 둘러보았다. 그의 풍성한 금발은 어깨를 덮고 그 우아한 몸 동작은 천사를 생각하게 했다. 그 R 옆에 항상 붙어 있는, 조금 작은 체구에 민첩하게 몸을 움직이는 갈색 머리의 청년 P는 악마처럼 매력적이었다.

두 사람은 어떤 모임에도 축제 분위기가 절정에 달한 순간에 홀연히 기적같이 나타난다. 그리고 그 장소에 있는 부인들을 광기에 빠지게 하는 것이었다. 그러나 단 한 여자도 그들을 차지했다는 소문은 듣지 못했다. 그런 것들이 두 사람의 신비를 더해만 갔다.

게다가 그 화사한 의상, 사치스럽기 그지없는 왕족 같은 생활. 즉흥적으로 모임에서 빼돌린 두세 사람과 함께하는 심야 거리의 방황.

"그 흑색과 금색의 롤스로이스…."

R은 신진 시인이었다. 그의 빈정거림과 재치에 넘친, 사람을 깔보는 듯한 짧은 시가 전후에 발간된 작은 시집에 자주 실렸

다. 그 시는 매일 밤 술 좌석에서 테이블 메뉴판 위에 즉흥적으로 썼다는 무서울 만큼 재기발랄한 작품이었고 더구나 그 시구에는 일종의 독특하고 우울한 빛이 서려 있어서 사람의 마음을 끌었다.

"그래, 분명히 R은 천재 시인이었지…."

하고 U부인은 탄성했다.

"이었다는 말은? "

하고 그는 귀에 거슬려서 중간에 질문을 했다.

"그래요. 그는 몇 년 전에 부랑자같이 죽었어요…."

그러나 그 인생의 폐막까지의 짧은 시간은 화려하고 대단히 호사스럽고, 우아하고 쾌활하여 마치 하나의 신화 같았다.

"보통 프랑스 시인은 소박하고, 눈에 띄지 않는 존재죠. 대부분의 젊은 시인은 일을 하기 위해 시골에 들어가 정진하죠. 그리고 생활을 위해 번역을 하거나 TV 각본을 써요. 현재 당신도 잘 알고 있는 F라든지 그리고 나의 이종형제인 V라든지… 그에 비해 그 두 사람은 극단적으로 대조적이었어요. 뭐라고 말할 수 없을 정도의 향연, 진수성찬! 나도 자주 유혹받고 심야에 동행을 했어요. 내 일생에서 그렇게 사치스러운 생활을 본 적이 없었어요. 내 남편은 마흔 살까지 하던 시골 교사의 생활 습관을 평생 유지했기 때문에, 그 명성이 전세계에 알려진 뒤에도 일상은 소박한 것이었죠."

U부인은 한 손을 들어 방안을 가리켰다. 작곡가가 일하던 방에는 정말로 사치스러운 취미를 생각하게 할 가구도 집기도 없었다. 소박한 방이 아니면 작곡가는 안정을 못했다고 한다. 게다가 인생 후반에서 그처럼 차례차례 작품을 발표해 가는 데에는 향연이라고 하는 것, 사교는 방해물로밖에 생각되지 않았을 것이다.

"그런데 R은 어떻게 그렇게 부자였습까?"
하고 그가 물었다.

"그게 큰 신비였어요. 우리들은 누구 하나 그들의 비밀을 몰랐어요. 그리고 그 비밀이 그들의 수수께끼 같은 매력을 더해 주었죠."

그러나 그런 마법 같은 생활도 3년쯤 지나자 점차적으로 어려워지고 있음을 가깝게 지내던 사람들도 알게 되었다. R이 발행한 거액수표가 부도나서, P가 작은 소리로 R에게 따지는 것을 복도를 지나가던 부인이 우연히 들은 적이 있었다. 그리고 갑자기 R은 병에 걸려 집 밖에 나오지 않았다. U부인은 문병을 갔고 처음으로 R의 침실로 안내되었다. 짙은 붉은색의 두꺼운 커튼이 쳐져 있는 넓은 방 중앙에 장식용 동물 조각이 붙은 르네상스식의 화려한 침대가 놓여 있었다. 그 커다란 침대 등받이에 등을 기대앉은 R은 중국풍의 노란 모포로 몸을 감싸고 반인반수의 신이 물의 요정을 범하고 있는 외설적인 천장화를 멍하니 바라보고 있었다. 간접 조명으로 된 실내에 한 발을 내디딘 순간 그녀는 달콤하면서도 자극적인 강한 냄새가 실내에 가득한 것을 느끼고 숨이 막힐 것 같았다. 뭐라고 표현할 수 없는 불건전한 병적인 분위기. '숙취 같은 분위기' 그리고 언제나 부지런히 R을 보살피고 있었던 P의 모습은 어디에서도 볼 수 없었다. 'P는 여행을 떠났어. 아라비아나 터키 쪽으로…' 라고 R은 왠지 슬픈 듯, 아무렇게나 설명했다. 그 설명도 언제나처럼 수수께끼였다.

그러나 3개월 정도 지나자 또 갑자기 두 사람이 사람들 앞에 나타나게 된다. 그리고 이전보다도 더 호화롭고 사치스러운 축제가 이어지는 생활이 다시 시작되었다. U부인의 남편은

"도대체 P는 어디 외국에서 보석이라도 도둑질해 온 것 아냐?" 하고 부인에게 농담을 하면서도, "여러 가지로 나쁜 소문도 있는 것 같으니 그들과 그다지 가깝게 지내지 않는게 좋겠소"라고 충고했다.

사실, 그 무렵부터 그들도 U부인을 유혹하지 않았다. 그들의 놀이는 보다 사치스럽고, 보다 히스테릭하게 되어 오랜 문학 동료는 이제 그들을 따라가지 않게 된 것이다.

그 놀이는 예전의 왕족 같은 기품은 없고 수상쩍은 암거래로 벼락부자가 되는 놀이와 비슷했다. 예전부터 얼굴이 곱상했던 R의 얼굴에 점차로 거무칙칙한 빛이 나타나기 시작했고, 사

람들 앞에서도 R과 P가 격렬하게 다투는 일도 종종 있었다. 때로는 P가 R에게 의자를 던지기도 한다는 소문조차 퍼졌다. 그리고 R과 P의 동성애 관계는 공공연해졌을 뿐만 아니라, R은 마약에 빠지고, P는 마약 밀매인이어서 두 사람의 관계는 끝날 수 없다는 추측도 사람들 사이에서 나돌았다. R은 P에게서 벗어나 문학에 전념하고 싶어하는 것 같았다. 그러나 그에게는 생활 능력이 전혀 없어서—마약에 의해 의지력이 약해진 R은 P 때문에 그렇게 된 것이지만—그들의 생활은 P의 마약밀매로 유지되고 있다는 것이었다. P는 사교계에 깊이 파고들었고, 그 탓에 장 콕도도 다시 마약을 하게 되었다는 험담도 들렸다. 그리고 R의 시는 그 병적인 생활 속에서 한층 조소적이고, 아무렇게나 내뱉는데도 시구가 맞아 괴이한 매력이 있었다. 문학가들은 R과 만나는 것을 피하면서도 그의 시를 칭찬했다. 그리고 그들의 광적인 태도를 분화구 근처의 광란을 보듯, 걱정하며 두려워하는 마음으로 지켜보았다. U부인이 어쩌다 그들과 길목에서 스쳐 지나면, P와 팔장을 낀 R은 가면 같은 무표정으로 그녀를 뚫어지게 쳐다봐, 그녀의 등이 오싹할 정도였다.

이미 P의 정체는 공공연한 비밀이 되었다. 소년 P는 전쟁중에 집을 나와 런던 드골 장군 밑으로 들어가 저항운동에 몸바쳤다. 그는 장군과 프랑스 본토 게릴라와의 연락책이 되었고 마침내 가장 용감한 저항군인 마키의 일원이 되었다. 그리고 전쟁이 끝나고 그들 한 무리의 소년들의 모험도 끝났다. 그러나 성장기를 가정에서 벗어나 깊은 우정으로 생사를 같이한 그들은 그대로 각지로 흩어지는 것을 참을 수 없었다. 그리고는 가정에 돌아가지 않은 몇몇의 동료는 단단한 결속력을 유지하면서 전후 사회에서 새로운 모험의 길을 발견하려고 했다. 그리고 어느새 그들 한 패거리는 마약 밀매인이 되었다. 일찍이 독일 비밀경찰의 그물망을 빠져나가면서 생사의 갈림길을 왕래한 그들은 곧 프랑스를 비롯한 국제경찰의 의표를 찌르며 살아가게 되었다. 그것은 그들에게 전쟁중의 모험적인 생활의 연장이었다.

그러나 그들의 단결이 아무리 강하다고 해도, 또 중동에 본거지를 둔 국제 마약조직이 아무리 강력하다 하더라도 국제경찰도 바보가 아니다.

경찰은 그들을 자유롭게 행동하게 해서 적당한 시기에 한꺼번에 잡아들일 것이라는 소문이었다. 거기에 조직 본부도 P들이 위험해지면 냉혹하게 그들을 잘라 버릴 것도 뻔했다.

그런 경찰과 본부와의 위험한 힘의 평형 위에서 P는 이미 거의 자포자기하고 있었다. 그래서 미래에 대한 희망의 결여, 확실한 파멸에의 예감이 P와 그리고 그에게 기식하고 있는 R과의 생활을 드디어 거칠고 처참하게 했다. 그리고 그런 파멸적인 생활에도 그 나름대로의 독특한 아름다움은 있는 법이다….

"우리들은 눈이 뚫어져라 그들이 노는 모습을 뭔가 잔혹한 무대를 보는 것 같은 마음으로 바라보고 있었던 거예요. 그것은 가슴을 꽉 조이는 듯한 쾌감이었어요."

전쟁으로 가정이 파괴되어 부랑아가 된 R은 그 빼어난 용모로 길거리에서 P에게 구원받았다. 그리고 P에게 남아 도는 돈으로 사교계의 총아가 되는 지위까지 확보하게 된 것이다. 그런 그가 P의 파멸에 따라 다시 한 번 길바닥에 나앉게 되었을 때 그의 운명은 이미 눈에 보였다. 그의 생활은 붕괴되고 그리고 그의 예술도 숨소리를 멈추게 되고 마는 것이다…

부인은 거기에서 말을 끊었다. 그리고 투명한 둥근 손잡이가 달린 술잔에 천천히 코냑을 따르기 시작했다. 그는 그런 부인의 두려운 것이라도 보는 것처럼 숨을 죽이고 응시했다.

"결국 파멸이 찾아왔어요."

두번째의 영광은 짧았다. 그들의 주위에는 다시 가난의 그림자가 떠돌기 시작한다. 롤스로이스도 드디어 모습을 감추고, R의 턱시도에는 술로 얼룩진 곳이 눈에 띄게 된다. P의 볼에 맞은 자국이 생긴다. 그리고 두 사람은 밤낮으로 술에 절어 있었다. 그들의 추종자는 어느새 흩어지고 두 사람은 고독했다. 그러고 나서 P는 또 사라졌다. "다시 한 번 영광을 되찾는 거야. 이것이 마지막 모험이고, 이 일만 끝나면 우리들은 평생 놀며 지내는 거야." 하고 P는 U부인의 친구 한 사람에게, 길거리에서 수수께끼 같은 말을 남기고 인파 속으로 사라졌다고 한다. 그리고 한 달 정도 지나 신문은 P가 베이루트 공항에서 체포되었다고 보도했다. 역시 마약 밀수와 밀매 죄였다. 신문에는 양팔을 잡힌 쥐 같은 눈을 한 P의 모습이 실렸다. 그는 파리로 연행되어 재판을 받았다. 그리고 물론 유죄 판결을 받았지만 거기에서 그들에게 자못 어울리는 역전극이 연출되었다.

"드골이 그의 옛 부하를 기억하고 있었던 거예요 그리고 옛날 애국소년에 대해 대통령 특사령을 적용한 거죠."

P는 보석으로 풀려났다. 그리고 자기 집에 돌아가 그 짙은 붉은 색 커텐이 쳐진 침실에서 R의 시체를 발견했다.

"R은 굶어 죽은 거예요. 절망이 그를 죽인 거죠. 그건 부랑자의 죽음이었어요…"

그는 마침내 U부인에게 이별을 고하고 심야의 길거리에 섰다. 머리 위에는 밝은 보름달이 어둠을 또렷이 가로질렀다. 갑자기 그의 머리 속을 몰락이라는 단어가 화살처럼 지나가며, 그의 마음에 커다란 수수께끼 같은 파문을 일으키고 사라졌다.

(1974년 1월)

작품 소개

이 작품은 『전후단편소설선』(戰後短篇小說選, 岩波書店編輯部, 2000. 4) 제4권에 수록된 나카무라 신이치로(中村眞一郎, 1918~1997)의 「森とロールス―或いは沒落の領域―」(1974. 1)를 번역한 것이다.

나카무라 신이치로는 유년 시절에 어머니를, 소년 시절에 아버지를 여의고 친척 밑에서 자란다. 고등학교에 입학하면서 왕조문학에 심취하고 시, 소설을 쓰기 시작하여, 도쿄대학 불문과에 재학중에는 동인잡지 「山の樹」에 참가하게 된다. 가토 슈이치(加藤周一), 후쿠나가 다케히코(福永武彦)와 공동 집필, 간행한 『1946 문학적 고찰(文學的考察)』로 문학적 교양이 풍부함에 주목받았으며 또한, 전쟁중에 집필한 연작 장편 「死の影の下に」를 연재함으로써 전후파작가로서 각광을 받기 시작했다.

「숲과 롤스―또는 몰락의 영역―」은 작품 속에 나오는 U부인이, 시골 유산 계급의 소년이 저지른 살인사건, 전후 연극계에 화려하게 등장하였다가 급속도로 몰락한 극작가인 J와 시단에 혜성처럼 나타나 화려한 생활을 하다가 부랑자처럼 죽어간 시인 R의 이야기를 일본인 문학가로 보이는 '그'에게 이야기하는 형식으로 쓴 작품이다.

대추나무

미즈카미 쓰토무(水上勉) 지음
송승희 옮김

대추나무

1

     책상 위엔 작은 비닐 봉지에 담긴 대추 한 개가 있었다.

 베이징(北京)에서 사서 호텔에서 거의 다 먹고, 호주머니 안에 일고여덟 개 남겨 두었다가 돌아오는 비행기 안에서 먹으려고 가지고 왔다. 그런데 도중에 마음이 바뀌어 가족들에게 기념품으로 주려고 주머니에 넣어 돌아왔다. 분명히 일고여덟 개였다고 생각한다. 그것을 집 식구 네 사람에게 하나씩 돌리고, 세 개를 서재에 가지고 들어갔다. 잉크 병 옆에 둔 채로 일 년이 지났다. 세 개였던 것이 언제 먹었는지 기억도 없이 지금은 마지막 한 개만 남아 있다.

대추는 흑갈색으로 납작해져서 주름이 세로로 잡혀 있다. 언뜻 보면, 작은 곶감같이 보이기도 한다. 투명한 비닐 봉지 안에 담겨 빨간 비닐끈으로 묶여 있다. 베이징에 있는 여이(友宜)반점 일층에 있었던 식품 코너였다.

대추를 발견했을 때 나는 반가웠다. 코너의 가늘고 긴 유리 케이스 안에는 각 지방 특산물인 엿이며 살구며 사과 등을 말린 것이 큰 접시에 담겨 있었다.

"이거 주세요. 많이 주십시오."

나는 맞은편에 서 있는 여점원에게 비닐 봉지에 있는 대추를 가리켜 보였다. 열 여덟, 아홉 살로 보이는 여점원은 내가 태어난 마을인 다로스케(太郞助)의 기쿠코(菊子)와 닮았다. 오동통하고 낮은 코와 입술이 두꺼운 얼굴이었다. 눈이 닮았다. 마음 탓인지 가슴 부위를 부풀어 보이게 한 잘 세탁된 인민복을 입고 있는 점원은 밝은 햇빛이 구석구석까지 미치는 외국인 전용 슈퍼마켓에 어울리는 청결한 느낌이었다. 물론 중국어로 응대했다. 내 중국어를 이해 못한 것으로 보여 손가락으로 대추를 가리키자 내 요구를 알았다는 듯이 고개를 끄덕이고, 뭔가 짧게 대답하고 다른 건과물이 담긴 큰 접시에 꽂혀 있던 무늬가 있는 삽 모양의 큰 스푼을 뽑아서는 솜씨 있게 대추를 열다섯 개 정도 담았다. 그런데 그것이 너무 많게 보였는지 두세 개 도로 내려놓았다. 아마 눈대중으로 재 본 모양이다. 저울에 올려놓자 이 정도면 괜찮겠지 하는 얼굴을 했다.

"그 세 배 정도 주세요"

나는 손가락 세 개를 세워 보였다. 여점원은 조금 웃는 것 같았다. 두 번 큰 스푼으로 담아 받침 접시에 수북이 담았다.

"옌안(延安) 대추와 같은 겁니까?"

나는 가지고 있던 현대 일중(日中) 회화사전을 빨리 뒤적이며 물었다. 그러자 여 점원은 얼굴이 빨개지며 입매가 어색해졌다. 내가 하는 중국어는 제대로 된 중국어가 아니다. 손짓도 해 보았지만 통하지 않는다. 거기에 통역도 하고 대외 공작원이기도 한 장진산(張進山) 씨가 와서,

"아마 옌안 대추가 아닐 겁니다."

라고 했다. 여점원은 안심했다는 듯이 원래 얼굴로 돌아와 받침 접시의 대추를 큰 봉지에 넣었다. 그리고 내가 꺼낸 지폐를 받자 영수증에 펜을 재빨리 놀려 짝 찢어 잔돈과 함께 주었다.

단지 그것뿐이었다. 일년이 지난 오늘, 책상 위에서 비닐 봉지도 먼지를 뒤집어쓰고 있다. 그 하나뿐인 대추를 보고 있자니 옌안 대추와 같은 것이냐고 물은 내 질문에 당황한 소녀 얼굴이 떠오른다. 오동통한 다로스케의 기쿠코와 닮은 그 소녀는 눈썹이 두텁고 짙었다. 웃을 때 이가 가지런하고 하얀 것이 기분 좋았고 인민복 칼라를 여민 곳에서 인민복 칼라와 같은 황

색 자수를 놓은 블라우스의 둥근 칼라가 엿보였다. 일년 전 일이라서 조금 의심스럽지만 왠지 그런 느낌이 든다. 그곳은 외국인을 상대하는 가게로 나 같은 여행자에게 익숙한 솜씨였다. 여행자 대부분은 2층에 올라가 모피나 벼루, 보석 등에 떼지어 모이는 것 같았다. 나는 그날 이렇다 할 기념품은 사지 않았다.

한 개만 남아 있는, 일년이 지나도 아직 말로 다 표현할 수 없을 정도로 석별의 정이 드는 이 대추에 대해서 사실은 설명하고 싶은 것이 있다.

2

나는 그날 옌안의 소엔(棗園)에 있었다. 그곳은 유명한 마오쩌둥(毛澤東) 주석이 예전에 살던 곳으로 그 이전에는 풀 한 포기 자라지 않는 삭막한 황갈색 땅 위에 세워져 있었다.

낮 12시 가까운 시각에, 태양이 바로 머리 위에서 내리쬐고 있었다. 큰 나무가 별로 없는 산은 불그스름한 갈색이었다. 산 중턱 대지는 퇴색한 황토로 온통 아름답게 빛났고, 그림자 하나 없는 지면은 유월 날씨치고는 아주 건조했다. 내 옆에는 일본을 함께 떠난 작가단 일행과 통역 공작원이 있었다. 우리들은 마침 마오 주석이 살던 옛 집에 있었다. 햇빛에 그을린 다갈색 얼굴의 소녀라고 해도 나이는 스물 정도 됐는지 모른다.

나이가 스물 두셋이라고 해도 소녀라고밖에 표현할 수 없는 순수한 처녀였다. 좀더 오랫동안 생각하면 이 처녀도 마을 누군가와 닮았을 것이다. 하지만 떠오르지 않는 총명한 눈매를 한 납작한 얼굴이었다. 우리들을 마오 주석의 옛 거처 안으로 안내한 소녀는, 아마도 몇 번이나 관광객을 상대로 설명하다 보니 그렇게 됐을 법한, 군더더기 하나 없이 유창한 어조로 설명을 했다. 주석이 이 땅에 와서 얼마나 고통스럽고 비참한 나날을 투지에 불타 지냈는지, 또 그 고장의 모든 인민들이 적군 사상과 그 행동을 이해하며 얼마나 몸을 아끼지 않고 개척사업에 참가했는지를 들었다. 그리고 그 옛 거처를 나왔을 때였다.

마오 주석의 옛 거처를 대충 설명하자면 산에 구멍을 파고, 그 남쪽에 창을 도려낸 토벽을 쌓아 올린 집이었다. 얼마 안 되는 조그만 지붕(이것도 흙이었다)이 있는 기묘한 건물이다. 아니 건물이라 하기에도 뭐한 그런 집이다. 움막에 문이 있는 것에 지나지 않는다. 지붕 위에는 풀과 잡목이 무성하고 집 앞에 세 갈래로 갈라진 커다란 라일락 한 그루가 그늘을 만들고 있었다. 그곳만 어둡고, 태양은 이 이상한 건물 남쪽 토벽과 지면을 온통 지금과 같은 마른 색으로 떠오르게 했다.

"저건…."

하고 나는 지붕 위에 있는 키 작은 잡목 속에 같은 간격으로 심어져 있는 것처럼 보이는 짙은 녹색 잎이 섞인 관목 이름을 물었다.

"대추나무입니다."

하고 옆에 있던 공작원이 말했다. 옛날에 살던 곳에 있었던 나무와 닮았다. 거의 같은 굵기였다. 어린애라도 손에 닿을 정도의 키에, 가지 서너 개가 사방으로 낮게 퍼져 부는 듯 마는 듯한 바람 속에서 흔들리고 있었다.

"옌안은 대추가 많은 곳입니다."

하고 그 공작원이 말했다. 나는 이때 갑자기 마오 주석 옛 거처가 친근하게 느껴졌다.

여기에 와서 몇 백 년이나 되는 거대한 대추나무와 만났다고 하면 운이 좋다고 하겠지만, 그 나무는 심은 지 10년 정도밖에 안 된 키가 껑충한 어린 나무였다. 그런 나무가 옛 거처 지붕 위쪽의 밭이라고는 해도 잡목림이라고밖에 할 수 없는 황폐한 경사면에 가득 심어져 있는 것이다.

"마오 주석을 비롯해 용감한 적군 동지들이 이 땅에 도착하셨을 때는 식량도 없어서 구두 가죽을 삶아 드셨습니다. 그리고 자급자족이 곤란한 생활이 계속되어 나무 껍질이나 삼베 무명조각을 삶아 종이에 걸러 드셨다고 합니다. 아마 대추도 귀중한 식량이었다고 생각합니다."

그 유명한 대장정 동안의 이야기다. 나무가 가늘다고 생각하면서 공작원 설명을 들으며 팔각당 처마밑으로 가 거기에서 천천히 대추나무를 보았다. 주베에(忠兵衛) 대추나무와 닮았다고 생각했다.

3

주베에는 와카사(若狹)[1] 마을 동쪽 끝 산 바로 옆에 있는 집이었다. 거기를 야하타(八幡)계곡이라고 했다.

메밀잣나무가 중간 정도에서 꺾여 밑가지가 몹시 검게 뒤섞여 있었기 때문에 그 밑에 있는 구즈야(くず屋)[2]는 같은 마을에서도 서쪽 끝 산마이 계곡(매장지)에 가까운 외딴집, 그것도 느티나무와 대나무가 무성해서 하루 종일 햇빛이 들지 않는 구즈야인 우리 집과 닮았다. 허술한 집 위치가 말하듯 가난한 정도도 같았다. 나는 아홉 살 나이로 와카사 마을을 떠나 타향에서 살았기 때문에 어린 나이에도 어느 정도 가난한지 알 수 있었다. 왜냐하면 주베에와 우리 집 로쿠자에몬(六左衛門)이 절에 기부한 금액이 언제나 맨 끝에 나란히 있었기 때문이었다.

보타이지(菩提寺)가 왜 기부금을 반지르르한 종이에 적어 본당의 나게시(長押)[3]에 한 집씩 드리웠는지 지금 생각해도 이상하지만 본당 행사가 끝나면 그 종이를 치우기는 해도 밖에 있는 종루와 지조도(地藏堂) 건물에는 온 동네의 집 호수와 금액을 써서 못으로 박아 놓았다. 종루에 씌어 있는 것은 우리들이

태어나기 전 것이었다. 다이쇼(大正) 몇 년이라는 식으로 씌어 있었다. 종루 제일 오른쪽 날개 쪽은 일금 10엔 정도이고 구역장인 하야시노스케(林庄之助), 그 이름에 이어 부유한 논 임자, 산 임자, 집집이 10엔, 9엔, 8엔, 7엔, 6엔, 5엔과 '정(正)'이라는 글자 위에 적어 63가구의 부의 순위를 나타내고 있었다. 맨 끝에 다시 말하면 64번째와 65번째에 아카타 주베에(赤田忠兵衛) 5전정, 미즈카미 로쿠자에몬(水上六左衛門) 5전정이 적혀 있었다. 이것은 5전밖에 기부할 수 없었던 두 집의 재정 상태를 나타냈다. 나는 어린 마음에 부끄러웠다. 절 마당은 어린이들의 놀이터였다. 언제나 떳떳하지 못한 생각으로 그것을 보았다. 이런 생각은 역시 주베에의 스에키치(末吉)도 했을 것이다. 스에키치는 일곱 살 나이에 입학한 나와 나이는 한 살 차이였지만 동급생이었다. 기부금으로 순위가 같다고 해도 집이 멀어서 그렇게 친하게 지낼 일도 없었다. 논도 산도 없는 소작인이고, 아버지가 돈벌이를 하러 나가고 어머니가 다른 사람 논에서 일한다는 사정이 비슷하다는 것과 역시 구즈야라는 사실에 별다른 얘기를 하지 않아도 서로에게 친근감을 느꼈다. 그래서 우리들은 가끔 왕래하며 서로 집에서 논 적이 있다. 마을 어른이나 아이들은 스에키치를 "주베에스에(忠兵衛末)"라고 불렀다. 나는 "로쿠자노쓰토(六左のつと)"라고 불렀다. 나는 이름을 부르면서 '노(の)'가 없는 이 호칭에는 어딘가 스에키치를 바

보 취급하는 느낌이 어린 마음에도 들었고 지금도 그렇다고 생각한다. 그 스에키치가 말했다.

"로쿠자노쓰토야, 너네 집에 대추나무는 없지?"

나는 키가 큰 스에키치가 표고버섯처럼 퍼진 귀를 쫑긋 세우는 것을 보고 아무말도 하지 않았다. 우린 정말 비슷할 정도로 가난했고 입고 있는 옷도 누더기였다. 운동회나 소풍 가서도 곤고(コンゴ) 짚신으로 달리는 사람은 둘뿐이었다. 그런 스에키치한테 졌다는 느낌이 들었다. 과연 우리 집에는 대추나무가 없었다. 주베에네는 있었다. 메밀잣나무의 거목 바로 밑에 있는 주베에의 구즈야는 지금 바라보는 옌안의 마오 주석의 옛 거처처럼 굴 안에 있는 집이 아니지만 산에 달라붙은 움푹 패인 땅에 있어서 오뉴월에는 폭포처럼 밀어닥치는 푸른 나뭇잎 밑에서 항상 검푸르고 촉촉하게 젖어 나무 구멍에 잠겨 있었다. 구즈야라서 냉이도 자라고, 비에 처져 밑부분이 3척 정도밖에 안 되기 때문에 그렇게 보인 것이다. 이끼가 껴서 항상 미끌미끌했다. 대추나무는 그 입구 남쪽 모퉁이에 있었다. 우리들 다리 굵기쯤 되었던 것 같다. 나무는 북쪽 가지가 말랐고 남쪽으로 위세 좋게 퍼져 있었다. 그래서 나무는 활처럼 휘어져 보였다. 이 나무에 2년에 한 번이나 3년에 한 번 열매가 열리는 유월에는 동네 어느 아이들보다도 스에키치의 얼굴에 생기가 돌았다. 온 동네의 어느 대추나무보다 오르기 쉽고(다른 곳은 어

른이 장대로 따지 않으면 수확할 수 없었다) 적당한 굵기였다. 나는 그 열매가 열리는 해에는 항상 나무 밑에 서서 스에키치가 기어오르는 것을 올려다보았다. 스에키치는 누더기 옷에 헤코오비(兵兒帶)[4]를 매고 있었다. 나무를 오르기 위해서는 양 다리를 벌리고 발끝에 힘을 준다. 가랑이 사이에 나무를 끼지 않으면 오를 수 없기 때문에 올라갈수록 가랑이 사이가 크게 벌어져 고추가 나왔다. 스에키치 것은 작은 감자처럼 검고 짧아 끝이 벗겨져 있었다. 벗겨진 부분은 토끼 귀같이 분홍빛이었다. 나는 스에키치가 그 고추를 보이며 꼭대기까지 올라가 가지에 다리를 걸치고 열매를 흔들어 떨어뜨릴 때, 또 양쪽 발을 크게 벌려서 똥구멍이 보이는 것도 잠자코 올려다 보았다. 스에키치의 똥구멍은 작은 국화 꽃봉오리처럼 주름이 있었다. 나는 내 똥구멍을 본 적은 없지만, 스에키치 고추와 내 고추를 비교하면서 지독하게 이상해 했었다. 발로 흔들자 대추는 툭툭 떨어졌다.

"빨랑 집어! 먹으면 죽을 줄 알어!"

하고 스에키치는 위에서 소리 질렀다. 열 개인가 열 다섯 개 정도 떨어졌을 때 스에키치가 내려왔다. 나는 밑둥 풀뿌리에 숨은 것까지 웅크리고 주웠다. 그것을 땅바닥에 늘어놓고 수를 셌다. 대추열매는 백황색이었다. 큰 것은 우리들 엄지 손톱의 세 배 정도로 긴 타원형이었다. 껍질이 미끈미끈하고 자세히 보면 적갈색의 둥글고 작은 점이 있었다. 열매 꼭지는 움푹 들어가 있고, 햇볕 받은 데는 검고, 받지 않은 데는 황백색이었다. 나는 땅바닥에 늘어 놓은 것을 비굴한 기분으로 바라보았다. 그러자 스에키치가 그 열매들 중에서 익은 것을 재빨리 골라 잡은 뒤

"나머지 줄 테니까 집어."

라고 했다. 나는 기다리고 있었던 것이다. 나한테는 단단하고 풋내 나는 것이 서너 개 남아 있었을까, 스에키치가 대충 먼저 집었으니까. 나는 그래도 걸신들린 것처럼 먹었다. 열매는 베어 물자 물기 없는 퍼석퍼석한 느낌이 들었고 금방 씨가 나왔다. 씨는 흰 과육에 비해 의외로 검고 컸다. '씨 크기만큼 대추 속이 더 있었으면.' 하고 생각했다. 지금 생각해도 스에키치가 자랑할 정도로 맛있지는 않았던 것 같다. 너무 빨리 따 버려서 익지 않아 달지도 않았다. 다만 퍼석퍼석한 그 맛이 이국적이었다는 것을 오랜 후에야 깨달았다.

4

옌안의 마오 주석이 살던 옛 집 지붕 위에 알맞게 자란 대추나무를 바라보며 주베에 스에키치와 함께했던 아홉 살 때까지의 시간 중에 2, 3년에 한 번만 열리는 대추열매에 대해 회고했

지만 생각해 보면 우리들이 서로 오가며 친해진 것은 초등학교에 들어가기 전후일 것이다. 그렇다면 나는 주베에의 대추열매가 열린 것은 한 번이나 두 번밖에 보지 않았다는 것이 된다. 내가 먼저 집을 나와 교토(京都)의 젠지(禪寺)에서 동자승이 됐지만 스에키치도 보통과를 마치자 곧 교토로 왔다. 후시미 이나리사(伏見の稻荷社) 밑에 있는 야채가게 견습 점원이 되었다고 들었다. 당시 스에키치 형은 내가 들어간 젠지와 같은 파의 본산인 묘신지(妙心寺)의 닷추(塔頭)[5]에서 일하고 있었다. 그 형 소개로 스에키치는 이윽고 후시미에서 이마데가와 셴본(今出川千本)의 교쿠주켄(玉壽軒)이라는 과자집 점원으로 일하게 되었다. 교쿠주켄에서는 내가 있는 절에도 자주 배달하는 점원을 보냈다. 나는 아마 스에키치가 한 번이나 두 번, 내가 있는 본산에서 대제사가 있을 때 절 사무소에서 가게 상호를 박은 짧은 겉옷을 걸치고 상 나르는 것을 본 기억이 있다. 다만 그때 나는 출가한 신분이었고, 스에키치도 나인줄 알았지만 입장이 달랐기 때문에 말을 걸지 않았다. 그렇게 사이가 좋았는데 고향 밖으로 나온 사람끼리 교토 본산에서 우연히 만난 것 치고는 서로 어색하다는 듯이 왜 이상한 시선을 주고받고 곧 눈을 내리뜬 것이었을까. 그 당시 우리 모두 자신의 처지에 열등감 같은 것을 느끼고 있었던 것일까? 그렇지 않으면 이미 어른이 되었기 때문에 다소 겸연쩍었던 것일까?

내가 스에키치를 마지막으로 본 것은 그때 가게 상호를 박은 짧은 겉옷을 걸친 모습이었다. 스에키치는 내가 절에서 도망쳐 환속한 스무 살 무렵에 현역으로 육군에 지원하여 입대했고 결국 필리핀에서 굶어 죽었다. 공식적인 보도에 의하면 브라우엔 비행장 격전지에서 전사했다고 한다. 하지만 살아 남은 사람이 그의 늙은 어머니에게 전한 말을 들으면 산속으로 도망가서 굶어 죽었다고 한다.

"내 고향에도 대추나무가 있었어요."

하고 나는 공작원의 안내로 차를 준비하고 있는 영빈관의 방에서 담배를 피우면서 말했다.

"일본에도 대추나무는 있겠지요. 바다를 끼고 있는 나라니까요."

일본어를 유창하게 구사하는 공작원이 미소지었다.

"이 부근에서 나는 대추도 일본 대추와 같은 크기입니까?"

나는 옛 거처지 산에 있던 대추나무가 아직도 푸른 잎만 있고 열매가 없었던 것을 생각하면서 물었다.

"글쎄 우리들도 모릅니다. 중국은 여러 지방에서 여러 종류의 자랑할 만한 과일이 나옵니다. 아마 대추도 옌안 것은 옌안의 독자적인 형태일 것이고 맛도 틀리다고 생각합니다. 공교롭게도 나는 이번에 옌안에 처음 왔기 때문에 옌안 대추 맛은 모릅니다."

하고 그 공작원은 말했다. 나는 옛 거처 안을 정중히 설명해 준 소녀가 그때도 변함없이 긴장하여 빨갛게 물든 뺨으로 살짝 웃으면서 우리들 쪽을 바라보는 시선과 마주쳤다. 나는 공작원을 통해 그 소녀에게 물었다.

"당신은 옌안에서 태어난 분입니까?"

"예."

하고 소녀는 공작원의 통역에 대답하여 고개를 끄덕였다.

"당신은 어렸을 때 대추를 먹었습니까?"

"예. 먹었습니다."

"그 대추는 어떤 맛이었습니까? 신맛은 없었습니까?"

"아주 달고 맛있었습니다."

물론 이대로 응답하지는 않았다. 하지만 응답하는 분위기는 기분 좋은 것이었다고 상상해도 좋다. 와카사(若狹) 소년 시절 분교에서 함께했던 누군가의 얼굴과 닮았지만 나는 생각해 내지 못하고 있었다. 그 소녀는 나를 보고 웃고 있었다.

"그럼 또 하나 묻겠는데요. 당신은 대추나무에 기어 올라간 적이 있습니까?"

"아니오. 여자답지 않게 그런 짓은 하지 않습니다."

조금 화가 났다는 태도를 보였다. 여자답지 않다는 것은 그 소녀가 한 말이 아니었다.

내가 맘대로 그 소녀가 순간적으로 얼굴이 긴장되어 빨갛게

대추나무 · **353**

된 뺨을 보며 그렇게 상상한 것이었다. 그때 소녀가 잠시 새빨간 얼굴로 내 쪽을 노려보는 시선이 나를 찔렀다. 관내에 있던 일행과 공작원에게서 희미한 웃음이 번졌다.

5

나는 베이징에 있는 여이반점 식료품 코너에서 나에게 대추를 판 소녀의 짙은 눈썹에서 다로스케(太郞助)의 기쿠코의 얼굴과 닮았다고 생각했다. 옌안에서 대추나무에 기어 오른 적이 없다고 한 소녀의 얼굴 생김은 마을 누구와 닮았는지, 베이징, 상하이, 우시(無錫)를 여행하면서 묵은 호텔에서 큰 봉지에 담은 대추를 베개 맡에 놓고 하나 둘 씹으면서 생각해 보려고 했지만 생각해 내지 못하고 잠드는 습관이 들었다. 기묘한 습관이다. 유럽에 여행을 가서도 이국풍의 옷이나 눈 색깔이 다른 사람을 보고 톨스토이나 슈베르트와 닮았다고 생각한 적은 있지만, 말투와 걷는 뒷 모습을 보고 "이 사람은 마을 사람 누구였는지." 하고 아홉 살 때까지밖에 없었던 와카사 사람과 겹쳐서 보는 것이었다. 그런 버릇이 중국에 와서도 역시 생겼지만 그렇다고 유럽에서나 중국에서도 마찬가지였던 것도 아니다. 일본 도쿄나 교토에 있을 때조차 처음 만나는 사람에게 느끼는 인상 측정은 이런 방법에 의한 것이다. 다로스케의 할아버지(기쿠코의 조부)는 천연두로 곰보 자국이 많았다. 그 때문인지 말이 없고 스쳐 지나가도 아무 말도 하지 않았다. 기자에몬(喜左衛門) 형은 웃을 때 반드시 하늘을 보고 껄껄 웃어댔다. 요베에(与兵衛)의 히코지(彦次)는 사람 앞에 서면 반드시 팔짱을 끼고 눈을 부라린다. 기자에몬의 기요는 서두를 일이 없어도 달렸다. 동급생인 기쿠코는 천연두에 걸렸던 할아버지를 닮아 말이 없었지만 공부를 잘해 부반장을 했다. 여자이면서 손으로 코를 푸는 버릇도 있었다. 시간만 있으면 아홉 살 때까지 65가구나 되는 마을 전체의 할아버지, 할머니, 아버지, 어머니들의 버릇 같은 것에 대해 하나하나 열거하면서 정확하고 세밀하게 얘기할 수 있을 것이다. 그것은 나에게만 한정된 것이 아니라, 나처럼 사람 출입이 적고 가난하고 쓸쓸한 마을에서 자란 사람이면 누구나가 타향에 나와 비슷한 잣대로 사물을 재는 것인지 모른다. 그렇게 생각하면 그때 베이징에 있는 수퍼마켓에서 살짝 웃으면서 나에게 대추를 준 소녀도 어쩌면 코가 빨간 다로스케 할아버지를 닮은 여동생과 닮았는지 모른다. 그렇게 생각하면 한층 거리가 줄어든다. 대추는 내 책상 위에서 어쨌든 지금 한 개만 남아 있다. 나는 이 대추가 일년 가까이 지났는데도 손으로 만져 보면 조금씩 쭈그러드는 부드러움을 아직 지니고 있는 걸 느낀다.

아내는 서재에 별로 손을 대지 않는다. 오랫동안 비우면 가끔 책상 위가 정리되어 있을 때가 있다. 그런 아내도 책상에 한 개만 뒹굴고 있는 대추 한 알에 대해 아무 말도 하지 않는다. 어느 때는 잉크 병 옆에 있기도 하고 어느 때는 펜 접시 안에 있다가 어느 때는 독서대 밑에 있는 봉투꽂이 입구에 놓여 있기도 했지만 대추는 아마도 내 책상 위에서 그럭저럭 이년 째 지내게 될 것이다. 돌처럼 딱딱하게 될 때까지 나는 먹지 않고 보고만 싶지만 글쎄 시간이 오래 지나면 대추가 돌이 될지 어떻게 될지 벌레가 먹을지 어떨지 그것은 나도 아직 모른다.

(1976년 7월)

註

1) 와카사(若狹) : 옛 지방 이름의 하나로 현재는 후쿠이(福井)현 서부.
2) 구즈야(くず屋) : 덤불로 지붕을 이은 허술한 집.
3) 나게시(長押) : 일본 건축물에서 기둥과 기둥 사이에 단 가로목.
4) 헤코오비(兵兒帶) : 한 폭의 감을 적당한 길이로 잘라 그대로 남자나 어린이의 허리띠로 하는 것.
5) 닷추(塔頭) : 본산 내에 있는 작은 절.

작품 소개

이 작품은 『전후단편소설선』(戰後短篇小說選, 岩波書店編輯部, 2000. 4) 제4권에 수록된 미즈카미 쓰토무(水上勉, 1919~)의「棗」 (1976. 7)를 번역한 것이다.

미즈카미 쓰토무는 집이 가난하여 9세 때 절로 보내졌으나 주지의 파계로 불문에 환멸을 느끼고 탈주하여, 다시 다른 절로 들어가지만, 남성 집단생활의 특유한 잔학함에 또 다시 탈주하게 된다. 7여 년의 승려생활과 결별했다고 해도 불교는 그의 문학 이념에 깊은 영향을 미쳐, 그의 작품 속에서 불교적인 색채를 다분히 엿볼 수 있다. 1960년에 탐정작가 클럽상을 수상하는 등 다수의 문학상 수상경력이 있다.

「대추나무」는 주인공이, 중국 여행중에 기념품으로 가져온 대추를 보면서 중국 옌안(延安)에서 본 대추나무를 통해 가난했던 어린 시절의 추억을 회상하고 그의 여행중의 습관을 그린 작품이다.

역자 약력

윤복희

동덕여자대학교 일어일문학과 졸업
일본 오차노미즈 여자대학교 대학원 석사 및 박사 졸업(문학박사)
현재 동덕여자대학교 외국어학부 일본어전공 전임강사
저서 : 『명문으로 읽는 일본문학・일본문화』, 『완성 대학일본어』 외

이일숙

동덕여자대학교 일어일문학과 졸업
일본 오차노미즈 여자대학교 대학원 석사 및 박사 졸업(문학박사)
현재 성결대학교 어문학부 일본어전공 조교수
저서 : 『시대별 일본문학사』, 『日古典 이야기』 외

송승희

동덕여자대학교 일어일문학과 졸업
일본 히로시마대학교 대학원 석사 및 박사 졸업(일본어교육학박사)
현재 동덕여자대학교, 경기대학교, 한경대학교 강사
저서 : 『もみじ — 히로시마에서 배우는 일본어』
논문 : 「일본어의 'もの(だ)' 'こと(だ)' 'の(だ)'와 한국어의 '것(이다)'에
관한 대조연구 — '문법화' 관점에서—」

한림신서 일본현대문학대표작선을 발간하면서

한림대학교 한림과학원 일본학연구소에서는 1995년에 광복 50년, 한일국교 정상화 30년을 기념하면서 일본학총서를 출간하기 시작했다. 그 성과에 대해서 한일 양국의 뜻있는 분들이 높이 평가해 주신 데 깊은 사의를 표한다.

본 연구소는 한국이 일본을 더욱 잘 알게 되고, 한일간의 문화교류가 활발해진다는 것이 한일 양국을 위하는 것일 뿐 아니라 21세기를 향한 동북아시아의 평화와 새로운 질서를 수립하는 데 크게 이바지한다고 생각한다. 그런 뜻에서 일본학총서도 발간해 왔던 것이다. 앞으로도 그 사업을 계속할 것이며 연륜을 더해감에 따라 큰 발자취를 남기게 될 것을 의심하지 않는다.

그런 확신을 가지고 지금까지 일본학총서 발간에 보내 주신 한일 양국 여러분의 성원에 보답하는 의미에서 여기에 새로이 한림신서 일본현대문학대표작선을 발간하기로 했다. 일본 문학은 이미 세계 문학사에서 확고한 자리를 차지하고 있다.

일본은 전통적으로 문학 속에 사상을 담아 왔기 때문에 일본 사회를 알기 위해서는 일본 문학을 알아야 한다고들 흔히 말한다. 그럼에도 불구하고 지금까지 상업성을 위주로 하는 일반적인 출판사업에서는 일본 문학의 전모를 알리기에는 어려운 사정이 많았던 것이 사실이다. 그러므로 본 연구소는 일본을 바로 이해하기 위하여, 한일간의 문화교류를 더욱 촉진하기 위하여 여기에 일본현대문학대표작선을 간행하기로 했다.

이러한 노력이 우리 문화발전에도 크게 이바지할 수 있기를 바라면서 일본에서도 한국 문화를 일본에 알리기 위한 노력이 일어나서 한일간에 새로운 세기를 좀더 밝게 전망할 수 있게 되기를 바란다.

여러분들의 계속적인 성원을 기대해 마지 않는다.

1997년 11월
한림대학교 한림과학원 일본학연구소